TAKE
SHOBO

「白雪姫と7人の恋人」という18禁乙女ゲーヒロインに転生してしまった俺が全力で王子達から逃げる話 中

踊る毒林檎

Illustration
城井ユキ

MOON DROPS

「白雪姫と7人の恋人」という18禁乙女ゲーヒロインに
転生してしまった俺が全力で王子達から逃げる話　中

Contents

イラスト／城井ユキ

「白雪姫と7人の恋人」という18禁乙女ゲーヒロインに転生してしまった俺が全力で王子達から逃げる話 中

MOON DROPS

第七章　君が消えた世界。

俺の残念な名前について。……下の……ね。

俺はセンスのねぇ奴が嫌いだ。センスのねぇ馬鹿にいたっては、憎しみを通り越して哀れみすら感じる。俺の名前は下村茂《しもむらしげる》。――俺は自分の名前が大嫌いだ。

別に、下村って苗字が悪いわけじゃねぇ。悪いのはうちの親のセンスだ。何故アイツ等は、下村の下に茂なんて最悪の組み合わせの名前を付けたのか。苗字が上村や中村だったら茂でも許された。しかし下村。されど下村。下の村に茂る――連想されるものは一つしかない。妹の茂実《しげみ》（こっちも大分酷い）は将来結婚してこの呪縛から逃げられるだろうが、俺は俺の事を婿養子にしてくれる女を見つけるしかない。大人になって結婚するまでの道のりが、果てしなく長く、永遠にも感じられた。自己紹介の度に吹き出されるこの苦痛。この屈辱。あと何年、この地獄と戦わなければならないのか。

子供の世界は残酷だ。ガキの頃はこの名前を良く弄られた。虐めっ子たちに対抗するには強くなるしかなかった。強さを求めて、同時に処世術を覚え、上手く立ち回り、馬鹿みてぇなスクールカーストを這《は》い上がり続けて——気が付いた時、俺と幼馴染《おさななじみ》の間にはどうしようもない、埋めようもない深い溝が出来ていた。

俺には、亜姫《アキ》と晃《アキラ》という幼馴染の姉弟がいる。アキとアキラは顔も似ていなければ、性格も全く似ていない双子の姉弟だった。ガキの頃は毎日三人で遊んだ。子供の頃のアルバムを捲《めく》ってみると、どのページにも必ずアイツ等がいる。

アキラは小学生の頃から馬鹿だった。でもアイツはセンスのある馬鹿だから嫌いじゃない。若い教育実習の先生が来れば、彼氏の有無や胸のサイズを質問する、クラスに必ず一人はいるお調子者系のキャラがアキラ。そんなエロガキだから女子には煙たがられていたけど、男子には人気で、クラスの中心人物だったんだよな。下の村で茂ってる俺からすれば、当時のアイツは輝いて見えたし、アキラと幼馴染である事が誇らしかった。……まあ、俺の名前を最初に弄りだしたのはアイツなんだけどよ。それでもアキラの友人という事で、俺は本格的な虐めに遭う事はなかった。弟とは真逆で、アキは昔から物静かなタイプ。

小学校の頃は、俺もアキも何がきっかけで虐められてしまってもおかしくない陰キャだった。俺達が虐められなかったのは、悔しいけどアキラの存在が大きい。俺もアキも、アイツには迷惑をかけられる事の方が多かったので、礼を言うつもりは毛ほどもねぇが。

だが、小学校高学年になる頃。そんな頼もしくも憎たらしい幼馴染が、オタク化した。なんでもどきどきメモリアルとかいうゲームにドハマリしたらしい。

最初は俺も、クラスの男子も皆、そんなアキラにポカンとしていた。今までは面白い漫画があったら、授業中、回し読みしてたし、今回もいつもみたいに俺達を巻き込んでクラスに流行らせるのか？　と思ったけどそうじゃなかった。アキラは俺達一軍とつるむのをやめて、クラスの眼鏡やデブのオタク達――陰キャとばかり話すようになった。

スクールカーストの上位にいたアキラが、自ら下に降りて行った。最初は皆、様子見といった姿勢だったが、アキラが上に戻ってくる気配がないと悟ると、カースト上位で権力闘争が始まった。

俺はといえば、どうすればいいのか分からなかった。この頃の俺には、何の力も影響力もなく、アキラのおまけのような扱いだった。アキラの隣にいたからそのおこぼれで、クラスでもそこそこの待遇を受けていただけで。

次第にアキラは、俺の事も避けるようになっていった。俺はアキラの他に同性の友人がいない。いても皆アキラ繋《つな》がりだ。そして俺は、徐々にクラスで孤立していった。――最初は戸惑っていたが、俺は次第に腹が立ってきた。

（アキラは俺の事、全然考えてない。あんなキモオタ達のどこが良いんだよ？）

気が付いた時には、アキラは見た目も言動までもオタク化していき、クラスの陰キャ以外とは、ろくに話もしなくなってしまった。

いつしか俺達は中学生になり、アキラとはクラスも別になった。

その頃になると俺はアキラを頼らず、自分のクラスで自分の力でそこそこの地位を獲得していたし、彼女も出来た。クラスが変わった事もあって俺達の距離はまた開いたけど、それでもまだ、俺とアキラは友達だった。

　アキラは俺がどんなに諭しても宥《なだ》めても、「だせぇ」とからかってみても、オタク趣味をやめる気配はない。最終的に俺が折れた。俺もあいつに付き合って、一緒にゲームをする事にした。

「ついにシゲもどきメモの良さが分かったか」

「一緒にゲームをやりたい」と言って、奴の家を訪ねた時のアキラのあの嬉《うれ》しそうな顔は、今でもよく覚えている。いつになく饒舌《じょうぜつ》で、俺の肩に手を回し、ゲームについて熱く語りながら二階にあるアキラの部屋に案内された。

「どの子がタイプ？　今日は特別にシゲの好みの子を攻略しような！」

　ファンブックなる物を見せられ、どこの子がいいか選べといわれて俺は困惑する。アキラには申し訳ないと思ったが、俺はやはりそのゲームに興味が持てなかった。

「安心しろ、俺がついてるから大丈夫だよ。選択肢で解らない所があったら俺に聞けよ、俺このゲームの事なら何でも知ってるから。全キャラコンプ済みだから」

「大船に乗ったつもりでいろ」とでもいう様な顔で、俺の肩を叩《たた》くアキラには悪いが、やはり俺には色々と厳しいゲームだった。主人公のステータスをチマチマ上げる作業が面倒に感じたし、最初は声をかけても冷たい女キャラ達にも腹が立った。中には放課後「一緒に帰ろう」と声をかけただけで、悲鳴を上げて逃げていく女までいる。

（なんだこのゲーム。なんだこの糞女達《くそ》）

　こんな面倒な事しなくても、クラスの女に声をかけた方が一発じゃねぇか。こんな手間《てま》隙《ひま》かけなくても、リアルの女の方が簡単に落とせる。アキラも顔だけなら並の上程度なんだ。もっとちゃんとした格好をして、昔みたいにクラスのムードメーカーに戻って、女子の前での態度を改めればいい。そうすればアキラだって、可愛い子と付き合えるはずだ。

　俺はこの名前の事もあって、ダセぇ奴が何よりも嫌いだ。親友がオタクなんてクソダセェ奴になっていくのを止めたかった。ゲームも一緒にやればやるほどドン引きした。こんなゲーム早く止めさせせなければ、と思った。

「……俺、思ったんだけど、普通に恋愛しねぇの？」

　もう限界だった。どきメモの女の子のポスターが壁一面に貼られている部屋にも、良く分かんねぇアニメのTシャツを着ている幼馴染みの姿にも。

「つーか、ここ数年お前マジでキモイよ。ゲームなんてガキのやるもんだろ。いい加減卒業しろよ。こんなありえない色の髪の女のどこがいいんだよ」

「シゲは、俺の世界も俺の嫁も否定するんだな……」

「そうだ、お前さ、昔、窪田《くぼた》さん好きだっただろ？　俺がデートセッティングしてやろうか？」

「……いいって」

「ならうちのクラスの綾瀬《あやせ》なんてどうだ？　今、うちのクラスで人気あるんだぜ。綾瀬なら、俺、紹介出来るよ！　善は急げだ、早速今週の日曜日でも――」

「シゲ、あのさ」

アキラは渋々といった顔で、テレビから俺に目線を移す。

「お前と俺は、住む世界が違うんだよ」

アキラは何を言っているんだろう。

「もうずっと前から、お前と友達でいるのは無理なんじゃないかって思ってた」

意味が分からない。親友はまた、テレビの画面に目線を戻す。画面の中ではありえない色の髪の女が、頬を染めて微笑んでいる。ゲームのＢＧＭが酷く耳障りだ。

「お前が俺の好きなゲームやアニメ、声優に興味が持てないように、俺もお前の好きな服や音楽、リアルの女にも興味が持てない。もう昔みたいに付き合えない。俺達は価値観も全然違う。一緒にいてもお互い辛いだけだ」

今までずっと一緒にやってきたのに。マジでこいつ何言ってんの。

「お前がオタクだって馬鹿にする鈴木や江藤だって、今の俺にとっては大切な友達なんだよ。今はお前といるより、あいつらと話してる方がずっと楽しい」

嘘《うそ》だろ。俺よりもあのオタク達が良いって言うのかよ。親友の俺よりも、あのキモオタ達の方が良いって……こいつ、マジで何言ってんの？

「もう、二度と俺に話しかけんな」

――俺はアキラにそういわれて、一方的に絶交された。

アキラの家を叩き出されて、俺はしばらく放心状態に陥った。

外から奴の部屋の窓を、呆然《ぼうぜん》と見上げる。そうやってしばらくあいつの部屋の窓を見ていると、二階に戻って来たらしいアキラがバシッ！　と乱暴にカーテンを閉めた。

（なんだよあれ、ワケわかんねーよ……）

視界が歪《ゆが》み、鼻の奥がツーンとする。奴の部屋から漏れる、やたらに声とテンションが高い、ゲームのキャラクターソングが妙に腹立だしかった。

ガッ！

無性に苛々して電信柱に拳を入れる。

「オタクとか、マジきめぇ」

擦りきれた拳が秋風に妙に染みた。


俺の残念な幼馴染について。……オタな。


アキラに絶交されても、暇さえあれば、俺は今まで通りアイツの家に遊びに行った。

俺は元々、アキに勉強を教えて貰《もら》ってたし、三浦のおばさんとも仲が良い。彼女も今回の喧嘩《けんか》の原因を知っている。「本当にどうしようもないわねぇ」と苦笑いする三浦のおばさんは、元々オタク化していく息子を苦々しく思っていたそうで、今回の件については全面的に俺の味方だ。

「ごめんねぇ。頑固なオタクだけど嫌いにならないであげて。おばさんもあとで言っといてあげるから」

「……ウッス」

そんな話をおばさんとダイニングでしていたら天井が「ダン！」と鳴り、ダイニングテーブルの上の照明が揺れる。二階にある自分の部屋で俺とおばさんの話を聞いていたアキラが、どうやら床ドンしたらしい。

「アキラっ！　いい加減にしなさい！」

「あ、別にいいっスよ、俺気にしてないんで」

おばさんは上のアキラに向かって叫ぶが、俺は涼しい顔のまま淹《い》れて貰ったお茶を飲む。

「そうじゃないの！　いえ、それもあるんだけれど！」

そう言って肩を怒らせながらドスドスと階段を登っていくおばさんとすれ違い様に、二階からアキが降りてきた。

「ごめん、もうちょっと待ってて。今、部屋片付けてるの」

「は？　別に汚くてもいいって。俺とお前の仲だろ」

「年頃の女の子には見られたくない物もあるのよ、もう」

そそくさと、キッチンから出て行くアキの後ろ姿を見送る。最近、アキの様子が少しおかしい。ちょっと前までは、多少部屋が散らかっていても入れてくれたのに。何か部屋に隠しているのだろうか？

　数分後。「もういいよー」と呼ばれた俺は、アキの部屋にいた。説教するおばさんの声と、渋々返事するアキラの声が隣のアキの部屋まで聞こえてくる。その後、おばさんはアキの部屋で宿題をやっている俺達に軽く挨拶をして、パートに出て行った。

　俺は三浦のおばさんに「年頃の娘と部屋に二人きりにしたとしても間違いが起こるわけがない」と信頼されているし、「間違いが起こったら起こったでシゲ君なら良いか」というぐらい、好感まで持たれている。実際、何度か「今の彼女と別れたらうちのアキなんかどう？」なんて冗談混じりに言われた事もある。

（でも、アキはないわ……）

　真向かいに座る幼馴染の顔を、テーブル越しに観察してみる。長いサラサラストレートの黒髪はいつ見ても綺麗《きれい》だと思う。美人……とまではいわないが、まあ、それなりに可愛い方だろう。地味な女だが、化粧をすれば一気に化けるタイプの顔だと思う。

（なんていうかこいつ、全体的にモサイんだよな）

　処女特有のモサさとでもいうのだろうか。全体的に色気がない。で、センスがダサい。究極にダサい。今、俺達の下に敷かれているラグやカーテンの柄、そしてアキが今着てる部屋着にいたるまで全てがダサくて芋臭い。ここまでダサいのはむしろある種の才能なのではないか？　と思う事すらある。そういった意味でアキは俺の守備範囲外で、年頃の俺達が一つの部屋で勉強していても間違いが起こる事もなかった。

元々赤ん坊の時からの付き合いだ。今更変な気が起きるわけもない。アキラもアキも俺にとって兄弟のような存在だ。

「で、解はこうなるの。シゲ君もやってみて」

「ん？　ああ……」

アキは頭が良い。今日も勉強を教えて貰うという口実でアキの部屋に入り浸ったわけだが、俺はアキの話なんて上の空だった。

（アキラ……）

アキラの部屋がある方向の隣の壁をぼーっと見ていると、アキもすぐに俺が勉強に集中出来ていない事に気付いたらしい。

「そういえば、アキラ君と喧嘩したんだって？」

「喧嘩つーか、絶交された」

「絶交って……子供みたい、アキラ君って本当にガキだなぁ」

そのまま部屋には沈黙が訪れて、アキのシャープペンシルがサラサラとノートの上を走る音だけが部屋に響く。やる気なんてさらさらない俺は、おばさんがくれた炭酸ジュースを飲み干した後、フローリングの上に敷かれたラグの上にだらんと倒れるように寝転がった。

アキの事は友人として好きだが、やはり異性なので遠慮はある。女のアキじゃ男同士でするような気のおけない話は出来ない。真面目で潔癖アキとじゃ、アキラとしていたような馬鹿話も出来ない。そんな話をしたら最後、軽蔑の眼差しでチクリと嫌味を言われるだろう。

「そういえばシゲ君、綾瀬さんと別れたんだって？　良い子じゃない、彼女」

「だってあいつ中々ヤラせてくんねーんだもん、ヤレねぇなら付き合う意味ねぇし」

「……最低」

（ほらな、すぐこれだよ）

アキに白い目で見られ、俺はスマホを取り出して奴のベッドの上に寝転んだ。ラグの上だとはいえ、フローリングに寝転がるのは背中が痛くなる。

呆《あき》れた様子で溜息《ためいき》を吐くアキに気付かないフリをして、俺はベッド脇の壁を見る。この壁の向こうにアキラがいる。アキラと話したかった。アキラに今の話をしたら、きっとまた意味のわかんねぇ事を言って、俺を笑わせてくれたはずだ。そう思うと、何だかまた寂しくなった。

それから間もなく、アキの方もオタク化した。正直「またか」と思ったし「何なんだこの姉弟は……」と物悲しい気分になった。

きっと今は亡き三浦父がオタクで、アレな感じのオッサンだったんだと思う。三浦のおばさんはあいつらの母親にしてはイケてるっつーか、ぶっちゃけ美人だ。

「デュフ、デュフフフフ……淫蕩《いんとう》虫、おしべ草、エルにゃん、エルにゃんの生足、太股、純白ドロワーズ……自重、私、自重。フフ」

　帰り道、独り言を呟《つぶや》きながらニヤニヤ笑っている不審者がいる……と思ったらアキだった。ここまで出来上がってしまうと、一緒に帰るのも恥ずかしい。

「あ、シゲ君。今帰り？」

　赤の他人のふりをして帰ろうと思ったが、見付かってしまった。

「今帰りだけど……つかさ、お前、前髪長すぎ。切ったら？」

「切らない」

　オタク化してから、アキは前髪を長く伸ばして顔を隠すようになった。元の顔は悪くないのに、これじゃ不気味の谷の魔女だ。

「なんでそんなに伸ばしてんの？　デコ出せば？　お前元はそんなに悪くねぇのに勿体《もったい》ねぇよ」

「……顔、見せたくないから」

「なんで？」

「シゲ君には分からないだろうけど、三次元には見たくないものが沢山あるのよ」

「……そのさ、二次元とか三次元とかオタクっぽい事、外で言うのやめろよ、一緒にいるの恥ずかしい。家とか二人っきりの時はいいけどよ」

「…………」

　その髪型や不気味な話し方もやめろと言うが、アキは首を縦に振らない。何気にこの女も頑固だ。

折角なので、今日も三浦家にお邪魔する事にしたのだが——しばらく遊びに来ていないうちに、アキの部屋も酷い事になっていた。壁にはアニメのポスターやら何やらがベタベタ貼られている。ベッドの上に置いてある長い抱き枕は、アニメキャラの等身大抱き枕だろうか？　ドン引きした。恐る恐る抱き枕を引っくり返してみると、抱き枕には表と裏があって、表は普通に服を着ている男のイラストが書いてあるのだが、裏の男のイラストは何故か半裸だ。

「なにこれ」

「エミリオたんよ」

「え、エミリオたん……お前こういうの好きなの？」

抱き枕を俺からひったくるようにして取り返すと、アキは憮然《ぶぜん》と言い返す。

「好きだけど。愛してるけど。最萌《さいも》えだけど。何か文句ある？」

（最萌えって……）

「いや、別に文句はねぇけど。……ま、まあ、アリなんじゃね？」

一度アキラで失敗している俺は、真剣に言葉を選んだ。

すると、長い前髪の下に隠れている幼馴染の目が輝きだす。

「え、本当？　もしかして興味ある？　シゲ君もこういうの好き？」

「あ、ああ、まあ」

「エミリオたんは『白雪姫と7人の恋人』っていうゲームの攻略キャラの一人でリゲルブルクの第二王子殿下なの！　お兄ちゃんに甘やかされて育ったワガママ王子だから攻略するのには〝忍耐〟のスキルが必要になるんだけど、や、でもその我が侭《まま》な所もエミリオたんの魅力なんだよね！　エミリオたんは油絵が趣味だから攻略するには〝芸術〟のコマンド上げないと駄目なんだ！　王子様だから〝気品〟と〝礼節〟もそこそこ上げないと駄目で、登場するのも中盤からだから『白雪姫と7人の恋人』では二番目に攻略するのが難しいキャラだっていわれてるんだけど、この子、好感度が低い時と高い時のギャップが凄いのよ。最初は攻略キャラの中で一番冷たいの。初回は私も何度もキレそうになったんだけど、もうメロメロ！　エミリオたんとイルミ様はこのゲームの二大ツンデレっていわれてて、あ、イルミ様っていうのは、リゲルブルクの宰相でね、巷《ちまた》では鬼畜眼鏡とか麻縄宰相とか呼ばれてて」

「あ、ああ」

「イルミ様を攻略するのがまた難しいのよ。貴族の家の出の気位の高い人だから攻略には〝気品〟も必要になってくるし〝知力〟はMAXまで上げないと攻略出来なくて。イルミ様の難しい所は、イルミ様の親密度と同時進行でエルにゃんの親密度も上げなきゃならない所で……あ、エルにゃんっていうのはイルミ様の腹違いの弟ね、仲があまり良くない設定で。二人の親密度を同時進行で上げて兄弟イベントを発生させて、イベントを全てクリアして兄弟仲を改善する所まで持っていかないとイルミ様ED《エンド》は見れないの。そうそう、エルにゃんだけど美少女な！　男の子だけどビバ美少女！　ここ大事！　テストに出ます！」

「は、はあ」

「で、イルミ様のEDの難しい所は、エルにゃんの親密度を上げ過ぎちゃうとエルにゃんルートに入っちゃってイルミ様ルートに戻れなくなるのね。ここの匙《さじ》加減がまた難しくてさ。ああ、そうだ、エルにゃんの親密度を上げるには〝家政〟の中の一つの〝料理〟のスキルアップが必要になるんだけど〝料理〟のコマンドばかり打ってると、ワンコ君のイベントが発生して、ワンコルートに行っちゃうの。皆、初回はここで躓《つまず》くのよ。イルミ様EDを見るつもりだったのに、気がついたら何故かワンコルートに入っていたってオチ」

「お、おう」

「話すよりも見せた方が早いか。ちょっとそこ座ってて。今プレスタ起動するから」

（やっと終わった……？）

ひたすら続くオタトークが終了した事に、俺は安堵《あんど》の息を吐いた。

ゲーム画面では、何やらキラキラしたムービーが流れている。

「OPムービー見る？　スキップする？」

「あ……じゃあ、スキップで……」

「そうだよね！　早くゲームしたいもんね！」

「あ、ああ……」

「ちょっと待っててね、今イベントシーン見せてあげるから」

弟の方もそうだが、姉の方もなんでそんなにイベントシーンを見せたがるのだろうか。オタクという生き物の習性か何かだろうか？　別に見たくもないんだが、他にやる事もないので幼馴染の隣で胡坐《あぐら》をかいて、スタートボタンを押すアキを見守る。

「あ、そうだ！　エミリオたんの前に7人の恋人の攻略キャラを一人ずつ紹介するね！　最初はメインヒーローのアミー様！　アミー様はね、難易度が一番高いキャラでこのイベント見るのにすっごい苦労したのよ、三週間もかかった。ＥＤはまだ見れてないんだけど、見れるようになったらシゲ君にも特別に見せてあげようか？」

「お、おう」

「じゃあ、アミー様ＥＤがはじまったら、シゲ君にＬＩＭＥするよ！　そしたらうちに遊びにおいで」

「おう」

俺の答えに、アキはとても嬉しそうに微笑んだ。こんな嬉しそうなアキの顔、久しぶりに見たような気がする。

（そうか、そうだよな）

自分の好きなものを否定されれば悲しいし、肯定されれば嬉しい。

アキラだってそうだろう。アキとの今のやり取りで、アキラとの仲直りの解決の糸口が見えたような気がした。

（つー事は、またアキラとあのゲームやらなきゃなんねーのか……）

それもまたキツイ。精神的にキツイ。

『私は羽の生えていない天使を生まれて初めて見たよ』

『え……？』

『スノーホワイト、君の事だ』

そんな事をやっていると、テレビ画面ではアミー様のイベントなるものが始まっている。

アミー様とやらのクサい台詞に、俺の背中にムズムズと寒イボが立つ。

『それとも君は魔法使いなのかな？　一体どんな魔法を使って、私をこんなに惹《ひ》きつけるの？』

『そんな……』

『悪い魔法使いにはお仕置きが必要だね。いけない呪文を唱えられないように、私が君の唇をふさいであげよう』

そして画面にはキスシーンのイラストが表示された。

「きゃあああああ！　アミー様、アミー様、マジ王子！　マジ王子様素敵、素敵、抱いてアミー様ああああああああああああっ！」

「えっ」

叫びながら床の上をローリングする幼馴染の姿を、俺は呆然と見下ろす。

アキは俺の視線に、ハッと気が付くと我に返り、起き上がって一つ咳《せき》払いをした。

「これがアミー様とのキスイベントね。イベントは発生してもステータスがイベント攻略数値まで達していないとこのスチルをゲットする事は出来ないんだ。で、スチルをゲットしていないとイベントを発生させていてもEDは見れないわけで」

また延々とオタトークを展開するアキだったが、彼女の言葉は俺の耳を右から左へと流れていく。俺は、アミー様とやらの台詞が表示される画面に釘《くぎ》付けだった。

『君は天使ではなく、私を惑わすために天上から降りて来た墜天使なのかもしれないと最近思うのだよ。嵐が来れば簡単に折れてしまう、そんな可憐《かれん》な花だとばかり思っていたが、それは私の思い違いだった。今宵の月をも惑わす妖美な常夜の精のように危険な香りを今の君は秘めている。――ああ、スノーホワイト、私の美しい人。どうかこれ以上私を惑わさないで』

アミー様は、未だ耳が腐り落ちそうなクサイ台詞を吐き続けている。もう限界だった。限界がきて耐え切れなくなった俺は思わず噴き出してしまった。

「ぶわはははははは！　クッセー！」

「え？」

「マジうける!?　てか、お前こんな男好きなの？　いや、ないだろ、これはない！　つかきめーよマジ。いや、ないないないない、これはない！」

「な、な、な………なんですって？」

アキはゆらりと立ち上がる。その鬼神の如き表情にまずいと思ったが後悔先に立たずだ。

「私のアミー様が、アミー様が、アミー様が……き、きききききキモイ!?」

バンッ！

——そして、俺はまたしても三浦宅を叩き出された。

「シゲ君なんかもう絶交だ！　金輪際うちに来んな！　もう二度とあんたの顔なんか見たくない！」

「はあ⁉　お前も絶交かよ⁉　お前こそ弟の事ガキとか言えねぇだろうが！」

——かくて。俺は三浦姉弟との間には深い溝が出来て、三浦宅にお邪魔する事もなくなった。

おばさんとは相変らず仲が良かったので、近所のコンビニで会うと今まで通り世間話をしたり、ジュースを奢《おご》って貰ったりした。

三浦姉弟と仲直りの機会を摑《つか》めずにいるうちに、俺達は高校生になった。

姉の方は少し離れた場所にある進学校に進学したが、アキラの方は俺とそう学力が変わらないので、地元にある近所の同じ高校に進学した。

入学式でアキラと同じクラスだと分かった時、実は少し嬉しかった。もしかしたら、また昔みたいに戻れるかもしれないって。

だが、アキラは完全に俺を避ける。あんまり頭にきたので、奴がスクール鞄《かばん》につけたアニメキャラのキーホルダーやオタクグッズをからかったりして絡んでみるが、そんな事をすればするほど俺とアキラの距離はどんどん広がっていった。

（こっちが下手に出れば調子に乗りやがって。なんだよあのオタク。マジムカつく）

可愛さ余って憎さ百倍という奴か、俺も段々アキラが憎たらしく思えてきた。嫌がらせに、アキラがいつも鼻の下を伸ばして、股間を膨らませながらニヤニヤ見ている女子を、あえて口説いて付き合ってみたりもした。そんでわざと大きな声で、アキラに聞こえるように、彼女と寝た時の話をしたりして。そうやってちょっかいを出せば出すほど、俺は奴に煙たがられ、俺達の間にできた溝がどうしようもなく深くなっていった——そんなある日。

「お。アキ、今帰りか？」

「アキラ君か。うん、今日は早いんだ」

駅から少し離れた裏通りまで来た時、路地で合流する三浦姉弟に気付く。

声をかけても嫌がられるか無視されるのは分かっていたので、俺は声もかけずに彼等の横を早く通りすぎようと足早に歩いた。すると——

「あ、下の村だ」

「リア充キタコレ」

俺に声をかけるわけでもなく、ひそひそ言い合う姉弟をギロッと睨《にら》むと奴等は口を噤《つぐ》んだ。向こうも俺と同じ道を歩くのが嫌だったらしく、しばらく大通りの曲がり道で立ち止まったまま何やらぼそぼそ話していた。

ギイイィイイイッ！

「姉ちゃん！」

しばし歩いて通りを曲がった後、車が急ブレーキの音とアキラの悲鳴じみた声が聞こえた。

（なんだ？）

胸が妙にザワついた。慌てて踵《きびす》を返して元来た道に舞い戻ると、そこには信じられない光景が広がっていた。冷たいアスファルトの上に倒れている男女は、俺がよく知る人間だった。しかしその青白い顔は、俺の見知らぬ人間の様にも見えた。

二人の下にある赤黒い水溜まりは、どんどん大きくなっていく。血糊《ちのり》のついたガードレールと電柱。下校中の女子校生や、夕飯の買い物帰りらしい主婦の悲鳴。子供の泣き声。俺よりも先に掛けつけた人達が１１９番に電話をしている声がどこか遠くで聞こえる。

（嘘だろ……？）

遠くで聞こえる救急車のサイレンの音が、どんどん近く、大きくなってくる。俺はただ、呆然と立ち尽くす事しか出来なかった。その日から、俺の二人の幼馴染は深い眠りに付いた。

俺の残念な死に方について。……合掌な。

あの事故から、あっという間に一ヶ月が経過した。

なかなか踏ん切りが付かなかったが、その日、俺はアキラ達が入院している病院に見舞いに行く事にした。

目撃者によると、車に轢《ひ》かれそうになったアキをアキラが突き飛ばして助けたそうだ。

しかしアキラはやはりアキラというべきか、それともアキがドン臭いのか。アキはアキラが突き飛ばした先にあった電柱に頭をぶつけ、そのまま目を覚まさない。アキラの方は、全身に軽い打撲といった状態で病院に運ばれた。ただこちらも車に撥《は》ねられた時の衝撃で、頭を強く打ち、目を覚まさない。

なんだかんだで仲の良い姉弟だったと思う。

(でもよ。いくら仲が良くても、姉弟二人で一緒に眠り続けたまま目を覚まさないとか、そこまで仲良くなくても良いんじゃねぇの？)

「シゲ君、来てくれたのね」

病室の窓を閉める三浦のおばさんの目元は赤い。さっきまで泣いていた事を察し、俺は何ともいえない気分になった。

三浦姉弟の母親は若い。確かまだ三十ちょっとだったはずだ。十六の時に妊娠した彼女は、実家を勘当され、たった一人で子供を育ててきたらしい。

「あら、また身長伸びてない？」

薄化粧の上に浮かぶあどけない笑顔は、お世辞抜きで三十代に見えない。こんな若くて綺麗な母ちゃんで、あいつらが羨ましい。しかしおばさんもここ連日の看病やら何やらで心労が重なったのだろう、流石に少し老け込んで見えた。

「ありがとね、この子達も喜んでると思う」

「……ウッス」

軽く頭を下げて俺は二人のベッドの中央にあった椅子の上に腰を下ろした。

二人の顔は青白いが、寝ているだけのようにも見えた。

「……コイツらの調子はどうなんスか?」

「うちのババアから話は大体聞いている。いわゆる植物人間状態で、生命維持をするだけで莫大《ばくだい》な金がかかるらしい。――しかし。

「二人共、怪我はもう大体治ったからあとは目を覚ますだけね。寝ている間に怪我が治るなんて、不幸中の幸いっていうか、むしろラッキーだったんじゃないかな、なんて」

おばさんは気丈に話すが、アキラ達はもう一ヶ月眠り続けたままだ。

俺が口を噤んで俯《うつむ》いているのを見て、彼女は俺が事情を知っている事に気付いたのかもしれない。おばさんの顔に貼り付いていた笑顔が消えた。

「お医者様には、諦める日がいつか来る事を覚悟するようにって、遠回しに言われたけれど……おばさん、信じてるんだ。この子達は絶対に帰って来る」

強い瞳でそう言い切るおばさんの目元に光るものに、俺はまた何も言えなくなった。

(やべ、こっちまで貰い泣きしちまいそうだ……)

でもそんなダッセー真似、この人の前ではしたくない。俺は込み上げてきたものを必死に抑える。

轢き逃げだった。駅裏であまり人通りがなかったせいで、目撃者も少なかった。疲れた表情で目を伏せるおばさんを見ていたら、俺は猛烈に腹が立ってきた。――轢き逃げ犯もだが、それよりも何よりも、あいつらの父親に対して。

「父親は来ねぇんスか？」

「え？」

「俺、知ってます。昔、アキが言ってました。本当はアイツ等の父親、生きてるんだろ？　死んだっていうのは嘘なんだろ？　自分の子供がこんな事になってるっつーのに、なんで父親は来ねぇんだよ」

怒りを押し殺しながら言うと、おばさんは困惑したような顔になる。

「……来たくても、あの人は来れないの」

「仕事が忙しいって奴ですか？　自分の息子と娘が危篤状態だっていうのに来ないいんスか？」

「シゲ君はやっぱり良い子よねぇ、うん、とっても良い子に育った。ちょっとチャライけどとっても良い子」

よしよしと子供の頃されたように頭を撫《な》でられて、俺は思わずそっぽを向いて舌打ちする。一気に毒気が抜けてしまった。子供扱いされて腹が立ったが、おばさんの手は相変らず柔らかくてひんやりしていて気持ちが良い。

「……やめてください。俺、もうガキじゃないです」

「それでも赤ちゃんの頃からシゲ君の事を知ってるおばさんからすれば、あなたなんてまだまだ子供みたいなもんよ」

ギュッと後ろから腕を回され、肘で軽く首を絞められるジェスチャーを取られる。おばさんの豊満な乳が背中に当たり、不覚にもドキマギしてしまった。

それを隠すように、俺はベッドに横たわる二人に目を向ける。

「……いや、マジな話ッスけど。父親なら来るべきだと思いますよ。今どこにいるんスか？　俺が連れてきてやりましょうか？」

おばさんは俺の首から腕を放すと、寂しそうな笑みを浮かべた。

「シゲ君の気持ちだけ受け取っておく、ありがとね」

「いやマジで。俺、おばさんのためなら殴ってでも連れて来てやりますよ」

おばさんは俺から離れると窓を開けた。

ふわりと浮いたレースのカーテンに、おばさんの姿は隠される。

「無理なのよ、シゲ君じゃ行けない。……あの人は、リゲルにいるから」

「リゲル？」

「……リゲルブルク」

聞いた事がない。名前の響きからして、ヨーロッパ辺りの小国だろうか。

「ヨーロッパですか？　でも、電話で連絡すれば」

「電話しても通じないわ。そもそも電話がないから。それにあの人はアキとアキラの存在も知らないの」

「電話がない？　つか、なんで子供の事教えなかったんスか？」

彼女はレースのカーテンの向こうで、空を見上げているようだった。

「教えたくても教えられなかったのよ。この子達の父親がいるのは、異世界だから」

「は？」

その言葉に、俺は一つ瞬きをした。

（異世界……？）

俺が「異世界」という言葉を、心の中でもう一度繰り返したその時——おばさんは「なんちゃって」と悪戯っぽく笑いながら、レースのカーテンの中から出てきた。

クスクス笑いながら、彼女は窓脇に置いていた花瓶を手に取る。

「冗談よ。ちょっと待っててね。おばさん、お花のお水替えてくるから」

俺はそそくさと病室を抜け出すおばさんの背中を、ポカンとした表情で見送る。

アキラ達の父親にも腹が立っていたが、自分を子供扱いして妙な嘘を吐き、うまい具合に話を煙に巻いて逃げたおばさんにも腹が立った。

「なんだよ、マジで……」

（こっちは真剣なのに）

舌打ちしながら頭の後ろを掻《か》く。溜息を吐くと、おばさんが消え、静かになった病室で心電図のモニターの音だけが流れていた。二人の心音は穏やかだ。

「あんま、おばさんの事泣かすんじゃねーよ」と言って、ベッドに横たわるアキラの鼻を軽く摘んだり、耳朶《みみたぶ》を引っ張ったりしてみるが反応はない。

「アキを庇《かば》って轢かれるとか、そんなんお前のキャラじゃねーだろ。格好付けやがって」

アキラの頬を抓《つね》りながらアキの方を振り返る。

「アキもさ、大学の推薦取れたんだろ。マジもったいねぇよ、早く戻って来いよ」

――その時。

「みーつけた」

それはかくれんぼをしている小学生のような、無邪気な声だった。しかしそんな無邪気な声と反比例するように、現れた女のどろりと濁った瞳に俺の背筋を冷たいものが流れる。

それは、俺が先月別れた女だった。綾小路《あやこうじ》レイナ。うちの学校一のお嬢様で美少女だ。その苗字と外見に惹かれて口説いたが、これがまた嫉妬深くて面倒な女だった。俺はすぐに別れを切り出したが、向こうからすれば自分を半年も口説いてきた男に折れて仕方なく付き合ってやったら、すぐに振られてしまったという最悪な形になるのだろう。当然納得出来なかったらしく、ＬＩＭＥをブロックしてから鬼電、家凸をされて大変だった。最近は連絡もないので、もう諦めたと思っていたが……。

「ここで張ってたら、いつか絶対会えると思っていましたのよ」

スクールバッグの中から綾小路が取り出したのは、新聞誌で巻かれた何かだった。新聞紙の中から覗《のぞ》く柄を綾小路が引きぬくと鈍色のナイフが光る。俺の顔が引き攣《つ》った。

「綾小路」

俺が椅子を立つと、綾小路はその大振りのナイフの刃を見つめながら語りだす。

「おかしいと思っていたんです。シゲ様はわたくしと付き合っている時も、いつも上の空で」

綾小路の目線は、ベッドのアキへと向けられている。今までも何度か歴代彼女達に誤解された事があったが、俺とアキとは真剣にそういう関係ではない。

「いや、だからアキは違うって」

「わたくしの事はずっと苗字で呼んでいらしたのに、その女の事は名前で呼ぶのですわね……」

「ま、待て、アキはマジで関係ねぇ！」

二人のベッドの前で両手を広げると、綾小路の動きがぴたりと止まった。

彼女の視線は俺の鞄が置かれてある、アキラのベッドに固定されていた。

「……そうだったのね……そうか、そっちか、そっちが本命か……」

「あ？」

「シゲ様、シゲ様はこのキモオタの事が好きだったんでしょう？」

「は？」

（なに言ってんだ、コイツ？）

綾小路のトンでも発言に、開いた口が塞がらない。俺は今、もしかしたら世界で一番間の抜けた顔をしているかもしれない。

「……今思い返せば、ああ、そうですわ。そう考えると納得のいく事ばかり。わたくしと付き合ってる間もアキラアキラアキラアキラこのオタクの話ばかりしていましたし」

「そんなわけあるかよ！」

「酷いですわ！　わたくしはただのカモフラージュでしたの！」

「やめろ、真剣にやめてくれ」

涙を千切り悲劇のヒロインよろしく叫ぶ綾小路に「なんだなんだ」と病室の入り口にワラワラと人が集まって来る。

「うるさい！　裏切り者！」

（やべっ⁉）

綾小路が振り下ろしたナイフを、スクール鞄で受けると彼女は窓脇に置かれていた花瓶を手に取る。

バチャッ！

「うわっ」

水と花が顔にかかり、視界がゼロになった瞬間――

ガッ！

ぐらりと視界が揺れた。グルグルと景色が回り、俺は思わずよろめき床に膝を突く。綾小路が持っていた花瓶が俺の後頭部に命中したのだろう。割れた花瓶の破片が床に落ちるのが視界の片隅に見えた。

「男の癖にシゲ様を誑《たぶら》かすなんて許せませんわ。……泥棒猫には制裁を与えなければ」

打たれ所が悪かったのか、吐きそうだ。込み上げる嘔吐《おうと》感を抑えていると、綾小路がナイフをアキラに振り下ろそうとしている所だった。

「やめろ……！」

反射的に俺はベッドの上に横たわるアキラの上に覆いかぶさった。

ガッ！

背中に鈍い衝撃が走る。

「……っ！」

口から零《こぼ》れた血の赤さに自分でも驚いた。肺に血が入ったのか呼吸が上手く出来ない。喉からヒューヒューと、喘鳴《ぜいめい》のようなものが漏れる。

「ひどい！　庇うなんて、やっぱりこの男が本命だったのですね！」

反論したい所だが、呼吸も満足に出来ない。言葉が出て来るわけもない。

「死ね！　死ね！　死ね！　死んでしまえっ！」

綾小路は叫びながら、俺の背中にナイフを何度も突き立てる。

最初は刺される度に激痛に襲われたが、次第にその痛みも感覚も麻痺《まひ》してきた。

（やべぇわ、これ……）

死ぬんじゃねえか？　と頭の片隅で思った。でも、俺は今動くわけにはいかなかった。俺が動いたら、綾小路のナイフがアキラに刺さる。せめてホモじゃねぇよと反論したい所だが、やはり声は出そうにない。

俺の血がジワジワと、アキラの上にかけられた布団を濡《ぬ》らしていく。

「何、あんた！　ちょっと、何やってんの⁉」

病室に戻って来たおばさんと、駆け付けて来た人達が綾小路を押さえる姿を目にした瞬間、体の力が抜けた。

（良かった……）

もしかしたら、これが走馬灯という奴だろうか。俺が覚えているはずない、赤ん坊の時から今までの人生の記憶が目まぐるしい速さで蘇《よみがえ》る。

ガキの頃の記憶の所で、ふいに頬に熱い物が流れた。

『アキラー、シゲ君と冷やしたスイカ取っておいでー』

『うっし、行くぞシゲ！』

『うん！』

『え、待って、アキも行く！』

『シゲミも行く、おにいちゃん待って！』

それは小学生の頃の記憶だった。ガキの頃は、毎年夏になると、アキラの家とうちの家の家族全員で九十九里浜まで出掛けてキャンプをした。バーベキューをして、スイカ割りをして、夜は花火をやるのが、毎年夏の恒例行事だった。

（ああ、この頃は毎日が楽しかったな）

『ばーか！　これは男の仕事なんだよ、女は肉でも焼いてろ！』

『えー、ひどい！』

『るせ、行くぞシゲ！』

『うん！』

砂浜の砂に足を取られた俺を振り返り、「シゲ」と手を差し出すのは、学校で一番輝いていた頃のアイツだった。

『ありがとう、アキラ君』

『シゲは本当ドン臭いよな』

『う、うるせーよ』

（なんで今、こんな事思い出すんだ？）

ああ、そうか。俺、こいつの事が大好きだったんだ。俺はあの頃が、あいつらと友達だった頃が一番楽しかったんだ。

『シゲ、大人達が寝たら二人でこっそりテント抜け出して冒険に行こうぜ！　なんか向こうに面白そうな洞窟見つけてさ』

『え、怒られないかな』

『見付かればな。見付からなきゃいいだけだろ』

『なんかドキドキするね、洞窟か』

(俺、馬鹿だ……)

見た目とか、ステータスとか、学校での立ち位置とか。なんであんな馬鹿みたいな事にこだわってたんだろう。アキラがオタクでもアキがモサくても、そんなのどうでも良かったじゃねぇか。好きでもない見た目だけが良い女と付き合って、一緒にいても楽しくないグループの奴等とつるんで、格好付けて、今思い返すと、俺の人生、他人の目ばかり気にして、本当にやりたい事なんて何ひとつ出来てない人生だった。俺よりも、むしろアイツ等の方が人生の満足度高いんじゃねーの？　アイツ等はいつだって人目なんか気にしないで、自分の好きな事だけやっていた。アキラが「リア充」と皮肉っていた俺よりも、あの二人の方がむしろ充実した楽しい人生を送っているように思える。

一番ダセーのは俺だった。何であんなに赤の他人の目ばっか気にしていたんだろう。他人の視線に振り回されて、二人の事も沢山傷付けた。でも、あの時は俺も俺なりに必死だったんだ。そんなの言い訳にも何にもならないだろうけど。どうでもいい奴等にどう思われるかばかり気にして、俺はこいつらを――かけがえのない親友を失った。あーもう、なんでこんな事になっちまったんだろ。いつか仲直りできるって思ってたのに。いつか元通りになれるって信じてたのに。いつか謝ろうって、ずっと思ってたのに。

ゴホッ。

（アキラを庇って死ぬとか、笑える……）

なんとか上体を起こして、アキラの頬に触れてみる。こんなに近くで、こいつの顔を見るのも久しぶりだ。幼馴染の贔屓《ひいき》目を抜きにしても、元の顔はそんなに悪くはない……と思う。

（ああ、でも駄目だ。やっぱ駄目だ。やっぱコイツ、ダッセーわ。近くで見れば見るほどキモオタだわ。やっぱコイツと一緒に街歩くのは無理だ無理。恥ずかしい。つーかなんでパジャマの下のTシャツまでどきメモなんだよ、畜生）

――でも。

「おれ、また、お前と………ちに、なりた、……」

ぽたりとアキラの顔に透明な雫《しずく》が落ちる。俺の血と涙でグチャグチャに汚れたアキラの青白い顔は、どんどん歪み、ぼやけていく。

「シゲ君！　嘘でしょ、ちょっと、やだ、やめて！　看護師さん、早く、早く来て！」

「だってだって！　シゲ様がゲイだなんて思わなかったんですものーっ！」

「えっ！　シゲ君、ちょ、まさかうちの息子とデキてたって事⁉」

「そうなのですわ！　二人はデキていたのですわ！　だから、わたくしは……っ！」

おばさんと綾小路に全力で訂正したい衝動に駆られるが、次の瞬間、俺の意識は暗転した。

＊＊＊＊

「おい、さっさと目を覚ませ」

（ん……？）

乱暴に体を揺さぶられ、視界に飛び込んできたのはキラキラと輝く光だった。

次第にぼやけた焦点《しょうてん》は定まっていき、そのまばゆい光の正体は、俺を揺さぶり起こす少年の金髪だという事に気付く。

「いつまで寝ているんだ、今日は大事な日だと言っていただろう」

煌《きら》びやかな金髪が揺れ、辺りにキラキラと光を撒《ま》き散らす。小生意気な猫のように吊《つ》りあがったアクアマリンの瞳は、夏の空のように澄んでいる。肌は透けるように白く、不機嫌そうにへの字に結ばれた唇は女のように赤く瑞々《みずみず》しい。細くしなやかな四肢を包むのは白を基調にした軍服だ。これまた高そうなお召し物で、袖もボタンも肩章も全て金で縁取られている。

俺の顔を覗きこんでいた美少年が、胸の前で腕を組んで仁王立ちになると、彼が腰に下げた宝剣の飾りがしゃらんと音を立てた。

（なんだこの王子様、スッゲー美少年だな）

寝ぼけ眼で美少年を見上げたまま数秒考えた後——俺の思考回路は停止した。

俺は目の前の美少年が誰か知っている。この顔、この格好、この声、全てに見覚えが

あった。アキの部屋にあったあのデカイポスターやら抱き枕の、アレだ。あー、なんだっけ、アレだアレ。エミリー……じゃない、エミリオたん！

（って、エミリオたん……？）

「エミリオたん！　な、なんでぇ⁉」

俺の叫びが辺りにこだました。


俺の残念な転生先について。……マジか。


「はあ？　何を言っているんだ、お前は。人を妙な名前で呼ぶな。エミリオ……たん？」

「たんとはなんだ？　僕の知らない敬称だ」と訝《いぶか》しげな表情を浮かべる目の前の美少年の名前は、エミリオた……ではなく、エミリオ王子殿下。これは夢だろうか。いや、夢に決まっている。そう思い頬を抓《つね》ってみる。

（……あれ、おかしいな、痛いぞ。痛いのに目が覚めねぇし）

なんとなく横を向くと、外はどしゃぶりの雨だった。窓に映ったその顔は、俺の――下村茂の顔ではない。違う人かなと思って手を上げたり、首を振ったりしてみるが……困った。これ、俺の顔みたいだ。

「この顔……」

俺は昼寝をしていたソファーから降りて、窓に映る自分の顔を食い入るように見つめる。眼窩《がんか》上部が盛り上がっており、鼻が高く、全体的に顔の彫が深い顔は、黄色人種ですらなかった。サロンで毎月マメに染めて貰っていた髪は、自然なアッシュブラウンになっている。ピアッサーで耳にブチブチ開けたピアス穴は、穴の数が減っており、軟骨に開けた穴も消えている。俺が今いる部屋も、さっきまでいたはずの簡素な病室ではなかった。こないだやっていた、マリー・アントワネットが主役の映画の部屋に良く似てる。

（これ、俺の顔じゃない）

下村茂はこんなに垂れ目じゃなかったし、泣き黒子もなかった。襟足を伸ばしていたので、髪は男にしては長い方だったがこんなロンゲじゃない。後ろで緩く三つ編みで縛られている長い髪を指で摘んで持ち上げてみた後、俺はマジマジと自分の体を見下ろした。身長は高い方だったが、流石にここまでなかったし、こんなに筋肉もなかった。

（でも、これも俺だ。俺の顔で、俺の体だ……）

俺はこの顔を良く知っている。窓に映った長髪垂れ目の男の顔は、二十六年間、毎日鏡で見た見慣れた俺の顔でもあった。

「いい加減にしろ、ルーカス。まだ寝ぼけているのか？」

（ルーカス。誰の事だ？　俺の名前は下村しげ……）

（いや……）

俺は一瞬考え込む。――ルーカスであっている。ルーカス・セレスティン。二十六年慣れ親しんだ俺の名前だ。

　ふと辺りをキョロキョロ見回してみる。ああ、そうだ、ここエミリオ王子の部屋だわ。ベルサイユ宮殿じゃねぇわ。

（俺はまた、護衛中に昼寝していたのか……）

　俺を呆れ顔で覗き込む金髪美少年の名前は、エミリオ・バイエ・バシュラール・テニエ・フォン・リゲルブルク。ここ、リゲルブルクの第二王子殿下であらせられる。

　そして俺は、この王子殿下直属の護衛、黒炎の騎士ルーカスだ。

「ええっと」

　俺の頬を一筋の汗が伝う。

（どうなってんだ、これ……？）

　綾小路に刺され、ホモ疑惑が浮上したまま終了した下村茂の残念な最後の記憶が脳裏に蘇る。もしやとは思うが俺は死んでしまったのだろうか？　でもって、俺はアキがやり込んでいた乙女ゲームの世界に転生してしまったのだろうか？

（ああ、そういえばアキラやクラスのキモオタ達が話してたわ。最近は、乙女ゲームの悪役令嬢モノや異世界転生奴隷チーレムがアツイって）

……………。

「んな訳あるかああああああああああああああああ！」

　思わず頭を壁に打ち付ける俺を、エミリオたん……ではなかった、エミリオ様は気味が悪そうな目で見ている。

「ルーカス、お前本当にどうした？　さっきから様子がおかしいぞ」

「どうしたもこうしたも！　どうしましょうね……」

泣き笑いしながら俺は目元を手で押さえた。

まずは現状を整理しよう。

（俺は……下村茂だ）

俺は下村茂というクソダッセー名前の高校生だった。——昼寝から目を覚ました瞬間、俺は前世を思い出した。そして気付いてしまった。この世界は前世の幼馴染、三浦亜姫が好きだった『白雪姫と7人の恋人』という乙女ゲームの世界だという事に。

「えーっと、ツンデレ王子エミリオたん……で、あってますよね？」

引き攣った笑みを浮かべながら問うと、主は胸の前で腕を組みながらその形の良い眉を顰《ひそ》める。

「だから。お前はさっきから一体何を言っている？　ツン？　エミリオたん？」

「すんません、寝ぼけていたみたいッス」

（エミリオってやっぱアレだろ？　アキの言ってた……嘘だろ、マジかよ？）

やはり俺——ルーカスの主であらせられるエミリオ王子殿下は、『白雪姫と7人の恋人』の攻略キャラで、アキの部屋に大きなポスターや抱き枕まであった、彼女の最萌えキャラクターのエミリオたんで合っているようだ。

俺は目の前の美少年の事を良く知っている。例えば身長は一七〇センチあると言っているが、実は一六九、八センチしかないという事。ヤリチンの部下《オレ》に対抗して「ぼ、僕だって女なんか飽きるほど抱いている！」と豪語しているが、実は童貞君だという事。幼い頃から兄王子の真似をして珈琲《コーヒー》をブラックで飲んでいるが、実はブラックは死ぬほど苦手で、誰も見てないと砂糖とミルクをガバガバ入れている事とか色々。本当に色々。

この王子様とは長い付き合いなので、俺が彼の事を色々知っていても何らおかしくない。だけど違うんだ、そうじゃない。今の俺は、王子様の少し先の未来まで知っている。彼が童貞を捨てる場所は、森の奥にある盗賊のアジトの古城で、何故か俺もご一緒していて3Pだという事。そのお相手はスノーホワイトという隣国のお姫様だという事。そして王子様は、そのお姫様を好きになるという事。俺は、エミリオ様がスノーホワイトと初めてキスをする場所や、デートで行く場所、プロポーズをする場所、プロポーズの言葉まで知っている。いやマジで。

（――って、ちょっと待て）

俺はある事を思い出し、ゾッとした。

『無理なのよ、シゲ君じゃ行けない。……あの人は、リゲルにいるから』

『……リゲル？』

『リゲルブルク』

この国の名前はリゲルブルク。初代国王ディートフリート・リゲルが、陸に打ち上げられていた魚を哀れに思い、泉に返してやったという逸話から、水の精霊ウンディーネの加護を受け、清らかな水と肥沃な土壌、豊かな緑に恵まれたといわれている大国だ。

常識的に考えれば、三浦のおばさんが娘が好きなゲームの国の名前を使って、俺をからかったと思うべきだ。しかし今、俺には非常識極まりない事が起きている。今までの常識を当て嵌《は》めて考えるのもナンセンスな話だ。

（ひょっとして、ここにアイツ等の父親がいるって事か？）

なんだか、その可能性もありえるような気がした。

（って、ちょっとまて。ルーカス……ルーカスって……？）

俺はもう一つ、とんでもない事に気付いてしまった。確か、いた。『白雪姫７人の恋人』の攻略キャラの一人にルーカスという名のチャラ男騎士が。

「俺の名前って何でしたっけ、エミリオ様……？」

ギギギッと首だけで主を振り返って後ろに立つ王子様に聞いてみると、彼は呆れたような顔で嘆息する。

「まだ寝ぼけているのか？　ルーカスだろう、ルーカス・セレスティン。お前は僕の護衛の騎士で、どうしようもない女たらしで、いかがわしい夜の酒場の常連で、正直解雇したいと思う事も良くあるが、剣の腕と頭は悪くないから僕の傍に置いてやっている〝黒炎の騎士〟だ。……お前、本当に大丈夫か？　頭でも打ったのか？」

（マジだわ……）

酷い頭痛がした。いや、マジありえねぇ。これってやっぱ夢じゃね？　綾小路に刺されて、生死を彷徨《さまよ》っている俺が見てる悪夢。

（よりにもよってルーカスか。確かすっげーチョロイキャラだよな……）

俺はルーカス・セレスティンの事も知っていた。アキが彼氏にしたいと言っていたキャラクターだ。チャラ男騎士と呼ばれていた、ルーカスのキャラ設定が脳裏に浮かぶ。同時に自分がルーカスとして生まれ落ちてからの二六年の歴史が、怒濤《どとう》のように蘇った。確かにルーカスはチャラかった。前世の俺もそれなりに遊んできた方だが、ルーカスはそれを上回る。城のメイドや、女騎士団員の綺麗どころはほぼ抱いている。普通ならこんな狭い空間で多数の女性と関係を持てば修羅場になるが、ルーカスは下村茂よりも要領が良かった。

（とりあえず、まずは頭を整理するか）

様子のおかしい護衛騎士を不気味そうに見ている王子様をよそ目に、俺はテーブルにあった水差しの水を一気に飲み干す。

俺はまず、ルーカス・セレスティンの人生を振り返ってみる事にした。

ルーカスは孤児で、物心付いた頃から教会が経営している孤児院で暮らしていた。

孤児院を出る事になったのは孤児院を経営していた神父が人喰《く》い妖魔で、子供を食べている現場を目撃してしまったからだ。温かい里親の家に貰われて行ったはずの子供達は、皆、神父に喰われていた。

『見てしまったんだね、ルーカス。……君はもうちょっと大きくなってから食べたかったんだけど』

血に濡れた口元を袖で拭うと、神父は三日月のように目を細めて笑う。蛇のように縦長に伸びた瞳孔《どうこう》は、人間の物ではない。

『そこまでだ！　覚悟しろ！』

その時、ルーカスの事を助けてくれたのは、リゲルブルクの王宮に勤める騎士だった。騎士はその妖魔との戦いで、腕を一本失った。彼はその後、ルーカスを養子として引き取り、愛情をもって育ててくれた。ルーカスは騎士を父と慕い、父が失った腕の代わりとなって生きる事を誓った。

ルーカスも父と同じ騎士の道を選んだ。十四歳になったルーカスは従騎士になった。

その数日後、父は呆気《あっけ》なく亡くなってしまった。年老いて利き腕もないというのに、夜になっても森から帰って来ないという子供を探しに行き、魔獣にやられてしまったのだ。

ルーカスの父親は、最後まで立派な騎士だった。

『これからは俺のためじゃない、この国のために、友や愛する人を守るためにその剣を振るいなさい。――我が息子よ、いつだって騎士の勇気と誇りを忘れずに、我が国の誉れ高き騎士であれ』

それが彼の父の最期の言葉だった。

それからすぐにルーカスは正規の騎士に昇格した。ルーカスには剣の才能があった。誰もが嫌がる危険な任に就き、積極的に魔物を討って出世した。何度か戦争にも行った。黒煙の中、炎の大地と化した戦場からただ一人帰還した戦の後、国王陛下に「黒炎の騎士」の称号を賜った。

しかし、同期には化物がいた。ヒルデベルト。家名はない。アミール王子が森で拾った孤児という話だったが、森で獣のように育った彼の身体能力は化物じみていた。

ルーカスよりも数歳年下に見えるその騎士は、すぐに彼の事を追い抜いて、アミール様付きの騎士となった。

ルーカスも数年遅れて、第二王子のエミリオ様の護衛騎士になった。

王族の護衛に就けるという事は、この国の騎士の最高の名誉だ。ルーカスの父も、亡きベルナデット王妃が子供の頃から護衛を務めていた。誰よりも尊敬している父と同じ所までこられたのだと思うと、自分が誇らしかった。

しかし、エミリオ様付きの騎士になったルーカスは、すぐに彼の抱えている問題――彼の父親について、考えさせられる事になる。

ラインハルト国王陛下は、王としては有能な人だったと思う。ただ父親としては問題があったようで、家族に無関心な男だった。風の噂《うわさ》によると、その無関心さが先の王妃ベルナデット様を追い詰め、自害させたらしい。王としての執務はこなしているが、彼の目はいつも虚ろだった。ラインハルト国王陛下は、家族でも国でもなく、いつもどこか遠い空を見つめていた。

　エミリオ様は、寂しかったのだろう。彼は母親のベルナデット様の顔を肖像画でしか知らない。父親は無関心で政《まつりごと》の時しか顔を合わせない。そんな事情から、エミリオ様は小さい頃から兄のアミール王子にべったりで、いつも「あにうえ、あにうえ」と彼の後を子犬のように付いてまわっていた。

　しかしそんな仲睦まじい兄弟の周囲には、常に不穏な空気が漂っていた。継母のフロリアナが城に居座り、新しい兄弟達が増えていく。最初は陰でひっそり行われていた継子虐めだったが、次第にフロリアナは堂々と表でやるようになっていった。

　ある日、彼女はエミリオ様の言動に難癖を付けて、王城の脇にある狭く高い塔の上に王子兄弟を軟禁した。アミール王子は薄暗い塔の中で「困ったねぇ」と笑いながら、自分の護衛騎士とトランプをして過ごしていたが、エミリオ様は激怒して「あの性悪な女狐が！」「色で父上をたぶらかした売女め！」と、フロリアナに聞かれたらまずそうな暴言を吐きながら、ひらすら枕パンチをしていた。ルーカスも折角王族の護衛という立場まで出世したというのに、一気にランクダウンした食事の内容にゲンナリした覚えがある。

　軟禁は一ヶ月少々で解かれたが、外では「継母に懐かず、優秀な第三王子ロルフに嫉妬するアミール様とエミリオ様にお灸《きゅう》をすえた」という事になっていた。更にフロリアナは、陛下に「次期国王には私のロルフを！」と迫っていたらしい。

　当然、エミリオ様は激昂《げきこう》した。

『兄上、止めないでください！　ぼくは嘘偽りを吹聴し、ぼくと兄上の名誉を貶《おとし》めた、あの卑怯《ひきょう》な女の事を絶対に許さない！』

抜刀して部屋を飛び出そうとする、困ったちゃんを押さえながら兄王子は嘆息する。

『お前の気持ちは分かるけど。でもここは抑えてくれ、これ以上立場がなくなったら私も流石にやりにくい』

『しかし！　兄上は悔しくないのですか⁉』

『時間はかかるかもしれないが、私がこの国の王太子として、いつか父上を説得し、フロリアナ達にも適切な対処を下すと約束しよう。ここは私達の家で、私達の国だ。――そして私は、王位も国も、他の誰かに譲るつもりはない』

『兄上……！』

ブラコン弟は兄の言葉に感極まっている様子だったが、ルーカスはそうではなかった。アミール王子の氷海の底深い場所の光を留めたような冷たく暗い眼光に、ゾクリと身を震わせた。

その後も何度かフロリアナと王子達（主にエミリオ様）は揉《も》めたが、その度にアミール王子が弟王子を宥《なだ》め、継母の間を取り持ち仲裁していた。

ラインハルト国王陛下は相も変わらず家族にも、家族間の揉めごとにも無関心だった。

彼はいつも、どこか遠くの空を見つめていた。

そんなある日、あんなに良かった兄弟仲に亀裂が入る。

アミール王子が、自ら王位継承権を手放すと言い出したのだ。

『何故です、兄上！　まさかあの女に脅迫されたのですか⁉』

当然、エミリオ様は彼に喰ってかかった。

『これ以上、肉親同士でいがみ合いたくない。私は争ってまで王位が欲しくないんだ。分かってくれ、エミリオ』

『そんな……あの能なしの豚に王位を譲るというのですか？　そんなの、ありえない！　あの時、兄上は僕にこうおっしゃったはずだ！　王位も国も、他の誰にも譲るつもりはないと！』

自分の胸倉に摑みかかる弟に、アミール王子は曖昧な笑みを浮かべて笑うだけだ。

『エミリオ、ごめんね』

『この腑《ふ》抜けが！　軟弱者！　お前なんかもう、僕の兄じゃない！』

そして、エミリオ様の傍にいるのはルーカスだけになった。

『いいんスか王子、お兄様と仲直りしなくて』

『あんな腑抜け僕の兄じゃない。あんな腑抜けや白豚《ロルフ》に王位を譲るくらいなら、この僕が王になってやる』

そんなの無理に決まってる。この王子は直情的で短絡的だ。エミリオ様は兄王子や女官達に、ただ真綿に包《くる》まれるようにして甘やかされ守られてきた生来の王子様で、その思考回路も甘ったれた末っ子そのものだ。世間の厳しさも、外交の難しさも、部下達の管理の方法も、黒い思惑を持って近付いて来る貴族達との付き合い方もまだ何も知らない。

アミール王子は、あれでも頭がキレるし政治手腕に長けている。あの兄王子は、学生時代に自分が王位に就いた時の備えをほぼ完了させた。鉄血宰相ヴィスカルディーの有能な倅《せがれ》を懐柔し次期宰相にと据え置いて、優秀な学友には目を付けて口説いてスカウトし、着実に自分の臣下を揃《そろ》えていったが、エミリオ様はアミール王子のように貴族や庶民も通う学校に通い、友人を作り、庶民の生活を知る事もなく大きくなった。勉強は王城で家庭教師に教わっていたし、苦手な勉強の時間は逃げていた。社交界や舞踏会など、貴族間の集まりも嫌いでほとんど顔も出さなかった。そんなエミリオ王子の味方は城中城外含め皆無に等しい。この国で彼の忠臣といえるのは、ルーカスくらいだ。

（ま、お手並み拝見といきますか）

ルーカスはそれからしばらく静観したが、この王子様、意外に頑張った。そういえば、元々エミリオ様はお勉強は出来る方だった。苦手な事は学びたがらなかっただけで。兄が今まで歩いてきた道をなぞるようにではあったが、エミリオ王子は次期国王としての帝王学に勤しみ、着実に味方を増やしていった。

しかしよくよくみてみると、全てがアミール様のお手付きの者達なのだ。弟を心配している兄が、裏で根回ししている。

そして国は真っ二つに別れた。第二王子エミリオ王子派と第三王子ロルフ王子派。名目上はそうなっているが、裏で二人の糸を引いているのはアミール王子とフロリアナだ。あの二人が弟と息子を使って代理戦争をしている。

勿論《もちろん》王位継承権の正当性は、第二王子のエミリオ様にあった。そこでフロリアナは、エミリオ王子の心証を貶める作戦にでた。エミリオ様が狡猾《こうかつ》な野心家で、兄のアミール様の王位を略奪しようとしているという話をばら撒いたのだ。

子供時代から王子達を知っている臣下達からすれば、笑える話だった。あの甘ったれのワガママプリンスが野心家で、敬愛している兄王子から王位を略奪しようとしているなんて誰も信じない。しかしそんな事を知る由もない国民にも諸外国にも、尾鰭《おひれ》のついた噂は広まっていく。

これでアミール王子は、下手に王位継承権を放棄出来なくなってしまった。自分が継承権を放棄すると、名実ともに弟が汚名を着せられる事になってしまう。フロリアナもそれを狙っている。フロリアナは兄王子の王位継承権を略奪した悪の王子エミリオを、正義の王子ロルフが討ち、彼が次期国王陛下の座に就くという、まるで三文芝居のようなシナリオをお望みだ。

フロリアナ一派は、ここでアミール様とエミリオ様の仲に決定的な亀裂が入る事を想像していたようだが、残念な事にそれは彼女の読み違いとなった。元々、エミリオ様は王位が欲しかったわけではない。何故か「王位継承権を放棄する」と言い出したアミール様を奮起させ、玉座に就かせたかっただけなのだ。だがフロリアナ一派は、自分達のようにエミリオ様も王位を欲しているのだとばかり思っていたのだろう。兄王子を討とうとしないエミリオ王子に、フロリアナ一派は焦《あせ》った。下手に退位する事ができなくなり「困ったなぁ」と嘆く兄を見て、エミリオ様は小気味良さそうに笑っていた。

（もしやあの王子様、最初から王位継承権を放棄する気なんてなかったんじゃないか？）

まだ幼く感情を抑えることの出来ないエミリオ様は、アミール王子の一番のウィークポイントだった。当然フロリアナ一派もそれをよく理解しており、彼のウィークポイントであるエミリオ王子をいつも集中的に攻めてきた。アミール王子はあえてエミリオ様と仲違いをして、フロリアナ一派の目を欺き、直情的な弟の暴走を上手い具合に利用したという事なのだろうか？　いつか塔に閉じ込められた時と違い、この頃のアミール王子はもう無力な子供ではなかった。成人して国王から国宝の神剣を賜り、城に己の忠臣も揃え、フロリアナ一派も容易には手出しが出来なくなっていた。

そして玉座を巡った争いは膠着《こうちゃく》状態に入った。しかし、城の者達は誰もがアミール王子が王位に就くのだとばかり思っていた。フロリアナ一派の顔であるロルフ王子は、エミリオ王子以上にアレだ。フロリアナが甘やかし過ぎたせいだろう。根気がなく打たれ弱いくせにプライドだけは一丁前の男で、勉学はいつも途中で放棄し、娼婦《しょうふ》を呼んで昼間っから遊んでいる。野心家の門閥貴族の家の出で計算高いフロリアナだったが、子供達はその頭脳も美貌も、遺伝しなかったらしい。ちなみにロルフの下の弟王子や姫も彼と同じかそれ以下だ。

ラインハルト国王陛下から神剣を賜ったという事もあり、アミール王子の王位継承はいよいよ本決りだと思われた。

しかし、ある日事態は急変する。陛下は、そのどこからともなくあらわれた黒髪の女に心を奪われた。陛下はもう窓の外を見ていなかった。家族も国も何も見ていなかった。ただ、その女だけを見つめていた。

『やっと私の下に戻ってきてくれたんだね、ホナミ君』

『ええ、陛下。私もお会いしとうございました』

この世界では聞き慣れない「ホナミ」という珍しい名前の女は、とても珍しい闇色の髪と瞳を持つ、それはそれは美しい女だった。

――そして大国リゲルブルクは傾き出す。


俺の残念なご主人について。……死ぬわ。


ホナミはすぐに国王陛下の寵妃《ちょうひ》となった。

この国の寵妃は、王に寵愛されればされるほど地位が高くなる。王の愛を一身に受ける事が出来れば、寵妃の地位や権限、発言力は正妃をも上回る。ラインハルトに溺愛されるホナミの地位は、すぐにフロリアナや王子達よりも高くなり、彼女の地位は確固たる物となった。するとホナミは高価な宝石やドレス、高価な調度品を買いあさるようになり、激しい浪費を始めた。陛下は何も言わなかった。ただ贅《ぜい》の限りを尽くすホナミを幸せそうに見つめていた。ホナミの振る舞いについて忠言した臣下達もいたが、その度に陛下は彼等に厳しい処罰を与えた。城から追放された者も首を切られた者もいた。徐々に陛下に物申せる者はいなくなっていった。

一度、ホナミが税を上げるように陛下に進言したが、ここでアミール王子が間に入った。アミール王子が何を言ったのかルーカスの知る所ではないが、流石に息子に諭されてバツが悪かったのだろう。増税の話はなくなったが、それからホナミはしばらく荒れに荒れた。陛下は彼女を諌《いさ》めるのに、大分苦労したらしい。

それから陛下はアミール王子が謁見を願っても避けるようになった。いつものように「困ったねぇ」と微笑むアミール王子の目は、今回に限り笑っていなかった。

エミリオ様は動かなかった。いや、動けなかったと言った方が正しい。彼の中で兄王子は、絶対的な存在として位置付けられている。そんな兄が身動き取れない事態に、彼も動揺したのだろう。

難しい年頃のエミリオ様からすれば、父親の変化もショックだったのかもしれない。自分達だけではなく、フロリアナ達に対してもいつだって無関心だった父の、ホナミが来てからの変わりよう。昼間から睦みあい、ホナミを連れて馬で遠乗りに行き、夜は二人で寄り添いながら星空を眺める。エミリオ様はただ苦々しい顔で、ホナミを寵愛している父親を見ていた。

フロリアナは当然面白くない。陛下が夜、フロリアナの寝室にお渡りになる事がなくなったという噂が城内でも持ちきりになった。どうやらそれは事実だったらしく、フロリアナの憎悪の矛先はエミリオ様達からホナミへと向けられた。フロリアナは事ある毎にホナミに喰ってかかるが、ホナミはどこ吹く風といった様子で彼女の暴言や皮肉をかわす。そんなフロリアナを叱り、罰を与える陛下。

アミール王子は静観に入った。今の陛下は正気ではない。今動くのは得策ではないと思ったのだろう。彼は動く機会を淡々と狙っているように見えた。

エミリオ様も兄のそんな様子を察すると、自分も今は下手に動いてはならないと勘付いたらしい。

『あれ、今回はエミリオ様ずいぶんと大人しいですね』

『あいつが今動かないという事は、何か考えがあっての事だろう。別にそれを邪魔する気はない』

『王子もそういう事にやっと気付ける程度には成長したんですねぇ』

『うるさいぞルーカス、黙れ』

コンコン。

そんなある日の夜、人目を忍ぶようにルーカスの部屋を尋ねてきたのは、アミール様付きの騎士ヒルデベルトだった。ルーカスはヒルデベルトが嫌い……とまではいわないが、苦手だ。天然ちゃんとでもいうのだろうか。女の子の天然なら可愛く思えるが、男の天然なんて苛々するだけだ。何よりこの男、皮肉が通じない。

ちょうど、眠りかけていたルーカスは渋々ベッドから身を起こし、ドアを開ける。

『何だよ、何か用か？』

『うん、大事な話がある。ホナミについてだ』

（なるほど、だから目深にローブなんか被って顔隠してるワケな）

そうなると無碍《むげ》に扱うわけにはいかない。

『入れよ』

欠伸《あくび》を噛《か》み殺しながら部屋に招き入れると、彼の目はテーブルに置かれたアップルパイに釘付けになっている。さっき女が持って来た物だったが、そういえば喰い忘れていた。

『喰えば？』

『やった！　ルーカス、君って良い人だね！』

『で、話は何だ？』

『そうだった。アミー様からの伝言なんだ。エミリオ様の所に直接行くのは人目に付くし、ほら、色々リスクもあるから君の所に来たんだけど』

『要点は何？』

『アレは人間じゃない』

『え？』

　あっという間にテーブルの上のアップルパイを平らげたヒルデベルトは、自分の指についたバターを舐《な》めながら低い声で言う。

『人じゃない。……アレは妖狐だ。恐らく妖狐と人間の半妖』

　一気に目が覚めた。ルーカスは慌てて戸締りを確認し、盗み聞きされている気配がないか確認する。

『なんで分かるんだよ、直接見たのか？　証拠はあんのか？　何の根拠もなく言ってるなら、お前まずいぞ』

『なんでかは言えない。でも、俺にはニオイで分かる』

（またニオイとか言い出したよ、この野生児ワンコ君……）

『だからエミリオ様が無茶しないように見張っててくれないかって。アミー様からの伝言』

『まあ、言われんでもそれが俺のお仕事ですから』

『エミリオ様の成長は俺達も知ってるよ、アミー様も喜んでる。でも、それでも今のエミリオ様じゃホナミに敵わない』

　少々カチンとくる話だった。

『俺がついてても、倒せねぇっつーのかよ？』

『うん。正直、俺でもホナミを倒せるか分からない。一人で勝てる見込みがあるんなら、もうとっくに狩ってる』

ヒルデベルトはギリギリと悔しそうに親指の爪を噛みながらそう言った。

この国一の剣士の言葉に、ルーカスは思わず息を呑む。

『今、俺達はあの狐を狩る機会を狙ってる。だからどうか無茶だけはしないように見張っていて。今、変なタイミングで彼に飛び出されたらマズイんだ』

『わーったよ』


その夜から数日後、フロリアナがお茶会を開いた。

それは極秘裏にというお達しで、人目を避けるような場所で開かれた小さなお茶会だった。呼ばれたのは、アミール王子とエミリオ王子の二名だけだ。敵の敵は味方という奴なのだろう。彼女もホナミを自分だけで追い出すのは難しいと悟り、王子達を味方に付ける算段のようだった。

しかしフロリアナのその目論見は失敗に終わる。結論からいってしまうと、そのお茶会でフロリアナは毒殺された。どうやら彼女が口を付けたティーカップに、毒が仕込まれていたらしい。

フロリアナが毒殺された現場にいたのは、アミール王子とエミリオ王子、そして護衛のルーカスとヒルデベルトだけだった。フロリアナが倒れた後、彼女の侍女達もバタバタ倒れだす。侍女達も事前に毒を盛られていたらしい。

『困ったねぇ、これじゃまるで私とエミリオが犯人みたいじゃないか』

『困ったねぇじゃない！　どうするんだ！』

のほほんと笑う兄王子に、エミリオ様は食って掛かった。

『アミール様！　これも毒入りかな⁉　食べちゃ駄目⁉　駄目⁉』

『駄目に決まってるだろう、阿呆《あほう》かお前は！』

テーブルの上にある焼き菓子に手を伸ばそうとするヒルデベルトに、思わずルーカスは声を張り上げる。

『とりあえず、この場にいたのは私達だけって事にしておこうか』

『何を言って』

『ルーカス』

それでもまだ食べようとケーキに手を伸ばすヒルデベルトを、羽交い絞めにしていたルーカスは、アミール王子に呼ばれて顔を上げる。

『今すぐエミリオを連れてこの場を離れてくれ』

『なにをするんだ？』

『お前達は今日ここにはいなかった、いいね？』

エミリオ様は「何を言っているのか分からない」といった顔で頭を横に振るが、ルーカスは彼が言っている事の意味を瞬時に理解した。

『迂闊《うかつ》だったよ。確かにこの好機をホナミが見逃すはずがない。用心はしておいたつもりだったが……見事にしてやられた』

『お前は、何を言っている?』

『これは私の行動が招いた結果だ、私が責任を取ろう』

(アミール様……)

自然とルーカスの膝が床に突き、頭が下がった。

『畏まりました。弟君の事はどうぞ私にお任せ下さい、アミール王太子殿下』

『頼んだぞ、黒炎の騎士よ』

『おいちょっと待て! なんでお前があいつの言う事を聞くんだ⁉ お前は僕のしもべだろう!』

『だって、今お兄様のおっしゃっている事が最善の策ですし』

『僕は逃げないぞ! 僕達は無実だ、何も後ろ暗い事なんかない! どうせこれもあの女狐の仕業なのだろう⁉ いいだろう、ホナミ! この僕が、エミリオ・バイエ・バシュラール・テニエ・フォン・リゲルブルクが相手になってやる! 僕は潔白を証明して、あの女狐を我が国から追放し……って、おいルーカス、こら、待て! 何をしているんだ⁉』

ルーカスは立ち上がると、事の重大さを全く理解していないパーピープリンスを小脇に抱え、もう一度、アミール王子に頭を下げた。

『大丈夫だよ、きっと私が何とかするから』

ひらひらと手を振るアミール王子に最後にもう一度だけ頭を下げて、ルーカスはその場を離れた。

そしてフロリアナの殺害容疑をかけられたアミール王子は、王位継承権と王族の地位までをも剝奪されて、国外追放処分となった。同時に王子派の宰相イルミナートと、エルヴァミトーレという高級官僚も追放される事になった。エルヴァミトーレはアミール王子派というよりは、彼のスピード出世を快く思わない他の官僚たちから、「アミール王子派」と難癖をつけられて、巻き添えを食らった形で追放されたようだ。

顔《つら》の皮が厚く肝の据わっている宰相殿と違い、犯罪者となったアミール様と腹違いの兄と共に国外追放される彼の顔は酷く暗い。

『皆、付き合わせて悪いね』

『よく言います、最初から付き合わせるつもりだったくせに』

『何の事だろう、私はイルミが何を言っているのかよく分からないなぁ』

『ったく。この貸しは高いですよ』

『分かってるよ。いつか倍にして返してやるから私に付いて来るといい』

『俺はどこまでも王子に付いて行くよ！』

『ふふ、ありがとう、ヒル』

『アミール王太子殿下、エミリオ様を置いていってもよろしいのですか？』

『もう王太子殿下じゃないんだ、アミールでいいよエルヴァミトーレ』

『では、お言葉に甘えまして。アミール様、エミリオ様を今、あの王宮にお一人でお残しするのは危険なのでは？』

『私は今回、賭けに出て負けた。……でも、私はもう一度だけエミリオに賭けてみたいんだ』

『と、おっしゃいますと？』

『父親としてはともかく、私は王としてのあの人の事は信頼していた。この国の繁栄を真に考えるのならば、父上は今、私を手放してはいけなかった。……しかしこの通り、私は国外追放処分の身』

『………』

『でもね、私はもう一度だけあの人の事を信じてみたいんだよ。ホナミに促されるまま私に処分を下した時、父上は確かに揺れていた。……あの時、ホナミ抜きで父上と二人で話せなかったのが今でも無念だよ』

真夜中だった。ルーカスがその場に姿を現すと、アミール様は巻きこまれて追放される文官からこちらに視線を移す。彼等は、ルーカスが隠れて盗み聞きしているのに気付いている風だった。

『やあルーカス、良い夜だね。エミリオは私の見送りには来てくれなかったのかな』

『弟君なら、部屋で不貞寝していますよ』

『そう』

この王子は自分の責と言って全てを被ったが、本来ならばエミリオ王子も、そして彼を守護すべきルーカスにだってその責はあった。あの罠《わな》に事前に気付けなかったのが無念だ。

ルーカスは迂闊だった自分と主の分まで引責し追放の身となった王太子殿下の前に跪《ひざまず》くと、もう一度頭を下げた。

『そう遠くない未来、父上は国王としての責かホナミかどちらかを選択する時が来るだろう』

『陛下が国ではなくホナミを取った……その時は？』

夜風がアミール王子が目深に被ったローブを乱暴に剝がし、彼の能面のように冷たい無表情が露わになる。

ルーカスは、いつも穏かな笑みをたたえている彼がこんな顔をするのを初めて見た。

『その時は、私がホナミ共々愚王を討とう』

王子はすぐにいつもの笑顔に戻ると、小さな紙切れをルーカスに握らせた。

『時が来たら合流しよう。私達は我が国とリンゲインとの国境の森にある隠れ家に潜伏している。一応お前には地図を渡しておくよ』

『アミール様』

『私の可愛い弟の事、よろしく頼んだよ』

そう言って、アミール王子達は夜逃げするように城から消えた。

そして野心家のエミリオ王子が彼の王位継承権を奪い、追放したという噂がまことしやかに流された。

＊＊＊＊

「そろそろ行くぞ」

「行くってどこへッスか？」

エミリオ王子の言葉に、俺は回想から現実に引き戻される。

「決まっているだろう、父上の玉座に図々しく居座っている女狐の所だ」

覚悟した瞳で、エミリオ王子はスラリと宝剣バミレアウドを抜いた。

「僕は今日、あの女狐を討つ」

思い出した。確かこんなイベントもあった。エミリオ王子とルーカスの登場イベントだ。

寵妃ホナミにエミリオ王子が単身挑み、返り討ちにされるイベント。命からがら城を逃げ出した二人は、このゲームのヒロイン白雪姫と運命的な出会いを果たす。

「黒炎の騎士よ、お前は僕に命を預ける覚悟はあるか？」

「へいへい、地獄までお供しますよ、王子様」

後ろに流した長い三つ編みを指で弾く。格好付けた仕草で答えながらも、俺は内心ゾッとしていた。

（今、ヒロインのステータスはどうなってんだ？　イベントはちゃんとクリアしてんのか？）

ここが本当にあの乙女ゲームの世界なのか俺には分からないが、もしそうだとしたら非常にまずい。

『白雪姫と7人の恋人』でルーカスとエミリオ王子を登場させるには、いくつかの発生条件がある。アキのあのオタトークと、彼女に見せられた攻略本やらファンブックやらの内容を、俺は必死に思い出す。確かエミリオ王子は〝忍耐〟〝芸術〟、ルーカスは〝美貌〟〝流行〟のスキルを上げなければならない。更に各所で現れる選択肢をミスらないでイベントをクリアしないと、俺達はヒロインの前に登場しない。

（美貌と流行か）

ルーカスを攻略するのに必要な物……なんとなく、ルーカス・セレスティンというキャラクターと、下村茂は共通点が多いような気がした。……でも俺、ここまで面食いでもチャラくもなかったけどな。

ルーカスも、隣国に雪のような白い肌をしたそれはそれは美しい姫君がいるという噂を耳にした事がある。『白雪姫と7人の恋人』のヒロイン、スノーホワイトは、恐らくこの世界に存在する。しかし、俺には会った事もない隣国のお姫様のステータスが今どうなっているか、分かるはずもない。

スノーホワイトのステータスが、発生条件を下回っていると、ルーカス達はゲームのシナリオに登場しない。即ち、今後、俺とエミリオ様はヒロインの前には現れる事はないのだ。

（ひょっとして、ヒロインのステータスが足りなかったら、俺達ここで死ぬんじゃねぇの？）

その可能性も十二分にあるのだと気付き、俺の顔は引き攣った。

（いや……俺達が女狐に勝利すれば、城から逃げる必要がなくなるから、ヒロインに会わないだけか？　それとも俺達の敗北と逃走は既に決定事項で、ただ単純にヒロインと出会わないだけなのか？）

楽観的に考えれば、もう既にエミリオ王子とルーカスの登場イベントは始まっている。

自分でいうのも何だが、ルーカスの剣の腕は超一流だ。ヒルデベルトにこそ敵わなかったが、あいつがいなければ俺が実質この国一の剣術使いだ。エミリオ王子も、そこらのゴロツキ複数に囲まれても一人で対峙《たいじ》できる程度には強い。しかしあの女狐は人間ではない。ヒルデベルトも言っていたが、魔性の類だろう。

人の世の者でない彼等に、人間が真っ向から立ち向かってもまず敵わない。魔女程度なら運が良ければ殺せるかもしれないが、妖魔や魔族相手だと端から勝ち目はない。

そりゃ成人の儀式で、国宝の神剣〈幽魔の牢獄〉を授かり、高位の水魔法が使えるようになったアミール王子や、野生児故の嗅覚や動体視力を持ち、戦場では悪魔的な動きをするヒルデベルト、魔導大国に留学して本場の魔術を学んできた凄腕魔術師兄弟がいればなんとかなるのかもしれないが、この王子様と俺程度の火力ではまず敵わない。一番痛いのは、俺にもエミリオ王子も魔力がないという事だ。つまり、魔術耐性がなく、魔防がゼロ。ホナミに妖術の類を使われた時点で、俺達は終了する。術が発動する前に首をとるのが唯一の勝利の道だが、あいつらは人間の魔術師と違って呪文詠唱を必要とせずに術を発動させる。

殺るなら闇討ちが一番適しているのだが、あの女狐、その機会を中々与えてはくれなかった。俺達はその機会を虎視眈々と狙っていたが摑む事が出来ずに、今日に至る。

「ええっと、やっぱり二人で行くんですか？」

「ああ、兵を連れて行く気はない。僕が勝っても負けても、父上が出てきても出てこなくても、彼等には逃げ場を用意してやりたい。これは僕達家族の問題だ」

神妙な様子で頷《うなず》くエミリオ様に俺は感涙する。

（成長したな、このパーピープーリンスも）

王子の成長が嬉しくもあるが、同時に明らかに足りない戦力配分に俺は泣いた。

（せめて何人か魔術師連れてきましょうよ、魔防ゼロで人外に立ち向うとかどう考えても無謀ッスよ……）

玉座の間に行くと、玉座には美しい女が座っていた。

女が脚を組み直すと、スリットの入った長いドレスから白い太股が覗く。寵姫ホナミだ。

ホナミの足首から太股の上部にかけて、巻付くように描かれた天翔《あまか》ける龍は刺青だろうか。それともまじないの一種なのだろうか。長く美しい黒髪に、冷たいほどの美しさをたたえる闇色の瞳。日本では珍しくも何ともない髪色と瞳の色だが、この世界ではとても珍しい組み合わせになる。

（あれ？）

扇子の下に顔半分隠されたホナミの顔に、今日、俺は違和感を覚えた。

（この顔、どこかで見た事があるような……？）

「僕は父上に話があるんだ、父上に会わせろ」

「陛下は私以外にはお会いになりたくないそうです」

「……実の息子の僕にも会いたくないと、父上自らがそうおっしゃっているというのか？」

「ええ、そうです。陛下のご意向に逆うのですか？」

「くっ……！」

（思い出せない。――でも、誰かに似てる）

そんな事を考えている間にも、イベントは進行している。

「あなたは王になりたかったのではなくて？　ずっと、優秀なお兄様が目障りだったのでしょう？」

「……僕は、元々王になる気など微塵《みじん》もなかった。この国の王に相応しいのは、僕でもロルフでもない、アミールただ一人だ！　よくも義母を毒殺し、アミールに汚名を着せてくれたな!!」

スラリと抜刀するエミリオ様に習い、俺も抜刀する。脚を肩幅に開いて腰を下ろし、剣を構える。

「ホナミ、そこを退け。その椅子はお前ごときが座っていいものではない」

「あー、お兄様にその台詞聞かせてやりたいですねぇ」

「殺すぞルーカス」

ギロリと睨まれた俺は、王子から視線を反らしピューと口笛を吹いて誤魔化した。

「私がフロリアナ様を殺したという証拠でもあるのかしら？　お兄様を追放したのもあなただという噂をお聞きしましたが？」

「この厚顔無恥な女狐が、いけしゃあしゃあと。……ホナミ、僕はお前が人ではないものだという事にとっくに気付いている。さっさとその醜い化物の姿を現せ」

「へぇ？　これは私も坊やの事を甘く見ていたかもしれないわね」

ホナミは目を細めると、パチン！　と扇子を閉じて玉座から立ち上がる。

「父上を誑かした悪魔め。さっさとこの国を出て行け。これ以上の狼藉《ろうぜき》は、見るに耐えん。エミリオ・バイエ・バシュラール・テニエ・フォン・リゲルブルクの名に懸けて、宝剣バミレアウドに誓って、この僕がお前を討つ」

王子が剣先をホナミに突きつけた。エミリオ様の空色の瞳が怒りに燃えている。

「……良い子にしていれば、見逃してあげてもよかったのに」

ホナミが扇子を床に捨てると、彼女の長い黒髪の銀色に変わった。ジワジワと目の色も血のように紅い色に変化して、妖しく光りだす。

「まずい！　この髪、この目、最高危険種だ……！」

（あー駄目だ、死ぬわこりゃ）

人とは無力だ。下級妖魔でも対峙すれば人はまず敵わない。俺はそこそこ剣を使える方だ。うちの凄腕の騎士が十人いなければ倒せないといわれている魔獣でも、一人で倒す事が出来る。妖魔も下級妖魔なら何体か奇跡的に倒した事がある。だから今、この地位にいる。しかし、流石の俺もこの世界で最高危険種と呼ばれている銀髪紅眼の妖魔とやり合った経験はない。低級妖魔を倒した時ですら、命からがらだったのだ。

（ま、仕方ねぇか。お供しますよ王子様）

なんだかんだで、俺はこの王子様の事が好きだ。こんな事を言ったら「不敬者！」と叱り飛ばされそうだが、俺は勝手にこの王子様を孤児院で神父に喰われた弟分と重ねて、自分の弟のように思っている。

「私も退屈していた所だし、いいでしょう。――来なさい、遊んであげるわ、ぼうや達」

ホナミから毒々しい色の瘴《しょう》気《にじ》が滲み出す。

「エミリオ様、来ますよ！」

「ああ、行くぞルーカス！」

ブワッ！

玉座の間が巨大な闇に包まれた。

俺の残念な逃避行について。……首っ丈。


——そして、シナリオ通りに俺達は妖狐に敗北した。

ジキジキジキジキ。ゲッゲゲッ……。

近くで聴こえる虫の音に梟《ふくろう》の鳴き声。遠くでは狼《おおかみ》の雄叫びに、縄張り争いを繰り広げている魔獣達の唸《うな》り声まで聞こえる。

「俺はてっきり『野宿なんて僕に出来るわけないだろう！』とおっしゃられるものだとばかり思っていましたよ」

時刻は深夜。場所は敗走先の森の中。妖狐に敗北してから早いもので一週間が経過した。

「この非常事態に、そんな悠長な事を言っていられるわけがないだろう」

不機嫌そうな顔でブヨや籔蚊《やぶか》を追い払うエミリオ様に毛布を渡しながら、俺は苦笑した。

慣れない野宿にすぐに音を上げると思っていたエミリオ様だったが、この王子様、意外な事に頑張ってくれている。

「今日から森で野宿ですから。灯りないですけど大丈夫ッスね？」

「フン、勝手にしろ」

いつも灯りがないと眠れない王子様だったが、夜の森はいつもの我が侭をいえる場所ではない事くらいは分かっているらしい。文句はないようだ。

夜の森は人の世ではない。何が起こってもおかしくない。森とは本来ならば人が踏み込んではならない場所なのだ。昼は我等が人間がお目零しを頂いているだけで。

（今晩は月があって良かったな）

俺は空を見上げて目を細めた。月星が夜空にない夜の森は危険だ。そんな森の中で魔獣に襲撃されれば、暗闇の中、足元もおぼつかない状態での戦闘となる。

しかしそれでも妖魔に襲われるよりはずっとマシなのだ。妖魔の強さにも勿論強弱はあるが、魔獣と比べたら脅威の度合いが違う。妖魔の中には稀《まれ》に魔獣よりも弱い者もいると聞くが、それでも遭遇する妖魔の強さが未知数な限り、決して出会いたいとは思えない。

エミリオ様はすぐに寝息を立てはじめた。一人になって人心地付くと、やはりあの日の事を思い出さずにはいられない。

（寵妃ホナミ。あいつ、一体何者なんだ……？）

どうやら俺も疲れが溜まっていたらしい。あの後、すぐに眠りに落ちてしまった。

（ここは）

夜の海の優しい波の音。テントの中にまで微かに漂う磯《いそ》の香り。いつしか忘れてしまった、幼い日の記憶。

（夢……？）

――あれは小学生の頃、アキラ達と九十九里浜にキャンプに行った夜の出来事だった。

必死に押し殺すような嗚咽《おえつ》に、俺は目を覚ます。誰が泣いているのかと辺りを見回すと、それは隣で寝ている妹でもアキラでもアキでもなかった。嗚咽の主の正体は三浦のおばさんだった。

『おばさん、どうしたの？』

『ごめんね、起こしちゃったね、シゲ君』

あれは確か夜も更けてきた静かな時刻。波の音と虫の音《ね》に紛れるようにして、彼女はひっそりと涙を流していた。

『なにか悲しい事、あった？』

『……あの人に、この子達の父親に、会いたい』

いつも気丈なあの人が子供の俺に見せた涙だった。

『うちの親父とお袋は？』

『シゲ君のお父さんとお母さんは、砂浜を散歩しに行ったよ』

寂しそうに微笑むおばさんに俺は気付く。

（あっ……）

うちの両親は馬鹿だ。俺は別に自分の両親の事が嫌いではないが（当然名前の話は別だ）、人の気持ちを考えられない部分や、空気の読めない部分は子供の頃からどうかと思っていた。近所の母子家庭の家族を誘い、毎年夏になったら海にキャンプに行く。子供達も喜ぶし、男手がないと中々難しいアウトドア体験は三浦のおばさんも喜ぶ。両親は、自分達は良い事をしていると信じて疑わない。確かにそうなのかもしれない。だが、夫を失くした彼女が両親揃ったうちの家族を見てどう思うのか、どう感じるのか考える事が出来ない。

だから夜中、三浦さんに俺達を押し付けて、二人で浜辺にデートなんかにも行く。

俺は考えなしの両親の事が申し訳なくなってしまった。妹が泣いている時にするように、ぎこちなく彼女の頭に手の平を乗せてみた。三浦のおばさんは、少し驚いたような顔をした後、小さく微笑んだ。彼女の頬を滑り落ちる涙に、胸が苦しくなる。

『……会いに行けないの？』

『行けないの、とっても遠い所にいるから』

泣き笑いする初恋の人の在りし日の姿と、寵妃ホナミの顔が重なる。

（そうだ、あの人の名前は、――三浦穂波《ほなみ》）


「穂波さん！」

ガバッ！

飛び起きると、全身に大量の汗をかいていた。

（って、そうか。……俺、もうあの世界にいないんだ）

今、自分が森にいる事を思い出し慌てて口を噤む。

夜空を見上げると、木々の枝葉の影から、小さな月が一つ輝いているのが見えた。この世界には月が二つある。木々に隠れて今は見えないが、平地に行くと巨大な月が半分顔を覗かせているのが昼間にも見える。――ここは異世界だ。

（三浦のおばさんは、穂波さんは……今、どうしてるんだろう？）

アキラとアキはもう目を覚ましたのだろうか？　それともあのまま眠り続けているのだろうか？

「……どうしたルーカス」

どうやらエミリオ様を起こしてしまったらしい。寝ぼけ眼でこちらを見上げる主に俺は、頭を下げる。

「すみません、変な夢をみてしまっただけです」

「そうか、ん……森なんだからな、あまり大きな声は出すなよ」

「すみません、気を付けます」

（なんであいつがホナミを名乗り、三浦のおばさんに化けているんだ？）

もう少し考えれば答えが出てきそうだったが、大分疲労が蓄積されていたらしい。目を閉じると、すぐに睡魔に誘われた。


――翌朝。

「あれッスかね？」

「他に大きな建物も見付からないし、まあ、十中八九そうだろうな」

俺達は一時間も歩かないうちに、木々の合間から覗く古城を見付けた。

池の畔にあるその古城を目指して、歩く事しばし。後方から聞こえる馬の蹄《ひづめ》の音に俺は主に目配せをする。

「エミリオ様」

「ああ」

盗賊の可能性もあるので、主と茂みの中に身を隠してやり過ごす。

「ぎゃははは！　上玉だぜ、こりゃ親分も喜ぶわ」

「まさかこんな森の奥にこーんな別嬪《べっぴん》さんがいるとはなぁ」

「な、俺の見間違いじゃなかっただろ？」

その台詞や姿格好からして堅気の人間ではない。十中八九盗賊だろう。

彼等は縄で縛り猿轡《さるぐつわ》を噛ませた美少女を馬に乗せ、俺達の前を颯爽《さっそう》と駆け抜ける。馬が通り過ぎるその瞬間、見覚えがある少女の顔に俺は瞠目《どうもく》した。

（『白雪姫と7人の恋人』のヒロイン、スノーホワイト！）

「ルーカス、今のはなんだ」

「盗賊……じゃないッスかね？」

ここが乙女ゲームの中か俺の夢の中か分からないが、どうやら妖狐とのアレは、エミリオ王子とルーカスの登場イベントで合っていたらしい。という事はあのヒロインちゃんは、俺達を登場させる程度のステータスは持ち合わせているという事になる。

（どうにかしてあの子の総ステータスを確認できればいいんだが）

アミール王子とエミリオ王子が城に帰還して、妖狐を倒してハッピーエンドになるには彼女のステータスが関わってくる。ゲームでは妖狐ではなく悪の大臣だったような気がするがそこは流石にうろ覚えだ。

このゲームは、ヒロインが『白雪姫と7人の恋人』のメインストーリーのイベントを全て回収しなければ、ラスボスは倒せない。彼女のステータスが低く、メインイベントを全て回収出来なかった場合、スノーホワイトは森の奥にある小さな小屋で、7人の恋人達と永遠に幸せに暮らす事となる。彼女はそれでいいかもしれないが俺達は困る。あの妖狐を野放しには出来ない。

(スノーホワイトのレベルを上げて、パラメーターもバランス良く上げないとな……)

「女が捕まっていたな。見て見ぬふりも出来ん、助けに行くぞ」

「へいへい、お供しますよ王子様」

(とりあえず、今後の事はヒロインちゃんを助けてから考えよう)

彼女を助ければ、アミール王子達とも合流出来る。まずは彼女を助けなくては始まらない。

盗賊達の後をつけ、向かった古城にはアミール王子達の姿はなかった。やはりここはただの盗賊のアジトのようだ。

「侵入者だ！」

「なんだお前等は⁉　名を名乗れ！」

「可愛い女の子の貞操の危機は見逃せない！　あわよくば悪者達から救出した後、彼女のハートに恋の炎をつけて、燃え上がる一夜のロマンスを期待している純粋な青少年！　通りすがりの正義の使者でっす！」

「ルーカス……」

「なんだとォ!?　お前等もあの女狙いか！」

「……やめてくれ、この全身下半身男と僕を一緒にしてくれるな」

「えー、それ酷くないッスかエミリオ様」

襲い掛かる山賊達を薙《なぎ》倒し、城の奥へと進む。ゲームらしく、最上階の大きな部屋にその少女はいた。

「その少女を放せ、この薄汚いならず者達め！」

バン！

勇ましくドアを開け放つエミリオ様に俺も続く。

スノーホワイトがならず者達に強姦《ごうかん》されるその寸前の所に、俺達は滑り込んだ。

「淩《さら》ってきた女の子に淫蟲《いんちゅう》を使って性奴に仕込もうだなんて、顔の悪い男達は大変だねぇ。そうでもしなければ、女の子の一人も自由に出来ないなんて」

「なんだとぉ!?」

逆上して飛び掛かってきた男達を呆気なく倒した後、台座の上で縛られていた全裸の少女の縄を解く。

「大丈夫かい、お嬢さん」

少女の後孔から尾っぽのように生えるその黒い尾は見覚えのある淫蟲の尾で、思わず俺は顔を顰《しか》めた。

（酷い事しやがる……）

彼女の後孔に頭から挿入されている、ツチノコのような生物は淫蟲の一種だ。

この淫蟲の出す催淫効果のある粘液を腸壁から血中へ吸収する事により、女は前に男が欲しくて欲しくて悶《もだ》え狂うようになる。この淫蟲は主に借金のカタに売られてきた娘を仕事に慣らし、雇い主と快楽に依存させて、逃げられなくするために裏社会で使われている蟲《むし》であり、リゲルブルクでは違法のブツだ。

彼女には悪いが、これは一度中で男が吐精してやらなければ彼女は淫蟲の熱からも催淫効果からくる強い衝動からも解放されない。

「騎士さま……たすけ、て」

縋《すが》るように、細くて白い指が俺の腕を掴む。

その時になって、俺は初めて彼女の顔を真正面から直視した。まるで絵画の中から抜けだして来たような、悪魔的に美しいその少女の姿に一瞬にして心を奪われた。

盗賊達に捕らえられた彼女を遠目で見た時から美しい少女だとは思っていたが、間近で見たスノーホワイトのその美貌は目を見張るものがあった。百合の花のように楚楚《そそ》とした印象の少女だが、その愛らしい顔立ちからは不釣合いな大人の女の色香が、全身から滴らんばかりに溢《あふ》れている。処女雪のように清らかでみずみずしいその素肌は、男に蹂躪《じゅうりん》されるのを今か今かと待ち望んでいるように思えてしまうのは何故だろう。新芽のように初々しい肢体は華奢《きゃしゃ》で、抱き締めれば簡単に折れてしまいそうだが、男ならば誰もが彼女の事を力の限り抱き締めたいと思ってしまうはずだ。

その大きな瞳と目が合った瞬間、百戦錬磨を自称する俺の思考がしばし停止した。潤んだ瞳、上気した頰。甘い吐息を繰り返し吐き出している、そのチェリーのシロップ漬けの様に真っ赤な唇を、人助けという事を忘れて、思うがままに貪り尽くしたい衝動に駆られる。

（な、なんだこの子。やっべぇ、クッソ可愛いな、このヒロインちゃん……）

胸が激しく波打って膝がわななく。下腹の辺りからジリジリと込み上げてくる熱は、恐らく性衝動だけではなかった。俺は今、目の前の美しい少女に、思春期のガキのようなトキメキを覚えている。――この胸の高鳴りは、もう抑えられそうにない。

「る、ルーカス！　何を考えているんだ！」

舌打ちしながらズボンのベルトを外すと、エミリオ様が驚愕《きょうがく》の声を上げる。

「これは淫蟲です！　中で吐精しなければ、この子は快楽で悶え狂い死んでしまう！」

「し、しかし、初対面の女性に、そんな事を……！」

真っ赤になって喚く主に俺は溜息を吐いた。

「女性とお付き合いした経験のない、オコチャマのエミリオ様には刺激が強過ぎますもんね。いいですよ、俺が彼女をお助けしますから、王子は一時間くらいそこいらを散歩でも

して来てください」

「な、なんだとぉっ⁉　ぼ、僕にだってそのくらいっ！」

エミリオ様はいつになく乱暴に上着を脱ぎ捨てる。

彼は肩を怒らせながらカツカツと軍靴を鳴らして俺達の前まで来ると、フンと鼻を鳴らして台座の上の美少女を見下ろした。

「あなた……は……？」

「僕の名前はエミリオ・バイエ・バシュラール・テニエ・フォン・リゲルブルク。リゲルブルクの第二王子だ」

「え……？」

「フン。……女、お前は自分の幸運に感謝する事だ。本来ならば僕のような高貴な者に抱いて貰う機会なんぞ、なかなかないのだから。――ほら、さっさと脚を開け、抱いてやる」

「きゃぅ！　ま、待、…………ッあ、あ、あぁあああああっ！」

――そして俺達は、シナリオ通りに彼女に恋をする。

【閑章】恋煩いの魔女とカルネージの狐　前編

◇前略スノーホワイト様◇
アキラ君久しぶり！　お姉ちゃんだよ！　信じられないかもしれないけどお姉ちゃんだよ！　三浦亜姫だよ！　久しぶり！　いやー、実は私も転生しちゃったみたいなんだよね！　その、アキラ君というか、スノーホワイトの継母に……。

謝りますので、どうか、今までリディアンネルがあなたにしてきた数々の事をお許し下さい。前世のよしみで許しておくれ。どうぞよしなに。平に、平に。記憶が戻ったの、本当つい最近なのよ。不可抗力なのよ……アキラ君とアミー様の結婚の宴の席で、真っ赤に焼けた鉄の靴を履かされて、死ぬまで踊るのだけは勘弁……。

とりあえず今度何か美味しい物でも持って遊びに行くから、皆で一緒にお茶しようよ！　安心して！　毒りんごは持って行きませんw

＊追伸＊
アキラ君の本命は誰なのかな？

やっぱりスーパー逆ハーレム重婚ED狙い？　頑張ってね！

あ、選択肢で分からない所があったら、何でもお姉ちゃんに聞くんだよ！

あなたの継母ーNお姉ちゃんより

（うーん）

何度か書き直したが、我ながら馬鹿っぽい手紙だ。真面目に書いても手紙の内容が内容なので、物凄く馬鹿っぽい文面になってしまうのだが。

（まあ、これでいいか……？）

羽ペンで書いた手紙を封筒に入れ、王家の紋章入りの赤い封蠟《ふうろう》をしながらアキは虚空を見上げる。

文体や筆跡も当時の三浦亜姫の物だ。文字は懐かしの日本語で書いているので、この世界の人間に読まれる心配はない。例え中身を見られてもリディアンネルが頭がおかしいと思われる心配もない。自分の身元保証といった意味ではこれで一発だろう。

「ねえ、これ、ちょっとアキラ君に届けてきてくれない？」

封筒を傍で待機していた執事の妖魔に渡すと、彼は何故か苦々しい表情になった。

「……私ですか」

「なんでそんな顔するの、あんたなら鏡使えば一瞬で向こうに行けるじゃない」

この鏡の妖魔の能力はレアだ。鏡がある場所なら基本、どこへでも一瞬で行く事が出来る。ただし鏡に罅《ひび》が入っていたり割れていたりすると通り抜けが出来ないとか、魔界や霊界、亜空間に行く場合は、自分の住処である鏡を介して入らないと駄目だとか、幾つかの制限や条件はあるのだが。

「いえ、今回はそうはいかないのです」

「なんで？」

いつになく憂鬱そうに使い魔は嘆息する。

「アキ様……いえ、リディア様は〈神の石〉の事はご存知ですよね？」

「うん。世界に七つあるとっても強力な魔石の事でしょう？　手にした者に適性があれば、いにしえの邪神の力を自在に使いこなせるようになるとかいう、あれ」

「アミール王子が〈神の石〉の一つ〈幽魔の牢獄《ろうごく》〉を持っているのです。彼が幽魔を使い、あの小屋の周辺に迷霧の結界を張っているので、あの小屋の中にある鏡の中に入る事が出来ないのです」

そこまで言うと、使い魔は以前自分が入っていた古ぼけた鏡を出す。宙に浮いた古い木枠にはめ込まれた楕《だ》円形の鏡は、一体何十年前の物なのだろう？　白いペンキがところどころ剝げ、苔《こけ》まで生えてどこかシャビーシックな印象がある。前世の母が目指していた、白で統一したフレンチシャビーのキッチンとダイニングを思い出して、アキは少し憂鬱になった。

「ご覧ください」

使い魔は鏡の中に、ぬぷんと自分の腕を突っ込んだ。まるで水の入った桶《おけ》に腕を付けるように容易く鏡の中に入った彼の腕は、次の瞬間、鏡の中から勢いよく飛び出してくる。

「今、あの小屋の鏡の中に入ろうとするとこうなるのです」と言って、彼は自分の腕を引き抜いた。

「その様子だと、例え私達がミュルクヴィズの森に行っても、アミー様が結界を解かない限り結界の中には入れないって事なのかな」

「いいえ。確かに〈神の石〉の力は強力ですが、使っているのはただの人間です。私ならばあの結界を破る事も容易《たやす》い」

コキコキと肩の骨を鳴らしながら鏡をどこかに消す使い魔を見つめながら、アキは思案する。

「つまりあなたが行くとなると、ミュルクヴィズから一番近い場所にある村の家の鏡から出て、そこから森の中を歩いて行かなければならないって事ね？」

「そうです。結界の張ってある場所の位置からして、恐らく戻ってくるのに二、三日はかかるかと」

「それでも私の他の使い魔じゃその結界を破れるかも微妙だし。あなたを行かせるのが一番合理的だと思うんだけど」

「まあ、それはそうなんですが」

どうしたというのだろう、鏡の妖魔は渋っている。

「どうしたの、何か行きたくない理由でもあるの？」

「……いえ、ご用命とあらば何なりと」

白い手袋をはめた男の手が、アキの頬に触れた。

ドキン。

（な、なに……？）

キス、されるのだろうか？　キスなんてベッドの中では数え切れないくらいしてるのに、今更何故だろう。ドキドキと壊れそうなくらい大きな音で心臓が鳴っている。身を硬くして、ギュッと目を瞑《つぶ》ると使い魔は苦笑混じりに呟いた。

「……エンディミイリオン」

「え？」

「私の名前です。私の留守中、何かありましたら呼んで下さい。呼ばれれば、アキ様がどこにいたとしても私には分かります。呼ばれればすぐにあなたの元に馳《は》せ参じます」

「なん、で……？」

この使い魔の主として、魔女リディアンネルとして適切な言葉が出て来なかった。

そんなアキの様子に、男は静かな笑みを浮かべる。それは蝉《せみ》の儚《はかな》い夏歌と鈴虫の奏でる秋歌が混ざりゆく季節めいた、妙に切ない笑顔だった。男の笑顔に綺麗だなんて感想を持つのはおかしな感じもするが、純粋に綺麗だなと思った。

この男の主として返すのならば「それが当然でしょう、今更何を言っているの」といった類の台詞が適切であった。魔女として返すのならば「何故名前を教えた？」と向こうの思惑を問うべきだった。

この男、さらりと自分の名を名乗ったが、実はこれはとんでもない事なのだ。妖魔という生き物は極めて特殊な生き物だ。彼等は精神生命体の魔族と近く、肉体を破壊されても死ぬ事はない。

しかし彼等は決して不死ではない。妖魔は〝玉《たま》〟という、自分の命を具現化させた物を隠し持っている。それを破壊されると彼等の体は砂となって消滅する。

リディアンネルは、使い魔達の〝玉〟を握っている。だから、主として彼等を使役出来る。

しかし、この妖魔はリディアンネルが直に配下にしたわけではなかった。

だからこそ不平不満は言うし、聞きたくない命令は聞かない。

――しかし今、この男はリディアンネルに自らの〝玉《いのち》〟を差し出してきたのだ。自分の真名《まな》を教えるという事はそういう事だ。

「すぐに戻ってきますから」

「う、うん」

そのまま使い魔は音もなく部屋から消えた。

「…………」

一人になったアキは、大きな天蓋ベッドに背中から倒れ込んだ。

（何考えてんの、本当に）

何とはなしに、ベッドの背もたれにセットした大きな鏡に視線を投げる。もうそろそろ白雪姫の所には、最萌のツンデレ王子エミリオたんがいつ登場していておかしくない。もちろん愛しのルーカス様も。

（でも、なんでだろう……）

最近、鏡でスノーホワイト達の様子を覗きたいとは思わなくなってきた。――それよりも。

『鏡ばかり見てないで、たまには外に出てみませんか？　アキ様、私とデートしましょう』

『……嫌よ、なんでこんな暑い日にわざわざ外になんか出なきゃなんないの』

『まあまあ、そう言わずに。私が日傘をお持ちいたしますから。ね、ね？』

何故だか今はあの男と何気ない話をして、一緒に過ごしている時間の方が楽しく思えるのだ。

『アキ様』

自分の名前を呼ぶ、彼のあの声が好きだ。冬の朝、寒さに震えながら作ったホットチョコみたいに、冷えた体にじわっと染みこんでいく、低くて甘いあの声が好き。バレてないとでも思ってるのか、毎朝自分を起こす時、カーテンを開ける前にこっそりキスされるのが好き。手袋を外す時、噛んで外す妙に色のある仕草が好き。黒いタイを緩める時の、意外に男らしい手付きが好き。夜のあのとろけるように甘い声が好き。大人の男の余裕が消える、あの瞬間の顔が好き。

（私は、彼の事が……）

自分の気持ちを誤魔化すようにブンブンと頭を振った、その時。

ビリリリリッ！

城周辺に張り巡らせた結界が抉《こ》じ開けられる感覚に、アキは鏡の女王の顔になった。慌てて ベッドから飛び起きると、不死鳥の血を固めて作った杖《つえ》を手に取る。

ギャアギャアギャア！

カラスの形に変化させた使い魔達が、外で侵入者だと騒ぎ立てている。

「初めまして、鏡の女王。私は東の大陸から来た白面金毛九尾の狐、玉緒前《たまおのまえ》と申します」

ふわりとカーテンが揺れ、突如部屋に現われた女の姿にリデアンネルの眼光は鋭くなる。年の頃なら十五、六。白い死装束のような着物から覗く九本の金色の尾に、頭から生える同色の獣耳。白い狐面の下から流れる、この世界ではとても珍しい闇色の髪。女が己の顔を隠していた狐面を取った瞬間、アキの体から力が抜けた。仮面の中から現われた女の顔は、アキにとって馴染み深いどころではない顔だった。

（お母さん……？）

これは何かの偶然、いや、悪い冗談なのか。

その女の顔はアキの母親——三浦穂波の若かりし日の物と同じだった。

【閑章】恋煩いの魔女とカルネージの狐　後編

（ヤバイのがやって来たわね……）

白面金毛九尾。通称大虐殺《カルネージ》の狐。魔性達の間ではちょっとした有名人だ。

ここ、西の大陸と違い、東の大陸の妖魔達は気が荒いといわれている。種族にもよるが、中でも東の狐は悪逆非道で残忍だと有名だ。今この辺りで一番危険視されているのがこの妖狐、白面金毛九尾だ。半妖の彼女は妖魔の理《ことわり》に縛られない。人の世に降りて悪戯に権力者を惑わし、贅を尽くし、民を苦しめる。白面金毛九尾の狐とは、東の国を散々食い荒らした後、西に渡って来たという悪名名高い妖狐であった。

数十年前この狐が教皇国カルヴァリオで行った大虐殺は有名だ。その派手な騒動により、この狐は大虐殺の狐と呼ばれるようになり、西の大陸の魔性の間では一躍有名人になった。出来る事ならば、リディアンネルも関わり合いになりたくない相手だ。

妖魔と人の間の子の半妖とは大体出来損ないが生まれるのだが、極稀に強力な魔力を持って生まれる者がいる。――この白面金毛九尾がソレだ。

カルヴァリオで血酒の池を作り、臓物で飾られた肉の林を作って、文字通り酒池肉林を楽しんだ後は満足してどこかへ消え失せたと聞いていたが――

「ご丁寧にどうも、私は鏡の魔女リディアンネルよ。こんな突然の訪問、聞いていないわ。失礼ではなくて？」

「今日はあなたにお願いがあって」

「お願い、ね」

（リンゲインの女王の座を寄越せって事かしら）

だとしたら、無条件降伏するしかない。

魔女とは人間よりも寿命が長く、魔の世界に精通しているだけで、その肉体の脆《もろ》さは人間と何の変わりもない。流石のリディアンネルも、噂の最高危険種とやらと正面からやりあうつもりはなかった。

（ただの偶然なの？　それにしても気持ち悪いほど似てるわ）

――白面金毛九尾の顔は、見れば見るほど若かりし日のアキの母の顔とよく似ている。

その容貌を気味が悪いと感じてしまうのは、三浦亜姫の顔が母親似だったからだろう。亜姫は母のように華のあるタイプではなかったが、目の前にある妖狐の顔は、目鼻立ちから耳の形まで、昔の自分の顔とよく似ていた。母にも弟にも幼馴染にも昔から色気がないといわれていたが、まあ、恐らくそうなのだろうと思う。目の前に立つ女とアキが同じ格好をしてみても、自分はここまで色気を出す事は出来ない自信がある。

「……ところでその顔は？　毛色も、噂の白面金毛九尾の狐の印象と大分違うのだけれど」

内心の動揺を顔に微塵も出さないで会話出来るのは、リディアンネルとして生きてきた人生経験の賜物だろう。

「ああ、この顔ね。ホナミとかいう女の顔よ」

（え……？）

妖狐が狐面を顔に戻し、もう一度面を外すとその顔は――いや、体付きまでもが別人と化した。恐らく変化の術を使っていたのだろう。

現われたのは彼女の狐面のように真っ白な面のような顔だった。目の周囲や頬、額に引いてある紅のラインは妖狐独自のまじないだ。いかにも女盛りといった成熟した女性特有の悩ましげなボディーラインは、先程までの線の細い印象の少女の肉体とはボリュームが違う。一言で言うのであれば金のかかりそうな美人。自分の美しさを鼻にかけているような態度が端々から垣間見える、扱いにくそうな美人だ。普通の男からすれば近寄りがたい雰囲気のある、リディアンネルと同じ系統の美人だった。

「ホナミ。……その女の名前は三浦穂波では？」

「あら、あなたもホナミを知っているの？」

ドクン。

妖狐の言葉に心臓が跳ね上がる。唾を飲み込むと不自然なほど大きな音がした。

「いいえ、名前だけ」

「そう？」

探るような瞳でこちらを見てくる妖狐に、リディアンネルは先手を打った。

沢山の宝石が付けられた放射状の宝冠を頭の上から外すと、人差し指で軽く回しながら薄く笑う。

「お願いとは、この宝冠《ティアラ》を寄越せという事かしら？」

「いいえ」

しかし、妖狐はリディアンネルの予想を裏切った。

「私は今この国のお隣、リゲルブルクにいるんだけど」

（ああ、そうか。なるほどね）

順当といえば順当だった。ここ西の大陸には巨大な国家が三つある。一にかつてこの狐が壊滅的な打撃を与えた教皇国カルヴァリオ。二にアドビス神聖国、三にお隣のリゲルブルク。六芒星《ろくぼうせい》の結界を模って王都を建設したアドビス神聖国は、魔性達にとって攻め難い国だ。魔女であるリディアンネルでさえアドビス神聖国の聖王都に入ると、その神気でガチガチと歯が噛み合わなくなる。まあ、それでも白面金毛九尾ほどの狐ならば、聖王都に入っても何の問題もないのだろうが、それでも二の足を踏んでしまう土地である事には違いない。

（あれがこの女だったのか）

リゲルブルクの国王が、どこからともなく現われた怪しい女を寵愛しているという噂を、リディアンネルも聴いた事がある。その女の正体がこの狐だったのだろう。

――リゲルのラインハルト国王陛下が、三浦穂波というアキの母親と同じ名前の、アキの母親と同じ顔の女を寵愛している。

（もしかして、ラインハルトの国王陛下は、私のお父さん……？）

恐ろしい事に気付いてしまった。

『お母さん、なんでうちにはお父さんがいないの？』

『うーん、難しい質問ねぇ』

『難しくないよ。生きているのか死んでいるのか。生きているなら、どこにいるのか。なんで一緒に暮らさないのか知りたい』

『ますます難しいわ。……本当の所は、あれが夢だったのか現実だったのか、もう私にもよく分からないの』

『また誤魔化した！　結局アキのお父さんはどこにいるの？』

『遠い、遠い国よ』

『今度、みんなで会いに行こうよ』

『お母さんも行きたいんだけど、簡単に行けない所なの』

『えー、なんでぇ？』

『でも、アキならいつか行けるかもね』

母の与太話が、今になって現実味を帯びてくる。

「時に相談があるのです。そろそろマナの祝祭日じゃありませんか。私、あの日は本当に駄目なんです。聖気が強くて、起きているのも億劫《おっくう》で」

マナの祝祭日。――大地が聖気で満ちるその数日間は、人間界で生きる魔性の類が一年で一番弱体化する日だ。手負いの魔物などはマナの祝祭日に死ぬ事もある。

なので祝祭日が近付くと、森の魔獣達の縄張り争いも鳴りを潜め、人を襲う事も少なくなる。下手にダメージを負ったままその日を迎えると命取りになるからだ。人間からしてみれば、マナの祝祭日がある月は一年で一番安全な月だともいえるだろう。

リディアンネル達魔女からすれば、弱った魔物を捕らえ使役するのにとても都合の良い日であった。変な例え話になるが、女性の生理のようにマナの祝祭日の重い軽いには個体差があるらしい。白面金毛九尾は、マナを迎えるとかなりダメージを受けるタイプなのだろう。

「うちの国には犬っころを手懐けている王子がいて、妙な石を持っていますし。今年はちょっと心配なんですよね。恨みは色々な所で買っていますので」

憂鬱そうに嘆息する彼女のいう王子とは、アミール王子の事だろう。

「たかが人間如き、殺せなかったのか?」

魔女らしく答えると、彼女は憂いの深い瞳で頭を振る。

「実は、あの石の中も犬臭いのです」

「なるほどね」

〈幽魔の牢獄〉に封じ込められている邪神とやらが、犬に近い何かなのだろう。となると犬を苦手とする妖狐からすれば、彼はとても厄介な相手なのかもしれない。

「石ごと国外に追い出したのですが、あの王子は絶対にマナの祝祭日を狙ってくる」

低い声で言う白面金毛九尾の眼光が剃刀《かみそり》のように鋭くなる。

「つまり、同盟を組まないかって事ね」

「ええ、だからその間、ちょっとうちに遊びに来てくださいまし。リンゲイン独立共和国の王妃様を、リゲルブルクの寵妃ホナミの客人として正式にご招待いたしますわ。この機に親交を深めましょう」

「条件は？」

大きな胸の下で腕を組み挑む様に白面金毛九尾を見ると、彼女は血のように紅い紅を塗った唇を釣り上げて妖しく微笑んだ。

「次のヴァルプルギスの夜に、リゲルブルク全体に篝火《かがりび》を焚《た》くのを禁止いたします」

「へぇ？」

「破格の条件でしょう？」

「そうね」

ヴァルプルギスの夜とは魔女にとって祭りの夜だ。

それは死者を囲い込む夜、といわれている。その夜は死者と生者との境が弱くなるといわれており、篝火は無秩序に人の世を歩き回るといわれる死者を追い払うために焚かれる。

その夜、篝火を焚かなければ人の世は混乱する。何故なら街に彷徨える魂が大量に現れるからだ。ヴァルプルギスの夜に現れる死者の大半はゾンビやグール、ゴーストなどの至極平凡な死者《アンデット》だが、たまにレアモノも現れる。そんなレアモノを探して捕えて使役するもよし、沢山アンデットを捕まえて魔法の実験材料にするもよしと、魔女にとってこれほど有益な夜はない。つまりこの狐は次のヴァルプルギスの夜、自分の国をリディアンネルの好きにして良いと言っている。

「ねえ、こんな小さな国にいても富も贅も浴びれる血の量だってたかが知れている。こんな国、さっさと滅ぼして私と一緒にリゲルブルクにいらっしゃいな。私の客人として手厚く歓迎するわ。——そして、次のヴァルプルギスの夜、私と一緒に愉しみましょうよ」

(確かに破格の条件ね)

魔女リディアンネルには、この誘いを断る理由はない。しかし、今の自分は、三浦亜姫だ。いたずらに人を殺めたいとは思わない。——そして。

(リゲルブルクには、お父さんがいる……?)

恐らく、ラインハルトがアキの父親だ。

『白雪姫と7人の恋人』ではスチルどころか顔のアイコンすらない、ラインハルトの人柄を必死に思い出そうとしてみるが、彼は純粋なモブなのだ。台詞も数個しかなかったそんなモブキャラから、父の人柄を想像する事は流石のアキにも不可能だった。

「そして友好の証として、噂の便利な鏡を私にお渡しなさい」

三日月のように両目を細め、紅い唇が大きく裂けるような笑顔となった妖狐をリディアンネルは冷静に見つめ返す。獣性溢れる魔性らしいその笑顔からは、殺気が駄々漏れだ。

断れば命を奪う。命が惜しいならば臣下に下れという事だろう。

元々この狐はリディアンネルのような平凡な魔女ではなく、稀有《けう》な力を持つ真実の鏡狙いだったようだ。ならば、この狐が直々にこんな小国くんだりまでやってきた事にも合点がいく。

（勝てるかしら……？）

「断る、と言ったら？」

「こんな破格のお誘い、断る理由が分からないわ」

白面金毛九尾はリディアンネルの返答に心底驚いたらしい。

紅く染まりかけた瞳が、一瞬元の色に戻る。無言で杖を構え直すと、白面金毛九尾はそれがリディアンネルの返答だと悟ったらしい。

「悪いけど、自分の男を他の女にくれてやる趣味はないの」

杖先を妖狐に突きつけると、彼女の目の色が変わった。

白面金毛九尾の目が紅く、妖しく光り出す。

「ならば、力ずくで頂きます」

リディアンネルの部屋に、おどろおどろしい紅い妖気が満ちる。

（エンディミイリオン……）

杖を握った手が汗ばんでいた。

——勝てなくても、絶対あんたの事なんて呼ばない。

バリリリリリリッ！

次の瞬間金の光がリンゲインの王城内に満ち、光は城の全ての窓を割って外へと放たれた。

第八章　マジで王子が来てしまったんだが

出会って即合体とかAVみたいな展開になっている件

「……はっ、は、ぁ、……あ、ああん！」

女体とはこういう仕組みなのか、スノーホワイトの体が特別にそうなのかは分からないが、後ろを男で貫かれると、前も疼《うず》いて疼いて信じられないほどダラダラと蜜が溢れてくる。そして、耐えられないくらい前にも男が欲しくなってしまう。

（駄目だ、気持ちイイ……っ！）

膣《ちつ》内で動く熱と後孔で動く熱が粘膜越しに擦れ合う感覚に、ビクビクとスノーホワイトの体が痙攣《けいれん》する。痙攣はしばらく止まりそうになかった。

チツノコで疼きがマックスだった前に、後ろに、同時に熱を埋めこまれ、お腹がパンパンになったこの状態の恍惚《こうこつ》感といったらなかった。

――異世界で女として生きていく事の戸惑いや躊躇《ためら》い、男に犯されている事への抵抗感が消え失せる瞬間。

「ちょ、エミリオ様、もうちょっとタイミングをですね」

「そう言われても」

しかし気持ち良いのは俺だけで、男達の方はといえば慣れない3Pに戸惑っているようだった。

女一、男複数でするプレイは案外難しい。特に今、俺達がしている二穴プレイという奴の難易度は、初心者には高めだ。三人の呼吸が合わなければ絶頂を迎えるのも難しい。

「ルーカス、これ、動き難いぞ……」

「3Pなんてこんなもんですよ」

(チッ、さっさとズコバコしろよ)

この体の奥で燻《くすぶ》る熱を、一刻も早くどうにかして欲しい。

一人はさっきまで童貞だった男なので不慣れなのは分かる。もう一人も主を交えた情交という事で、躊躇いがちなのも分かるには分かるのだが……。

「しゃーない。んーじゃ王子はしばらく動かないでいてくれますか？　俺が動くんで」

「ふぁ……っ⁉」

このように、片方が中に挿れっぱなしの状態で、もう片方が動く事になる。

「あっあああっ！」

後ろから騎士に揺さぶられ、甘い悲鳴が口から零れた。

王子は自分の物を咥《くわ》えこんだまま、よがりまくるスノーホワイトの様子をただ呆然と下から見上げている。

ふと、彼の緑柱石《アクアマリン》の瞳と目が合った。飴《あめ》細工のように精巧な美少年フェイスが、電気ケトルが水を沸騰させるような速度で赤く染まっていく。

「ゃん！　はあ、んっ……あ、ああっ！」

感じまくっている俺の目の前には、羞恥でわななく王子様の真っ赤な顔があるわけで。

(なんかこれ、結構恥ずかしいな)

正面から見つめ合いながら、後ろから突き動かされる男の熱に酔い痴れ、快楽を貪るというのは、かなり気恥ずかしいものがあった。

「う、あ、あ、は、ぁあああ……っ、んんーッ！」

「くっ……う、あ」

眉を寄せて、高まる快楽を堪える王子の様子に後ろにいる騎士が吹き出した。

「ははは！　こんなエミリオ様の顔初めて見たわ。ねえ、もっと乱れて。そしてもっとエミリオ様を困らせてやろうぜ」

「こら、お前……！」

さっきまで魂が抜けたような顔をしていた王子様だったが、従者のその言葉に彼も色々と吹っ切れたらしい。何故か親の仇《かたき》を見るような目で、フン！　と下から俺を睨み付けてきた。

(なんだこいつ……)

俺――というか、スノーホワイトちゃんみたいな美少女の裸を拝めて、しかもラッキースケベまでしているというこの幸運に、一体何の不満があるのか？　ここは男として喜ぶ所じゃないの？　話の流れからしてお前童貞だろ？　この王子様、出会った時から、スノーホワイトに対してあまり優しくない。

(俺みたいな美少女に筆下ろしして貰えるなんて、むしろ最高の栄誉だろうが？)

俺は元男として、そんな王子の態度に些《いささ》かムッとしていた。なんて贅沢な男なのだろう、と。出来る事なら、俺が交代して欲しいくらいなのだ。

しかし、スノーホワイトちゃんは本来、あまり気が強い方ではない。彼女の精神は、エミリオ王子のその態度に、当然の如くゴリゴリと削られていった。

「ご迷惑をお掛けしてしまって、申し訳ありません……」

しょげた顔で呟くと、その時、王子に初めて動揺の色が走った。

同時にスノーホワイトの膣内にある彼の熱がびくん！　と脈動する。膣内で膨らんだ彼の物に「何故ここで？」と疑問が湧いた。

(ああ、そうか……)

今、彼は全裸の美少女に押し倒されている状態なのだ。

大国の王子である彼は、今まで美しい姫君や貴族のご令嬢を腐るほど目にしてきただろう。しかしスノーホワイトは、今まで彼が目にしてきた美姫達とはレベルが違う。

なんたって公式設定で、スノーホワイトは世界で一番美しい少女だ。

そんな美少女が自分を押し倒し、快楽で顔を歪めながら腰を振っているのだ。密着した素肌。間近で聞こえる吐息と甘い嬌声《きょう》。後から男に突かれる度に揺れる形良く張った乳房。激しく収縮を繰り返す、蜜でどろどろに蕩《とろ》けたその場所に、男の弱点を咥えこまれ、涙で潤んだ瞳でジッと見つめられたこの状態――流石にこれで反応しなければ男じゃない。

「この人はいつもこうなんで、あんまり気にしないでいいですよ」

その時、ずっと後ろから穿《うが》っていた背後の騎士が左手でスノーホワイトの乳房をやわく包み、彼女の体を起こした。

「騎士、さま……？」

後ろから青い果実のようなスノーホワイトの乳房が揉みしだかれる。乳房を包む男の大きな手により自分の胸の形が変えられていくその光景は、何だかとても卑猥《ひわい》なものに見えた。

「ひ……んっ！」

ピンと勃ち上がった乳首を親指と人差し指で摘まれ、一際甲高い声が上がる。

「おっぱい、そんなに気持ち良いの？」

「やっ、そんな事、言っちゃ……、やだぁ……っ！」

「そっか、じゃあもっと乳首弄ってあげるね」

「ゃんっ！　あ、あっ……ぁあ、あああっ！」

「可愛いな」と男が漏らした甘い低音ボイスは、スノーホワイトの鼓膜だけでなく体をも震わせて、官能を高め、中の収縮を促していく。体の芯から脳髄まで痺《しび》れるその感覚に身を委ねてしまえば、王子の物を咥えこんだ場所からまた蜜が溢れ出して太股を伝った。気持ち良くて気持ち良くて、耐え難くて。息をはずませながら腰を振るスノーホワイトの様子を、王子は固唾を飲んで見守っていた。

「王子もおっぱい触らせて貰ったらどうですか？　最高ッスよ」

「そうだな……」

恐る恐るといった様子で、自分の胸に伸ばされた手を呆然と見下ろす。

（え……マジで？）

震える指先で乳肌に触れた瞬間、びくんと体が跳ねた。

「本当だ、とても柔らかい……」

カアアッ！

その恍惚とした声に、我を忘れたような顔に熱が灯るのは何故だろう。

もう王子は何も言わなかった。腰を起こすと、膝立ちになったスノーホワイトの乳首を前から吸いはじめる。

「あ、あっ……あぁ、んっ！」

胸の先端は、さっきからジンジンと痛いほど疼いていた。もっとそこに強い刺激が欲しくて、気が付いた時には自分から王子に胸を突き出すような格好をしながら喘《あえ》いでいた。快楽に流され、男を欲している屈辱感と羞恥心で軽く死にたくなる。

もう王子の目には敵意らしきものはなかった。ただ本能の赴くままに、目の前の若く美しい女の肢体を貪っている。

「じゃ俺はこっち担当ね」

「――――っ⁉」

後ろからゆるゆる腰を動かしていた騎士が、右手を花芯に添えた。二本の肉杭《にくくい》で貫かれたまま乳房を吸われ、花芯を弄られて、頭が真っ白になる。

「だめッ、騎士さま！」

「うん、ここだろ？」

「やんッ……そこ、触らないで、っあ……それ、だめ、だめ、だめなの！」

「違うよね？　本当は駄目じゃなくてイイんだよね？　もっかいイっちゃいな」

ちがうちがう！　と頭を振り続けるが、騎士の指の動きは腫れあがった花芯を追いつめるようにどんどん速くなっていく。

「っあ⁉　……だめっ、だめぇええええっ！」

「くっ……、だから！　そんなに締め付けられると！」

チツノコにより何度もお預けを喰らっていた体はとても敏感で、花芯への刺激ですぐに達してしまう。

「ごめんな、さ……いッッ」

「ちゃんとイけたね。良い子だ、偉いよ。エミリオ様は放っておいていいから、もっかいイこうか？」

敏感になっているその部分に、太股にまで垂れた花蜜をすくって塗り付けられ、ヒッ！　っと喉が仰け反った。

天井に大きな穴が開いている事に、その時初めて気付く。一体いつの時代に開いた穴なのだろうか。そんな事を考えながら穴から覗く青い空を見上げ、波のように寄せては返す快楽に身を委ねる。

「こら！　だ、だから、そんなにキック締め付けるな、と……」

「ごめんなさい、ごめんなさ、いっ！」

泣きながら何度も謝るが、もう揺れる腰は止まりそうになかった。

かくいう王子の腰も動き出している。十代の少年特有の硬過ぎる熱で、下から追い上げるような動きで子宮口を抉《えぐ》られて、気持ち良すぎて胸が震えた。

「気持ち良いでしょ、エミリオ様？　なら別にいいじゃないッスか」

「そういう、問題では……！」

後ろの騎士はスノーホワイトの首筋に吸い付きながら軽く嘲う。

「や、あんっ！　あ、あ、あああああああっ！」

「可愛いなぁ、またイっちゃったんだ？　もっとたくさんイっていいんだよ」

絶頂を迎え、背筋を弓の弦のようにしならせ震えるスノーホワイトの花芯に、耳朶に、騎士はおのが熱を埋め込んだまま刺激を与え続ける。

(なん、で……？)

何故、ルーカスは腰を動かしてくれないんだろう。前からスノーホワイトの細腰を掴み、激しく腰を打ち付ける王子様を見て俺はある事を思い出す。

(ああ、そっか、そうだよな)

今度は王子が動く番という事なのだろう。

こいつらは主従関係にある。憎まれ口を叩いてはいるが、これは初めての王子様に対するルーカスなりの気遣いなのだろう。

(だからといって、王子の膝の上で、一応女である俺にこんなに腰振らせんのもどうなんよ…？)

王子の膝上で痴女の如く腰を振りながら、そんな事を考えた。

しかしこの体位、俺や王子様の体には負担は少ないが、こっちの男の膝の負担は大きそうだ。やはり彼はこの王子様の従者なのだろう。まあ、肉体労働がメインの騎士だしこのぐらいなら余裕なのだろうか？　眼鏡やエルにゃんはともかく、王子やわんこ、猟師辺りは結構無茶な体位でした後でもケロッとしていたし。

しかしこの体位、何気に俺の足腰にも負担がかかる。顔や態度に出したつもりはなかったのだが、俺の膝に負担がかかっている事にルーカスは気付いたらしい。

「この体勢、石の上じゃこの子の体に負担がかかりますね。エミリオ様、もっかい横になってくれませんか？」

「わかった」

ルーカスはスノーホワイトごと、王子も台座の上に押し倒す。

「動くよ、大丈夫？」

「は、い……！」

二人が腰を動かし出すと、耐え切れず俺は目の前の王子様の首に抱き付いた。怒られるかなと思ったが、王子は何も言わなかった。ギュッと眼を瞑って、高まりゆく快楽に堪えるように王子の肩口に額を擦り付ける。左の耳が触れた王子の首の辺りから、彼の鼓動が伝わってきた。耳元で流れる血流の音、前から後ろから挿し込まれる男の動きに思考が支配されはじめた時の事。

「もっと奥突いてあげるから、お尻をもっとこっちに突き出してごらん」

「やぁッ、そんな、はずかし、い……っ！」

羞恥に色づいた双丘を軽くペンペンされながら言われ、やだやだと首を振っていると、王子がスノーホワイトの双臀《そうでん》をガシッと掴んだ。そして騎士の雄が埋め込まれた蕾《つぼみ》を拡げるようにして、左右から剝き出しにしやがったのだ。

「きゃあ!? ……はずかしい、です……！」

条件反射で尻を騎士に突き出す格好になってしまったスノーホワイトに、フッと王子様が笑った。思わず顔を上げて抗議しようと思った瞬間、唇を奪われる。

（え……？）

なんでキスされてんの？　こいつ、俺の事嫌いじゃねーの？

意外なまでに優しく甘い王子のキスを受けて呆然としながら、そんな事を思った。

上唇や下唇、舌を甘噛みされて、じれったくも甘い口付けに眉を顰めると、口腔《こうくう》内に舌が侵入する。目の前のガラス細工の薔薇《ばら》のように美しい美少年フェイスを、愕然としながら凝視していると、視線に気付いたらしい彼は不服そうに瞳を開いた。

長い、金色の睫《まつげ》が揺れる。

「無粋な女だ。口付けの時くらいは目を伏せていろ」

口付けを中断すると、彼は不機嫌を隠さない口調で言う。

「は、はい……？」

よくわからんが、取りあえず目を閉じて口付けに応じる。絡みあう舌に、前から後ろから交互に抽挿される熱。肌と肌がぶつかる音と、自分の脚のあわいから漏れる羞恥心を擽《くすぐ》る卑猥な水音。

(なんだ、これ……？)

目を閉じて視界がゼロになると、聴覚の鋭さが増していく。人は五感の内の一つが欠けると、他の感覚がとても鋭くなるというが、それがこれなのだろうか？　擦れる布ずれの音、耳元で感じる王子の鼓動、そして自分の高鳴る鼓動にまで翻弄され、快感の渦に飲みこまれていく。

「やんっ……、やぁ、あぁッん……っ！」

スノーホワイトの嬌声がどんどん大きくなっていくと、後ろの騎士の動きが変わってきた。

（やばい……！　こいつ、アナルセックス慣れてる……っ⁉）

さすがチャラ男とでもいうべきか。浅く深く、ゆっくりと、カリで柔壁を擦られて。後孔から子宮の裏側を揺すられて、膣内からも子宮口を突き上げられていく感覚に目の前が真っ白になった。もう目を閉じているのか開けているのかも分からなかった。ただ、世界は白かった。

「あ、あ、あぁぁ……あ、」

（駄目だ、これ……やっぱり、ヘンになる……っ！）

気持ち良過ぎてヤバイ。さっきから胸がバクバクいっていて、心臓の音が異常だ。

（毎日こんなセックスばかりしてたら、確実に寿命が縮む……！）

ズリュッ！　といっそう奥を深く抉られた瞬間、目の裏側で白い火花が弾ける。

強烈な快感に、脳が焼き付けられていくようだった。ガタガタ震える腰を後ろから騎士が持ち上げて、抽挿の動きを速めていく。白く染まった世界で、絶息せんばかりの男二人の息使いが近くで聞こえた。

「ごめんなさい！　イっちゃう！　私、また、イっちゃう……っ！」

激しさを増していく二本の肉の責め苦に咽び泣き、自分の意思とは関係なく、男達の子種を搾り取るように蠢《うごめ》く女体の業の深さに嘲う。

次の瞬間、スノーホワイトの中で二人はほぼ同時に果てた。

「ま、待……っ！」

「俺も、そろそろ」

出会って即求婚とか超ありえない展開になっている件

しばらく誰も動かなかった。俺はハンバーガーの具のように、上から下から男に挟まれながら、王子の速い胸の音を聞いていた。密着した肌が、胸が、熱かった。

「あっ！」

射精の余韻に茫然自失《ぼうぜんじしつ》していた王子様が、弾かれたように顔を上げる。

「すまない、中に……」

「いえ、いいんです」

避妊薬飲んでるし。

「いや、しかし……そんなわけには」

後ろからルーカスの肉が引き抜かれる。それに促されるように、俺も腰を引いて、何か言いたげな王子様の物を引き抜いた。

スノーホワイトの中から、跳ね踊るように飛び出したその肉は、まだ吐精の最中だったようだ。先端の切れ込みから、噴水のように白いほとばしりが溢れ出た。勢いあまって、スノーホワイトの胸に、そして頰に王子の飛沫《ひまつ》がかかる。

「す、すまない！　その！」

「い、いえ。こちらこそ、あの、えっと……私こそ、すみませんでした」

頰に付着した白濁を指で拭われながら、ペコペコ頭を下げると、背後からにゅっと伸びた手に肩を抱かれる。

「ところで、もう一回どう？」

「へ？」

ぐいっ！

台座の上に、俺を押し倒すチャラ男騎士の頭を王子様がぺしりと叩く。

「ルーカス、人助けだろう。もう一度する必要性がどこにある」

「えー。いいじゃないですか、ねぇ？」

「え、あ……」

名残惜しそうに、先端で後ろの蕾をツンツンされて変な声が出そうになってしまった。

正直もう一度や二度、いや、三度くらいならヤリたい気分なのだが、出会ったばかりの男達にそれを言うのはビッチだ。ビッチ過ぎる。流石にそれはプリンセスとしての教育を受けてきたスノーホワイトちゃん的にも、前世ビッチを憎んできた俺的にもＮＧ行為だ。必死に自制する。

（あ……）

次の瞬間、前と後、二つの穴からボタボタ垂れてきた男の白い残滓《ざんし》に俺の動きが止まった。なんか凄くいやらしい光景だ。

「ノリ悪いなぁ、エミリオ様は」

ブツブツ文句を言いながら、騎士はどこからともなく取り出したハンカチで自分と王子が吐き出した精を拭ってくれた。

「ど、どうも」

「いえいえ、お気になさらず。それより俺もお尻に出しちゃったけど、お腹痛くない？大丈夫？」

「はい」

真っ赤になって俯くスノーホワイトの肩を抱き起こすルーカスをよそに、王子様は無言でベルトを締めている。何故か気まずい雰囲気が、流れ出す。

「お嬢ちゃん、これ着な。寒いだろ？」

「いい」

騎士が自分の上着を俺に渡したが、俺がそれを受け取る前に王子様が突っぱねた。

「えぇー、なんでッスかー？」

「うるさい。お前のサイズでは彼女には大き過ぎるだろう」

「それはそうですけど」

「お前は僕の物を着ろ」

「は、はい」

王子様は有無を言わさぬ態度で、スノーホワイトちゃんに自分のシャツを着せてボタンを留める。王子の白いシャツに包まれた時、何だかとても良い匂いがふわりと鼻腔を擽った。レモン、ライム、マンダリン、ベルガモットをミックスしたような、爽やかな青い柑《かん》橘《きつ》系の香り。

「くそ……っ」

王子様は、スノーホワイトの胸元のボタンを必死にはめようとしている。純粋に不器用なのか、普段は自分で服の着替えもしないのか、俺の胸のボタンを留めようとする彼の手はやけに覚束ない。

「エミリオ様、手伝いま……」

「必要ない」

部下を一喝し、王子様は不器用な手付きで俺にシャツを着せた後、自分のマントを肩に羽織らせた。正直自分で着た方が早いんだけどなーという思いもあったのだが、なんだかソレを言ったら怒られそうなので気の弱いスノーホワイトは黙っている他ない。

中身こそ俺だが、スノーホワイトちゃんの性格の基本ベースはやはり一八年間生きた彼女のものなのだ。押しに弱く流されやすい彼女に突っ込みを入れたり、あんまりにもアレな時は俺が表層面に顔を覗かせたりするが、やはり普段のスノーホワイトはスノーホワイトでしかない。

「ところで女、お前はどこに住んでいるのだ？　わけあって急ぐ旅ではあるが、近くまでなら送ってやらない事もない。お前のような年頃の娘が盗賊に襲われたとなると、ご両親もさぞかし心配なさっている事だろう。早く家に帰って安心させてやるといい」

「お、王子！　しかし今はそんな悠長に旅が出来るような状況では！」

ずっと所在無げに佇《たたず》んでいた騎士が、そこで声を上げた。

「何を言う。このままここに捨て置くわけにもかないだろう？　それにだな、僕は、その」

何故か赤く染まった顔でごほん！　と咳払いしながら王子様は続ける。

「成り行きとは言え、このような関係になってしまった以上、僕は近々彼女の両親に挨拶に行く必要がある」

（は？）

なんだかよく分からないが……。

「えっと、実は私」

とりあえず俺は、自分の今の状況を素直に話す事にした。両親は既にこの世にいないというと、硬くへの字で結ばれていた王子の唇が開いた。

「そうか……苦労をしてきたのだな。実は僕も幼い頃に母上を亡くしている。もしや父上もいないのか？」

「ええ、数年前に」

「そうか、辛かったな」

ずっと上がりっぱなしだった王子の目尻と眉尻が下がり、なんとも言い難い気分になった。中の人からすると茶番でしかない流れなのだが、ズキリと胸が痛むのはスノーホワイトとして生きて来た一八年のせいか。

胸の痛みを誤魔化すように笑いながら、前に落ちて来た髪を耳にかけて笑う。

「どうなんでしょう。辛かった、のかな……」

「家族を亡くして辛くないわけがないだろう」

ふいに抱き寄せられた瞬間、涙腺が緩んだ。しばらく誰も何も言わなかった。静寂の後、ぽつりぽつりと話し出したのはスノーホワイトちゃんだった。

「新しいお母様が来てからお父様はそちらにべったりで、私の顔を見るのも避けていましたが……それでも私はお父様の事をお慕いしていましたから、そうですね……やっぱり、辛かったような気が、します」

「心中察する。うちにも新しい母上が来てから……いや、この話はやめておこう」

「聞かせて下さい、お聞きしたいです」

「そうか……？」

男女の仲とは百の言葉、千の言葉よりもただ一度の交わりの方が深く互いを結び付ける事が出来る物だとばかり思っていたが、実はそうでもないのかもしれない。

ぽそぽそと自分達の身の上を語り合っているうちに、ずっと固かった王子様の表情がほぐれてきた。スノーホワイトほど壮絶ではないが、義理の母が二人という環境は大変そうだなと他人事ながら思った。

　そういえば、家庭環境はこいつの兄ちゃんの方も同じはずだ。それなのに兄からは何も聞いた事がない。兄の方も親密度が高くなったら、辛い過去やら壮絶な家庭環境やらをペラペラ喋《しゃべ》り出すカウンセリングラブ的なイベントが発生するのだろうか？　それとも兄の方は素もドーピーのままで、その手のシリアスイベントは発生しないのだろうか？

（アミールの親密度がそこまで上がってなさそうな事に安堵すべきか、それとも初対面でここまで打ち解けてしまった弟の方に危機感を感じるべきなのか……）

　所在なさげに、縄で縛った盗賊達の様子を見回りに行っている騎士が戻ってきた辺りで二人の会話は丁度良く一段落付いた。

「帰る場所がないのなら、僕と一緒に来い」

「え？」

　ポカンとしながら顔を上げて王子を見つめると、彼の顔がボン！　と音を立てて赤く染まる。エミリオ王子は俺から目を反らすと、明後日の方向に視線をやりながら早口で捲《ま》くし立てた。

「き、危険の伴う旅だが、お前の事は僕が守ってやる」

「はあ」

「王族という事もあり僕には十数人の婚約者候補がいる。正妃には出来ないかもしれないが、出来るだけ便宜ははかってやろう。だからだな、あー、なんだ。……お前がどうしてもと言うのなら、まあ、婚約してやらん事もない」

「いや、その……え？」

「べ、べつに僕はお前の事なんてどうでもいいんだからな！　勘違いするなよ⁉　これは男のケジメの問題であって！　ああ、そうだ、ケジメだ、ケジメ。大国の王子としてだな、良識ある貴公子の沽券《こけん》に関わる問題であって、うむ」

（何言ってんだ、この王子様……？）

　気のせいだろうか？　なんだか俺、プロポーズされてるような気がする。

　ポカンとしているのは俺だけではなかった。「え？　嘘だろ、ここでプロポーズきちゃうの？　プロポーズは湖だろ？　湖じゃねーの？」と、後のチャラ男騎士も何やら小声でぼやいている。

（やっぱこれ、プロポーズなのか……？）

　しかし無駄に責任感の強い兄弟である。兄貴の方も一発犯っただけで責任を取るとうるさかったが、たかが一回エッチしただけで何言ってんのこの兄弟。よく分からんが、この世界の王子様ってそんなもんなの？　それともこれが童貞力のなせる技なのか？

「いや、えっと、さっきの事なら、別に。……私、避妊薬を飲んでいるので、そんなにお気になさらなくても……」

「避妊薬？　何故そのような物を飲む必要が……」

そこまで言ってエミリオ王子は、スノーホワイトちゃんに定期的にセックスをするパートナーがいる事に気付いたのだろう。真っ赤に染まる顔と怒りに震える肩に、俺は自分の顔が青ざめていくのを感じた。

「嫁入り前の娘がなんてふしだらな！」

（ごもっとも過ぎて返す言葉がないわ……）

返す言葉のない俺の肩をチャラ男騎士が抱く。

「まあまあ、王子。民草の間じゃ婚前交渉は当たり前ですよ」

「僕は民間人ではない！　歴史ある由緒正しい王家の血を継ぐ者だ！」

「でもさー、結婚してから相手がガッカリチンコだったり、相性最悪だって分かったら女の子の方も辛いっしょ。テクナシやガッカリチンコしか知らないで、女の悦びを知る事もなく生涯を終えるなんて最高に不幸ッスよ。お嬢ちゃんもそう思うよな？」

チャラ男騎士に笑顔で同意を求められる。俺はといえば、チャラ男のチャラ男理論に何と反応していいのか分からずに、曖昧な笑みを浮かべる事しか出来ない。

そんなスノーホワイトに「ところで俺のカラダどうだった？　結構良かっただろ？　俺ともケジメしちゃう？」と、意味の分からない事を言いながら、唇を寄せてくる不埒《ふらち》な部下を、王子様が引っぺがす。

「お前は少し黙ってろ！　というか彼女から離れろ！　今僕が彼女と話をしているんだ、邪魔をするな！」

「えー。でもぉ」

「いいから黙ってろ！　命令だ！」

「へいへい、分かりましたよ王子様」

王子様は一喝して騎士を黙らせると、俺に詰め寄った。鬼のような形相で鼻と鼻がくっつく距離まで詰め寄られ、俺は思わず隣のチャラ男の腕を摑んでしまう。それを見た王子様は更に険しい形相となった。

「その髪色、お前だってどこかしらの王家に縁のある高貴の家の者なのだろう!?」

東の大陸では珍しくもなんともないといわれている黒髪だが、ここ西の大陸では非常に珍しい。一部の王家の血を受け継ぐ者にしか出ないといわれている。

(王家に縁のある……っていうか、本当にお姫様なんだけどな)

思わず俺は苦笑してしまった。そんな俺の反応に王子様は、目の前の美少女の家柄や身分、そして相手の男もそこそこの地位にある者だと確信を深めたのだろう。

「その仕草、立ち居振る舞い。お前が高貴な家の生まれで、しっかりとした教育を施された娘だという事は僕にも分かる。その男は婚約者なのか？　いや、今の貴族社会の空気を知っている者ならば、婚約者相手といえど婚前交渉などという軽率な真似をする事は……」

「ええっと、話せば長くなるのですが、実は――」

継母に殺されそうになり、猟師に逃がされた森の中でスライムに絡まれ……と長い話を話し出したら王子の顔がまた強張っていく。

「なんなんだ、その男は！」

なんなんだってお前の兄ちゃんだ。

「命の恩人、確かに命の恩人ではあるが……やむを得ない状況だったのかもしれないが、その流れで求婚だと……？　くっ！　なんなんだ、なんて厚かましい男なんだ、一体どこのどいつだ！　信じられない！」

だからお前の兄ちゃんだ。心底悔しそうにギリギリと奥歯を噛み締める王子を見つめるスノーホワイトの顔は、恐らく半笑いしている。

「で？　お前はその男の事をどう思っているんだ⁉」

「え、それは」

「どう思っているのか聞いている！」

しかしなんなんだこれ。なんで俺、さっきからこの王子様に浮気した男が女にされるように責められてんの？

(しかしまた返答に困る質問してくるな、この王子様……)

恐らくアミール王子はスノーホワイトの事を自分の女だと思っているだろうが、俺からすればこいつもこいつの兄ちゃんも、なんだかよく分からないが気が付いたら関係を持っていた男その一とその二でしかない。

要領を得ない返答しかできない俺に痺れを切らしたのか、王子様はますます険しい形相になる。

「そいつと僕、どちらが格好良い⁉」

「は？」

「だから！　そいつと僕、どちらが男として魅力的かと聞いている！」

視線を泳がす俺の肩を王子様はガシッ！　と摑んだ。

「え……あ、どうだったかな？」

「はっきりしろ！」

どっちかなと考えながら、エミリオ王子の顔をマジマジと見つめた。

あ、はい、間近で見ても美少年ですね、ええ。エミリオ王子は正統派タイプの美少年とでもいうべきか。美少女フェイスで中性的な魅力を持つエルたんとはまた違ったタイプの美少年だった。三段のケーキスタンド上に、ちょこんと載ったパステルカラーのマカロンがエルにゃんだとすれば、テーブルの中央にデデン！　と鎮座するイチゴと生クリームのホールケーキがエミリオ王子だ。外見だけの話をしてしまえば、多少の違いこそあれどエミリオ王子とはアミール王子のミニチュア版だ。兄の方にある大人の色気のような物がない代わり、こちらには前世姉の言っていた少年と青年の間の年齢の者にしか醸し出せない、年齢限定モノの謎の魅力が満ち溢れている。それがこのツンツンキャラと混ざりあって絶妙な味を醸し出しているのは俺も認めざるを得ない。

正直彼の性別が女だったならこのプロポーズ、俺は涙ながらに受けていただろう。

ツンデレ金髪美少女とか最高に俺のタイプだし。……アキと好みが被ってると思うとなんか嫌だが。

（相殺して同じぐらいって言ったら、怒られるだろうしなぁ……）

即答出来ないスノーホワイトの様子に、王子の形の良い眉がまたキリキリと吊りあがっていく。

「その男の名前を言ってみろ！　一体どこの家の者だ？」

「えっと」

「そいつが僕以上の才器を持つ男だとは思えないが。王家《うち》以上の権威と財を持ち、僕に匹敵する蓋世の才と高貴の魂を併せ持つ男なんぞ、この大陸にはそうはいないだろう。……フン、まあ、いい。その男の名前を言ってみろ」

ふふんと得意気に髪の毛をかきあげる王子様に、チャラ男騎士は処置なしといった顔で首を横に振りながら額に手をあてる。

「スライムから私を助けて下さった方のお名前は……」

彼の兄の名前を告げた後、それはそれは大変だった。

エミリオ王子の大爆発を宥めるのには、大層な時間を要した。俺も疲れたが、お付きの騎士もかなりお疲れの様子だった。スノーホワイトには今、彼のお兄様の他に四人恋人がいると知ったら、この王子様……一体どうなってしまうのだろう？

（先が思いやられる……）

再会して即俺を巡り決闘という謎展開になっている件

あの後。

「俺はルーカス・セレスティン、この王子様のお付きの騎士です。どうぞ以後お見知りおきを」

跪いた騎士に手の甲に口付けられ、俺は軽いカルチャーショックを受けた。

（大国の騎士はやっぱり違うんだなぁ）

リンゲインくらいの小国になると、有事の際は農夫達がかり出されるのが関の山で、騎士団なんてあってないようなものだ。一応自警団的な物はあったが、あれは前世にあった、田舎の青年団や消防団に近い。

次は俺が名乗ろうと思った、その時。

「雪のように白い肌、真紅の薔薇よりも紅く色付いた唇、歌を歌えば鳥達が囀《さえず》るのを忘れ聞き惚《ほ》れてしまうという美しい声。神に最も愛されし一族と、その縁である高貴の者にしか出ないといわれている、西の大陸では稀少《きしょう》な黒髪。――まさか、リンゲインの深窓の姫君、スノーホワイト……？」

「……え？」

（深窓の姫君？　外の国ではそういう事になっていたのか？）

ふむふむと納得する俺の顔を凝視するエミリオ王子の顔は、何故か少し青ざめている。

「私の事、ご存知だったのですか？」

「知ってるも何も……」

そこまで言うと王子様は口を噤み、――またツンツンにお戻りにならせられた。

（一体俺が何をしたっつーんだ……）

この王子様、なんだかいつもプンスカ怒ってるし、俺、苦手かもしれない……。

（ああ、そっか。エミリオ王子がGrumpyなのか）

納得した。

「ふぁ、ねみー」

欠伸を噛み殺すチャラ男騎士を、ハッと振り返る。

（で、こっちSleepyか）

ああ、そうだそうだ。ルーカスは確かお昼寝イベントがある、やたら寝てる男だった。

なんだか暇だったので、姉が居間でこいつを攻略している時に一緒に見ていたから覚えてる。イベントスチルも確か、木陰の下でスノーホワイトと一緒に昼寝してる奴だった。

「で、今アミール達はどこにいるんだ？」

「案内してくんないかな？」

――そしてシナリオ通りに、俺はこの二人を森の奥の小屋に案内する事になる。

アミール王子達も、どうやらいつまで経っても帰宅しないスノーホワイトに異変を感じたらしい。彼等は俺の事を探し回っていたらしく、森の奥にある恋人たちの家に向かう途中で、俺達はすぐに合流した。

「シュガー、探したよ！　一体何があったの⁉」

「ったく、本当に世話の焼ける娘だ」

「スノーホワイト！　スノーホワイト！　俺、俺、もうどうしたらいいのか分からなくて！」

「スノーホワイト！　怪我はない？　大丈夫？」

「姫様……ご無事で何よりです」

恋人達に揉みくちゃにされ「俺、愛されてんなぁ」とつくづく実感する。こいつらの性別が女だったら、どれだけ幸せだっただろうとしみじみ考えた。

（でも、別にこいつらが男でも、悪くはないのかな……？）

――前世も今世も、俺は今まで誰かにこんなにも愛された事なんてない。

誰かに愛されるという事は、こんなにも心が満たされるものなのか。涙ながらに自分の無事を喜ぶ恋人達の姿に、何故か頬の筋肉が緩んだ。

「皆、ありがとう」

次の瞬間、その場にいる男全員の顔から火が出た。

（あ、忘れてた。スノーホワイトが超絶美少女って事）

それにしても物凄い破壊力だ。何人か鼻血どころか吐血までしてる。

ガバッ！

「スノーホワイト、今の笑顔、最高に可愛かった！　もう一回その笑顔を見せて！」

「ヒル？」

「こら、抜け駆け禁止って約束だろ！」

「だってエルも今の見ただろ⁉　もう、もう！　可愛いすぎっ！」

「まったく本当にヒルは馬鹿なんだから。スノーホワイトは今、僕に微笑みかけてくれたんだよ、ねえ、そうだよね？」

「え、あ……」

スノーホワイトに抱き付いたヒルデベルトを引っぺがしながら、エルヴァミトーレは強制力のある笑顔で俺に同意を求める。

「まったく。本当にお気楽な坊や達だ」

「そうだよねえ、イルミ。シュガーが私に微笑みかけたのは火を見るよりも明らかなのに」

「アミー様も言いますか」

「ん？　だって事実だろう？」

「…………」

「姫様、なんて愛らしい……」

そしてこちらの大人組も、鼻血をハンカチで拭きながら脳が沸いてるとしか思えない事をほざいている。

「本当にすみません、心配をおかけしてしまったようで。実はお洗濯をしていた所を盗賊達に浚われたのですが、この通り、怪我はありません。こちらの方々が助けてくださったんです」

恋人達は今の今まで、スノーホワイトしか目に入っていなかったらしい。

俺が紹介した背後の二人の男の存在に、一瞬だけ辺りを取り巻く空気が張り詰めた。

「……エミリオ、久しぶり」

一歩前に出て、一番最初に口を開いたのはアミール王子だった。

「……ああ」

「父上は元気かい？」

「……そんなの、僕が知るわけないだろう」

兄と目を合わせる事もなく返答するエミリオ王子の顔は何故か暗い。そんな弟の様子にアミールとイルミナートが目配せしあった後、長い三つ編みの毛先を弄って遊んでいたルーカスの方に視線を投げる。

「ん？　ここで話して大丈夫なんスか？」

二人の視線に気付いたらしいチャラ男騎士の視線は、俺とメルヒの方に向けられる。

「メルヒ、私達は席をはずしましょうか」

「はい」

気を利かせてメルヒを連れその場を退散しようとする俺を掴んで、アミール王子は引きとめた。

「いや、聞かせて何の問題もない。彼女は私の妃になる人間だから」

「……へ？」

思わず言葉を失った俺の肩を抱きながら、アミール王子はにこやかに告げる。

「エミリオ、紹介するよ。こちらスノーホワイト・エカラット・レネット・カルマン・レーヴル・ド＝ロードルトリンゲイン。エミリオも知っているだろう？　私の第一婚約者で、リンゲイン独立共和国の第一王女だ。こちらはメルヒ殿、彼女の従僕だそうだ」

アミール王子の問題発言に、またしても場の空気が凍り付く。――って、ちょっと待て。

今この王子様は聞き捨てならない事を言った。

「だっ第一婚約者……？」

開いた口が塞がらない。話についていけず、口を酸欠の金魚のようにパクパクさせる俺に彼は言う。

「ああ、そうか。新しいお義母上から情報を制限されていたあなたは、何も知らなくてもおかしくないね。リゲルブルクとリンゲインは友好国の証に、どの時代も王子か姫を最低一人、互いの王家に嫁がせるという風習が昔からあったんだ」

亡き父と継母が、子供が出来ない事にとても苛立っている理由が今になって解った。

「でも、それは少し無理があるのでは？　私は第一王女です。そして現状、私の他にリンゲインに世継ぎはいません。第一王女の私が、そうそう他国に嫁ぐわけには……」

「そうだ。だから本当は第二王子の僕が、お前の所に婿入りする予定だった……だが僕はお前と初顔合わせの時に逃げたんだ。何故なら、お前に会いたくなかったから」

「えっ？」

　苦虫を嚙み潰したような表情で、エミリオ王子は続ける。

「第二王子として生まれたからには、政略結婚は自分の義務である事は承知していた。しかしリンゲインのような田舎の小国に婿入りするなんて僕のプライドが許さなかった。国内の有閑貴族の娘が第一婚約者である第三、第四王子の扱いの方が遥《はる》かにマシだと思った。義母の僕に対する不当な処遇を認めてはなるものかと思った」

　ふて腐れた顔で言うエミリオ王子を、アミール王子が咎《とが》める。

「リンゲインの姫君に対して失礼だろう、エミリオ」

「い、いえ。うちが田舎なのも小国なのも事実なので」

　弟を窘《たしな》めるアミール王子に慌てて手を振る。事実、リンゲインはリゲルブルクの王都の外れにある、一領土くらいの大きさしかない小国だ。

　彼は「口の悪い弟でごめんね」と言って弟の頭を無理やりこちらに向かって下げさせた。

「本当は第二王子として正統な扱いではあったんだけど、うちにも新しい義母上が来てゴタゴタしていた時期だったからね、エミリオはそんな風に勘違いしちゃったみたいで」

「あの状況でフロリアナの罠だと思わない方がおかしい」

弟と違って、兄の方はあまり身内の恥を外部に晒《さら》したくはないらしい。ごほんと咳払いをして話を戻す。

「それで私が急遽《きゅうきょ》、エミリオの代わりにあなたに会う事になったんだ。初めてあなたに会ったあの日の事を私はとてもよく覚えているよ。花畑で咲き乱れる美しい花々に、私は生まれて初めて同情した。何故ならば今日はどの花よりも可憐な花が咲いている。あなたがいる限り、他の花達はあなたの引き立て役にしかならない。あの時、私は一目であなたに恋に落ちたんだ」

「…………」

「エミリオがいらないなんてもったいない事を言うから、私におくれと父上に必死に頼み込んでね、それで貴女は私の第一婚約者となった」

驚愕の事実に、俺は呆けたまま立ち尽くす。

「だからあなたのお父上も新しい妃を迎えてくれたのだけれど、まさかこんな事になっていたなんて……」

そこまで言うと、アミール王子はやるせなさそうに息を吐いて、まるでキスでもするようにスノーホワイトの頰を手の平で優しく包み込んだ。

「こんな可愛いお姫様が私の妃になってくれるだなんて、嬉しくて嬉しくて。私はあれから毎日あなたの事ばかり考えていたんだよ。私はあなたを忘れた事など片時もなかった。会いたいと何度も手紙を送ったし、毎年誕生日にはプレゼントも贈っていたんだ……残念な事に、あなたの元には届いてはいなかったようだけど」

切なそうに瞳を細めながら、アミール王子は俺の額にコツンと自分の額を合わせる。

（そんなの、知らなかった……）

「アミー様……ごめんなさい、私、何も知らなくて」

「シュガーは何も悪くないよ。恐らくリディアンネル王妃に全て捨てられていたのだろうから」

「本当に、ごめんなさい」

「いいよ、キスしてくれたら許してあげる」

「えっ？　キス、……今、ここでですか？」

「ああ、ここで」

人指し指で唇をなぞられ、ううっと呻《うめ》く俺の背中にはさっきからつららのように冷たい視線がグサグサと突き刺さっている。

「ん、どうしたの、キスしてくれないの？」

「あ、えっと、え、えっと……」

「ふふ、もしかして恥ずかしくて出来ないのかな？　なら私からしてあげようか？」

「いいです、いらないです、結構です！」

アミール王子は全く意に介していない様子だが、俺は背後からの冷気に耐えられず、だらだらと冷や汗を流していた。凍りついた空気をブチ壊したのは、毎度ながらヒルデベルトだった。

「何言ってるんだよアミー様！　スノーホワイトは俺の、俺の！　ね、スノーホワイト、コンヤク……とかよくわかんないけど、俺とケッコンしようよ！　俺、ずっと君と一緒にいたいんだ！」

「ヒ、ヒル……？」

「俺、絶対に君を幸せにする！　だから、俺とキスしよう！」

アミール王子を押しのけたヒルデベルトの唇がスノーホワイトの唇に触れるその直前に、それを遮るエルヴァミトーレ。

「アミー様もヒルも抜け駆け禁止！　そもそもスノーホワイトは僕のものだよ。ね、スノーホワイト、君も僕が一番良いよね？」

「え、あ」

エルヴァミトーレにそう言われ、戸惑う俺の肩を抱き寄せるのは鬼畜本家だ。

「まったく。ようやく毛の生え揃ったお子様達が一体何を馬鹿げた事を言っているのやら。スノーホワイトは私のものだ。ろくな甲斐性《かい》も持ち合わせていないお子様達は黙っていなさい」

イルミナートの言葉にヒルデベルトが憤慨する。

「はあ？　俺のどこが子供だって言うんだよ⁉」

「そういう所が子供だというのです」

「スノーホワイト、男は若い方が良いと思わない？　もう大して伸びしろもない、先の展望も見えている兄よりも、将来性があって未来が可能性で満ちている若い僕の方がずっと魅力的だよね？　リゲルに戻ったら僕、君のために頑張って出世するよ。きっとすぐに兄さんよりも高給取りになると思う」

「女を知った浮かれ坊やのはしゃぎ具合いといったら、ああ、見ていて苦笑を禁じえないですねぇ」

バチバチと鬼畜義兄弟の間に火花が散る。

「え、と……？」

三人に迫られるスノーホワイトの背後で、メルヒがぼそりと呟いた。

「いえ、姫様は私のも……いえ、失言でした」

そこまで言いかけると、メルヒはポッと頰を染めて視線を反らす。

そんな中、スノーホワイトと恋人達のやりとりを呆然と眺めていたエミリオ王子がブルブルと震えだした。

「お、お前達は一体何を言っている？」

そして顔にやや引き攣った笑みを浮かべながらも、彼は余裕の表情で髪を掻きあげる。

「お前達にとても残念な知らせがある。お前達には悪いが、僕はこの女を抱いたんだ。——つまり、彼女は僕のものだ」

エミリオ王子の言葉に恋人達は顔を見合わせた。

「はあ、だから何でしょう？」

「俺もだけど？」

「僕もですが」

「私も、です……」

「ついでに言うなら俺もッス」

後ろで挙手する部下の足を王子はダン！　と踏みつける。

「いって！　酷いッスよエミリオ様！」

「いいだろう。――お前達、この女を懸けて僕と勝負しろ！」

スラリと抜刀するエミリオ王子を見て、彼に踏まれた足を押さえていたチャラ男騎士はニッと笑い抜刀すると、アミール王子に斬りかかる主の後に続いた。

「いいねぇ！　ヒルデベルト、久しぶりに俺と一本やろうぜ。いい加減リゲル最強の騎士の座を俺に譲ってくれよ！」

「えっ⁉　決闘？　いいよ！　楽しそうだね！」

散歩の準備をする飼い主を見て飛び跳ねる犬のような顔で腰の剣を抜き、ルーカスの剣を受けるヒルデベルト。

「つい最近まで童貞だった坊やが笑わせてくれる。お前のような坊やに男女の何が分かると言うのです？」

「今まで沢山の女性を泣かせてきた兄さんに、彼女を幸せに出来るとは思えませんけどぉ」

「はあ？　淫水焼けもない、ピンクの可愛らしい坊ちゃんが何か言いましたか？」

「……殺す」

こちらはこちらで火花どころか、本格的な魔術まで飛び交いはじめた。

しばし呆然と立ち尽くしていたが、俺は自分の背後に立つ大男を見上げ安堵の息を吐く。

（まともなのが一人いてよかった……）

「メルヒは参加しないのですね」

「姫様のご用命とあれば、今すぐ銃の用意を」

「いえ、やめて……」

銃に弾丸を詰め始める猟師を、俺は止める。

――そして、すったもんだの末。七つの輝く丘の彼方、七色に輝く虹のかかった滝の向こうにある深い深い森の奥で、白雪姫は7人の恋人達と暮らす事になったのです。

【閑章】嘘つき男と囚われの魔女

ミュルクヴィズに連なるように隣接した村の、無人の民家の鏡が怪しく光る。

鏡の中から這い出てきた銀髪の美男は、リディアンネルの使い魔のエンディミイリオンだった。男は執事服の襟元を直すと民家を出て足早に歩く。

（アキ様）

――妙な胸騒ぎがあった。

マナの祝祭日が近い。使い魔達の力が弱るその日、リディアンネルの護りは一年でもっとも薄くなる。しかしリディアンネルは魔女だ。どんなに恨みを買えども毎年マナの祝祭日は難なく乗り越えてきたし、使い魔達がへばっているその時期に襲撃に遭う事があっても一人でも返り討ちにしてきた。

三浦亜姫の記憶を取り戻してから魔女らしい残忍さが消えはしたが、リディアンネルは魔女だ。リディアンネルとして生きて来た三二年間の記憶も、魔法の知識も失われてはいない。

前世の弟だというスノーホワイト達は、この手紙さえ届ければマナに自分の主を討とうとはしないだろうという確信じみたものがある。――しかし。

（大虐殺の狐）

リゲルブルクに潜伏している魔性については、独自に調査した。想像以上の大物の名前が出てきた事に戸惑いはしたが、奴は半妖だ。体の半分が魔の者である以上、マナの祝祭日に力が弱まるのは向こうも同様である。

カルネージの狐とは、人の世に干渉する魔性達の間でも悪い意味で評判の半妖だった。

（杞憂《きゆう》かもしれないとは思うのだが）

確かに今、リゲルブルクは軍事力を強化している。妖狐の狙いがリンゲインだという可能性はあるが、この時期に仕掛けてくるとは思えない。

既にマナの祝祭日まで半月をきっている。仕掛けてくるのならば、常識的に考えてマナが終わってからだ。もしこの時期に手負いになった場合、マナで大きなダメージを受け、最悪命を落とす事になる。

だからこそ魔の世界に通じている者ならば、誰もがこの時期は争いを避ける。これは彼等の中での暗黙の了解だ。

そしてそれを破った者もまた同族間で制裁を受ける。

「半妖か……」

ふと漏らした声は我ながら、重苦しいものだった。

そんな魔の者達の間の常識や掟《おきて》が通じないのが、半妖といった奴等なのだ。相手が純粋な妖魔でない限り、動きが読めないのが今の懸念材料であった。出来る事ならば今、アキの傍を片時も離れたくないのが本音だ。

（どちらにせよ、早く戻らなければ）

「また村の入口にあのお店が来てるの！　私、両想いになれるネックレス買っちゃった！」

「私は願い事を三つ叶《かな》えてくれるペンダント！」

その時、キャッキャとはしゃぎながら駆けていく村娘達とすれ違う。

（願掛けか魔具の類かは知らんが、暢気《のんき》なものだ）

そんな物を買うだけで願いが全て叶うのならば、世界はもっとシンプルなはずだ。

「ようお兄さん、寄ってかない？　安くしとくよ」

その時、路上で布を広げ女性用の装飾品を売っている物売りに声をかけられる。

フードを目深に被り、顔を隠した怪しい物売りだ。人間の外見年齢で表現すれば、十代半ばくらいだろうか。

「〈七つの輝く丘の空羽衣〉、〈永久《とこしえ》の愛の鐘《ベル》〉〈星の海を閉じこめた耳飾り〉、〈流れ星の三つの夢〉。これでどんな女でもいちころだ」

さっきの娘達が話していた物売りだろうか？　馬鹿らしいとは思ったが「どんな女もいちころ」という言葉に、思わず足が止まってしまう。

（ほう）

あまり高級感はないが、この辺りの工芸品の特色が出ている。物売りが売っているアクセサリーからは、わずかに魔力の波動が感じられた。アクセサリーから感じられる魔力の波動と同じ物を男から感じ、ジッとその怪しい商人の顔を見る。

「半妖か」

「ああ、いかにも。妖魔のお兄さん」

チラリとフードから覗いた男の髪は、水色だ。隠しているのは顔ではなく、正確には人にあるまじき髪色だったようだ。

自分は人間が見ても不自然でないように軽く外見に術をかけているので問題ないが、その手の術も満足に使えない半妖は、こうやって物理的に毛色を隠すしかない。

そして自分の何かしらの能力を使って日銭を稼ぎ、人間界に溶け込んで暮らしている。

「ところでお兄さん、今恋してるだろ？」

「いきなり何を言い出すのだ」

「いや、分かるんだって。妖魔ってさ、恋するとあの血に飢えたギラギラ感が目から消えて穏かな顔付きになるから。種族によっては恋すると逆にもっとギラギラする奴もいるけどな」

「………………」

別に否定する事でもない。だからといって肯定する必要もないので話題を変える事にした。

「売れてるようだな」

「まあね。この辺りじゃ効果絶大って結構有名なんだぜ、オレの作った恋の魔具」

半妖が作った魔具であるのなら、効果が出る事もあるだろう。元々妖魔とはその手のまじないが得意な種族が多いのだ。もっともまじないとはいっても、彼等がよく用いるのは呪術の方だが。――馬鹿馬鹿しいとは思ったが、

「お勧めは？」

「意中の妖魔のお姉さんとねんごろになりたいなら〈恋の媚薬《びやく》魔女の千年祭〉〈隠さない情熱の篝火ブレスレッド〉がオススメ。復活愛・略奪愛がお望みなら〈シャンパンの泡　溜息ピアス〉〈自由の花の花飾り《コサージュ》〉〈流れ星の三つの夢〉辺りがオススメかな」

「……いや、もっと普通の、愛する人と穏かな幸せが続くような物はないのか？」

「それなら〈永久の愛の鐘〉で決まりだ。これを毎日一回欠かさず鳴らすだけで、お兄さんと愛しい人の永遠の愛は約束される」

男が得意気な笑みを口元に浮かべながら渡してきたその真鍮《しんちゅう》製の鐘を受け取り、チリンと鳴らしてみる。

（これは……）

一振りした瞬間、鐘の音と共に、鼓膜を揺さぶり頭の中にまで浸透していくその不可思議な音に瞠目する。

「これにする」

「まいどあり！」

（買ってしまった……）

男の口車に乗せられて、ついつい買ってしまった自分の愚かさが嘆かわしい。

なんだか最近、自分が俗物と化してきたような気がする。やや自己嫌悪に陥りながら、早速チリンチリンと〈永遠の愛の鐘〉とやらを鳴らしてみた。

（良い音だ）

不思議な音のする鐘だ。この鐘の音を聞いていると、本当に彼女との愛が永久《とわ》となるような気すらするから不思議だ。

本物か偽物かは分からないが、例え偽物だとしても、気持ちのいい夢を見るために金を使ったのだと思えばそんなに悪い物でもない。

そんな事を考えながら、仄暗《ほのぐら》い森の小道を歩く。――その時、ただでさえ暗いミュルクヴィズの森が真っ暗になった。

（なんだ……？）

頭上を見上げると、空が真っ黒な雲で覆われていく。

ビイイイン！

「――――っ⁉」

城の周りに自分が張った結界が破られる感覚に、男は慌てて元来た道を走り出した。

ここから村まで走って四十分、いや二十分程度だろうか？

（アキ様、どうぞご無事で……！）

――城に着くまで想像以上に時間を要した。

何故なら城の鏡という鏡が、ガラスというガラスが全て割れていたからだ。

ミルクヴィズの森の隣にある名もなき村から、リンゲインの城下町にある民家の鏡の中へと鏡を潜り、その後は城まで走った。

こうなってしまうと殊の外使い勝手が悪くなってしまう自分の特殊能力を呪う。

城は酷い惨状だった。大きな地震が来た直後のように、大広間のシャンデリアや窓ガラスは全て割れ落ちて、飾られていた豪華な花瓶や壺《つぼ》などの調度品も全て床に転がっている。

「金の狐が、化物が出た！」と泣き叫ぶ城の使用人達を掻き分け、最上階へ走る。

（アキ様……っ！）

嚙み締めた唇から鉄の味がした。興奮のあまり、縦に長く開きそうになる瞳孔を手で押さえながら、ただ上へ、上へ、階段を駆け上がる。

バン！

「アキ様！」

力任せに王妃の寝所の扉を開ける。もぬけのからになったリディアンネル部屋は、城の中でも一番酷い有様だった。扉を開けた瞬間鼻を掠《かす》める血の匂いと床を染める赤に、男は自分の嫌な予感が的中してしまった事を悟る。

天蓋ベッドのカーテンは、赤黒い血でによる書き置きが残されていた。

《真実の鏡よ。――我が軍門に下り、我のしもべとなれ》

魔女の血とは人間の血と匂いも味も違う。

この距離でも分かった。――カーテンの血文字は、床の血液は、彼の主の物だ。

「カルネージの狐……」

ブワッ！

男の銀の髪が浮き、赤い瞳孔が縦にグワッ！っと開く。もう、人型を保っているのは不可能だった。風もない城内ではためく男の燕尾《えんび》服は、次の瞬間音を立ててビリビリに破れる。突如城に現れた化け物に悲鳴を上げる人間達を食いちぎりたくなる衝動を堪え、彼は自分の鏡の中に頭から入った。

――目指すはリゲルブルクの中心部、城郭都市ドゥ・ネストヴィアーナにあるルジェルジェノサメール城。

（絶対に許さない……）

第九章　白雪姫と７人の恋人

恋人１　Happy

「この子に……触るなあああああああっ！」

「ヒル……？」

自分の姿を見上げ、目を見張る少女のその驚愕の表情に、「やってしまった」と胸に自責の念が湧く。もう全てが遅かった。

――彼女と再会してから、今度はバレないようにしなければとずっと思っていたのに。

俺の一番古い記憶は馬小屋の中だ。それは俺がまだ幼獣で、人型に変化できるようになる前の事。馬小屋の干草の上で暖を取りながら、屋敷を出たあの人の足音がここに近付いて来るのを心待ちにしている記憶。今となっては、もう家の名前も場所もよく覚えていない。ただ馬が何十頭といて、馬車が何台もあり、使用人も何十人いる大きな家に自分が生まれた事だけは覚えている。

俺はその屋敷の裏にある馬小屋の中で育った。たまに母親だった女が馬小屋に俺の顔を覗きに来る。彼女の顔は朧《おぼろ》げながら覚えている。

「あなたは悪くないの」と言って、彼女はいつも泣いていた。母曰く、俺は〝普通〟ではないので、屋敷の中で彼女と一緒に暮らす事が出来ないらしい。

『あなたは悪くないの、全部、私が悪いの』

そう言ってすすり泣く母が不憫《ふびん》で、俺は別にここで馬と暮らす生活に何も不自由はしていないのだと告げるが、当時の俺は人語を話す事が出来なかった。

今思えば、恐らく俺の父親が獣人の類だったのだろう。母の話によると、父は自分の正体を母に伏せたまま彼女を身篭《みご》もらせると、どこかに消えてしまったらしい。

生まれた赤子が犬だった事がとてもショックだったのか、母は静かに狂っていった。もしかしたら俺を産んだ瞬間に狂ってしまっていたのかもしれないが、彼女がいつ狂ってしまったのか、正確な所は俺には分からない。

首に繋がれた首輪はあまり好きではなかったが、飢える事もなかったし、当時の俺はその暮らしに特に不満らしい不満は抱いてはいなかった。母といつも一緒にいられない事は悲しかったが、彼女が時折連れて行ってくれる散歩が大好きだった。

彼女と一緒に歩いた丘へと続く小道は、今でも良く覚えてる。裏庭の池の岩の上にいつも乗っている無愛想な蛙《かえる》と、たまに池から顔を覗かせる大きな岩亀。坂道に入るといつも俺をからかってくるデブ猫。それを見て鈴を転がすようにころころ笑う、母の声。私有地の赤茶色の砂利道を駆け抜けて、流れる雲をどこまでも追い駆けた。胸いっぱいに吸い込んだ空気は青々と茂る草の香りがした。出来る事ならば、本当は毎日散歩に連れてって欲しい。出来る事ならば、本当はもっと、ずっと彼女と一緒にいたい。俺が〝普通〟の姿に生まれてさえいたら、その願いは全て叶ったはずなのに。でも、悲しいけど……そんな事を思ってもどうしようもないんだ。これは仕方のない事なんだ。

（だって、俺はニンゲンじゃないんだから……）

当時の俺は彼女が次に馬小屋に顔を出してくれる日を、外へ散歩に連れて行ってくれる日を、心待ちにして生きていた。それなりに幸せだった。馬小屋での生活もそう悪いものではなかった。馬の餌を盗みに来た鼠《ねずみ》や猫を追い返すのが俺の仕事だったし、狼が馬や鶏達を狙いに来れば、勇敢に立ち向かって追い払ったりもした。

そんな俺を馬達は慕ってくれて、彼等とはとても良い関係を築けていた。

――しかし、そんな俺の日常はある日呆気なく崩壊する。

それは月が血のように赤い夜の出来事だった。

コツ、コツ、コツ……。

猫の目のように細長い月が雲間から覗く寒空の下、長い影を揺らめかせながら女が馬小屋へと続く小路を歩く。聞き慣れた足音に、自然と耳が動き期待で尻尾が揺れる。――しかし、その夜はいつもと何かが違った。

『ヒルデベルト、ママと一緒に死にましょう』

誰もが寝静まった時刻に松明《たいまつ》を持って現われた女は、そのまま馬小屋に火を放った。女の白いナイトドレスが轟々《ごうごう》と燃え盛る炎を受けて、オレンジ色に光る。

『もうママ疲れちゃった。妹のイザベルは普通の人間の赤ちゃんを六人も産んだのに、お前は出来損ないしか産めないのか？　って毎日言われるの』

瘦せ細り、頰骨の浮いた女の頰を伝う涙までもがオレンジ色に光っている。

（この人は、一体誰だろう……？）

俺の母親はこんな顔をしていただろうか？　今、自分の首を絞めている女は、俺の知っている母親とはまったく違う女のように思えた。優しくて温かい、俺の知ってるあの人じゃない。

『ママね、また流産しちゃったんだ……もう、耐えられない。親に決められた好きでもない相手との愛のない結婚も、その男との苦痛なだけの子作りも』

松明の火が干草に燃え移り、炎は唸《うね》りを上げて燃え広がっていく。

ヒヒィィイン！

熱い、助けてくれと馬達の悲鳴が聞こえる。馬達を早く逃がしてやらなければと思うが、女に押さえつけられ身動きが取れない俺は彼等を助けてやる事が出来なかった。

『ねえ、ヒルデベルト。私の可愛い赤ちゃん。あなたは、あなただけは、私の味方よね？　お願い、私と一緒に死にましょう』

人としての俺――彼女の息子としての俺は、正直ここで彼女と一緒に死んでもいいような気がしていた。――だが。

俺の獣の本能の方は、死ぬ事を良しとはしなかった。

ガリッ！

『きゃあ⁉』

俺が自分の首を絞める女の手に噛み付いのは、無意識だった。鋭い牙が女の肌を裂き、黒煙で煙い馬小屋に鮮血が飛び散る。

ギッ、ガッガッ……！

女が油断した隙に、自分の首に繋がれている縄に必死に牙をたてる。

ブワッ！

『ヒルデベルト！　嘘でしょう、何をやっているの、やめなさい！』

俺が逃げようしているのに気付いたらしい女は、松明の炎をこちらに振りかざす。ガッガッと松明の炎で背中を殴られる度、意識が飛びそうになった。猛烈な痛みの中、ただひたすら縄を噛み千切る。

（切れろ、切れろ、切れてくれ、頼むよ……、お願いだから……！）

もう少しで切れそうなのに切れない。くそ、なんなんだよ、この縄は。――その時。

ヒヒィイイイン！

『きゃああ！　何、何なの⁉』

柵を突破した栗《くり》色の毛並みの馬が、その蹄で俺の首輪から伸びる縄を繋いだ杭を蹴破り、そのまま馬小屋に大きな穴を開けた。

（お前……）

その馬は、俺がいつか狼から助けた馬だった。

ヒヒィイイイン！

逃げろと叫ぶ馬に礼を言うと、俺は命からがら馬小屋を飛び出した。

（ありがとう……！）

異変を感じたらしい屋敷の住人達がハラハラと馬小屋に駆け付ける足音が耳に届き、安堵する。馬達は恐らく命を落とす事はないだろう。

『待ちなさい！　ヒル、駄目よ！　お母さんの言う事が聞けないの⁉』

馬小屋の穴からこちらに手を伸ばして叫ぶ女に、静かに別れを告げる。

（ごめん。母さん、さよなら）

後を振り返らず一目散に走り出す。夜空に浮かぶ月が震えて見えた。震えていたのは俺だったのか、それとも月だったのか。松明で何度も殴打された背中からは焦《こ》げた毛皮と焼けた肉の臭いがした。まるで背中に猛毒でも塗られた様だ。ドクドク波打つ心臓の音と共に全身に激痛が走る。痛みで崩れ落ちそうになる足に鞭《むち》を打ち、ただがむしゃらに走った。

『許さない、絶対に許さないわ！　あなたまで私を裏切るの⁉　あなたまで私を捨てると言うの⁉』

後から聞こえる女の金切り声は、まるで呪いのようだった。

——その日、俺は母と家を捨てた。

その後、俺は野良犬として放浪生活を送る事を余儀なくされた。だが、人に飼われて育った俺が、今更野良犬として生きるのは難しいものがあった。街で野犬と相まみえれば「森へ帰れ！」と吼えられて、試しに森へ行ってみれば「人くさい犬、人の世へお帰り」と追い出される。俺の居場所なんてどこにもなかった。残飯を漁り、泥水を啜り、必死に生き延びていたそんなある日——

『野良犬か、餌はないぞ！』

『お前が来る様な所ではない、帰れ』

『やめなさい、何をしているの？』

——俺は彼女に出会った。

彼女と出会ったその瞬間、俺は自分の目を疑った。何故ならば、目の前に現れたその少女が美しすぎたからだ。彼女は本当に人間なのだろうか？　たまに雲の上から足を滑らせた天使が堕ちてくる事があると聞くが、彼女がその天使のではないか？　と真剣に思ったくらいだ。その美しい少女に俺はしばらく見惚《と》れていた。

『お腹が空いているの？　パンをお食べ』

空腹で仕方なかったはずなのに、俺は差し出されたパンの存在にもしばらく気付けなかった。ふと我に返って差し出されたパンをガツガツ貪る俺を、その子はとても嬉しそうに眺めていた。久しぶりに飯にありつけたというのに、パンの味はよく分からなかった。

『迷子なの？　お母様は？』

（そんなもの、俺にはいない）

もしかしたらどこかにそんな人もいたかもしれないが、あの人とはもう一生会う事もないだろう。そしてそれがあの人にとっても、俺にとっても最良の選択のはずだ。

『あなたもお母様がいないのね』

『くぅん』

そのお姫様は不思議な子供だった。俺は母親との暮らしで人語は理解していたが、人の言葉は話せない。なのに彼女は、不思議と俺の言葉が分かるようだった。

『なら、わたしと同じね』

俺を優しく抱き上げる小さな腕に、体が石のように固まる。

駄目だ、俺なんか触れちゃいけない。俺に触ったら、こんなにも綺麗で美しい君が汚れてしまう。ああ、ほら。言わんこっちゃない。君の手もドレスも真っ黒になってしまった。申し訳がなくて、優しく俺の頭を撫でるその小さなもみじのような手に心の中でひたすら謝った。

――でも、その小さく温かい手を拒む事は俺には出来なかった。

それから始まった彼女との生活は、まるで夢のようだった。

俺は人間ではないのに、〝普通〟ではないのに、彼女と彼女の部屋で一緒に暮らしてもいいらしい。初めて彼女と一緒のベッドで眠ったその日、俺は泣いた。腹の底から泣いた。何故自分が泣いているのか、その意味すら分からずに泣いていた。彼女を起こさないように声を押し殺しながら、夜が明けるまで泣いていた。

（そうか、俺、寂しかったんだ……）

本当は俺、あの人と一緒に家の中で暮らしたかったんだ。一緒に食事をしたり、一緒のベッドで寝たり、そんな普通の事がしてみたかった。

窓に映った自分の姿は、小さな子犬の姿ではなく、彼女と同じ人間の少年の姿だった。

――その夜、俺は人型に変化する事を覚えた。

人に変化する事を覚えこそしたが、子犬の姿でなければ彼女の傍に居続ける事が出来ないのは俺もなんとなく理解していた。そんな俺が、彼女の前で人型になる事はなかった。

俺達はすぐに友達になった。彼女は俺を「ぽてと」と名付けて、とても可愛がってくれた。名前の由来は俺の歩き方がぽてぽてしているからと言うのだが、そんなに俺は愛くるしい子犬のように見えるのだろうか？

（最近は牙も尖《とが》ってきたし、爪だって結構鋭いんだけどなぁ……）

野良生活で、実は自分は犬ではなく狼の血を引いていると知ってしまった俺としては、少し複雑な所がある。それでも彼女に「ぽてと」と呼ばれるのは悪い気はしなかったし、彼女との生活はとても楽しかった。それから俺達はいつでも一緒だった。何をする時も一緒だった。いつだって彼女の隣には俺が居た。とても幸せだった。俺はあの小さなお姫様の事が、本当に大好きだったんだ。


だけど城の暮らしは、楽しいだけでは終わらなかった。

それもこれも彼女を虐める継母の存在だ。これがまた、本当に意地の悪い女だった。彼女の善意からの言動も全て悪意と捉え虐げる。幼い彼女が継母にプレゼントした似顔絵も「私はこんなに不細工ではない」と破り捨て、彼女が花畑で摘んできた花を「こんな金のかからないプレゼント、生まれて初めて貰ったわ。なんてケチな子だろう」とゴミ箱に放り投げる。他の者がした失敗も彼女になすりつけて、罰を与え折檻する。言ってもいない事を言った事にし、時に言葉尻を捉えて拡大解釈して、父王に報告する。

幼いが故に反論の言葉を持たず、愛されて育ったが故に人の悪意に不慣れな彼女は、その女のやる事なす事にただ呆然としていた。

俺がこの城に来た時、彼女の部屋は一国の姫君らしい部屋だったが、気が付いた時には使用人と同じ部屋になっており、最後には納屋になっていた。彼女の着ていたドレスも、今や使用人の物と何ら変わりはない。いや、使用人の方がよっぽど良い物を着ている。

(彼女は何も悪い事なんかしてないのに)

俺は香水の匂いをプンプンさせて尻を振りながら歩く、あのけばけばしい女の事が大嫌いだ。

『ぽてとは私の事を信じてくれる？　私、お義母様の宝石なんて盗んでいないのよ……』

　肌寒い納屋の中でポツリと呟いた彼女の言葉に、俺は獣語で「当たり前だろう⁉」と全力で吼《ほ》えた。そんなの当然知っている。彼女は継母の宝石なんて盗んでいない。確かに今日、継母に命じられて彼女はあの女の部屋の掃除をしたが、彼女は貴金属の類には一切手を触れなかった。俺はその現場をちゃんと見ている。

　その後、何故か久しぶりに呼ばれた夕餉の席で、継母の宝石が彼女のポケットの中からころりと出てきたのだが、それはあの女があやかしの術を使ってこっそりと仕込んだものだ。――意地の悪い継母の正体は、魔女だった。

『ありがとう、ぽてと。私の事をだれも信じてくれなくても、ぽてとが信じてくれるなら私は平気よ、つらくなんてないんだから』

　キャンキャン吼える俺の言葉の意味を察したらしい彼女は、俺の耳の後から背中にかけて大きく撫でてくれた。

（あ、だめ。キャウーンじゃない、何腹出して喜んでるんだよ俺）

　今はもっと俺が頼りになる存在だって、彼女を勇気付けなきゃならない時なのに。でも、そんな俺を見て嬉しそうにクスクス笑うお姫様を見て、「まあ、いっか」と俺も笑った。

　たまに人型になって、彼女の無罪を主張してやりたいと思うのだ。いつだって悪いのは継母だ。俺は彼女が悪い事なんて何一つしていないと知っている。しかし俺が反論しても、あの女が「化物を飼っていた！」と新たに彼女を虐める材料を作ってしまうだけだという事は俺も理解していた。

そして俺の正体がバレたら最後、継母も、他の人間も俺を彼女から遠ざけようとするだろう。だから俺は今日もこうやって愛くるしい子犬の演技をして、彼女を慰めてやる事くらいしか出来ない。

（ニンゲンは皆汚い。彼女以外、皆汚い……）

人の世界とは、どうやら獣の世界と大差ないらしい。つまり強い方に肩入れする。弱くて小さな彼女に肩入れしようとする人間はいなかった。正義では飯は喰えない、継母に逆らって職を失ったら皆困るからだろう。彼女の父親も、新しい妃と面倒事ばかり起こす娘を徐々に避けるようになっていった。彼女は継母に虐げられる事よりも、それが一番堪えたらしい。

『ハッピーバースデー、私』

今日は俺の小さなお姫様の誕生日だった。

以前ならば城下町には屋台が立ち並び、国を挙げてのお祭りが催されていた日だ。沢山のプレゼントと祝いの言葉が届き、城内では一国の姫君らしい祝いの席が用意され、彼女が絶えず笑顔を振りまいていた日でもあった。

しかしそんな彼女の誕生日の祝事は、継母がやって来てから鳴りを潜め、今年はついに俺と二人きりの誕生日だった。

去年までは父親が人目を盗んでこっそりと部屋にちっぽけなプレゼントを投げ込んできたが、今年はそれすらない。父親の中で今や彼女は、新しい女との間に揉めごとばかり起こす疫病神のような存在らしい。

しかしそれでも「今日は特別な日なの」と言って、彼女は例年通り笑顔を絶やさない。

『ちゃんとケーキも用意しないとね。だって今日は私の誕生日なんだから』

彼女は鼻歌を歌いながら、床板すらない納屋の敲土《たたき》の上に木の棒で自分の誕生日ケーキの絵を書く。そんな彼女を不憫に思いながら、俺が何か彼女にプレゼント出来る物はないのだろうかと考えた。

（でも、俺がどっかで何か盗んできてもこの子は喜ばないし、継母に虐める口実を与えるだけなんだよなぁ……）

ポタ。

その時、敲き土のケーキの上に水滴が落ちた。ついにこの古い納屋の屋根にも穴が空いて、昨夜の雨水でも漏れたのかと慌てて天井を見上げたが、そうではなかった。

『お父様……』

（あ……）

彼女は静かに泣いていた。隙間風の吹く寒い納屋の中で、静かに涙を零す彼女の頬を舐めて慰める。

『だいじょうぶよ、ぽてとが一緒だからちっともさみしくなんてないの』

『くぅん……』

『ぽてとがいてくれて良かった、とてもあたたかいわ』

『くぅん……』

今の俺にはこうやって毛皮で彼女を暖めてやる事くらいしか出来ない。

（待ってて。大きくなったら、もっと強くなったら、いつか絶対にあの女の喉笛を喰い破ってやるから……）

涙に濡れた少女の寝顔にそう誓うと俺も眠りに付いた。いつか来るその日に備え、爪を、牙を研ぎ澄まして。

——そんなある日の午後。

ついに俺が恐れていた事態が訪れた。俺の存在が、継母が彼女を虐める口実となってしまったのだ。

『なんじゃこの汚らしい犬は！　城から追い出せ！』

俺の尻尾を掴んで持ち上げた継母は、そのまま俺を五階の窓から外に捨てようとしてみせる。

『やめてっ！』

お姫様が泣き叫ぶのを見て、意地の悪い継母は心底楽しそうに笑う。なんて性格の悪い女だろう、この女は純粋に彼女を傷付けたいだけなのだ。俺にはニンゲンの結婚事情は良く分からないが、先妻の娘とはそんなに憎いものなのか？　それとも彼女のその人間離れした美しさのせいか。年を重ねる毎に美しくなっていく彼女を見る継母の目は憎悪一色だ。その美しさはもうぼろを纏《まと》っても隠し通せるものではなかった。彼女が輝きを増していく程、継母の彼女に対する仕打ちはどんどんエスカレートしていく。

『待ってお義母様《かあ》、ぽてとは汚くないわ、ちゃんとお風呂にも入ってるの！』

俺を助けようとお姫様は懸命に継母に訴えかける。

『でも灰を被ったようなくすんだ色をしているではないか、おい、捨てて来い』

『やめて！　ぽてとは私のお友達なんです！』

その場に居た兵に俺を捨てて来いと渡そうとする継母に彼女は必死にしがみ付く。

『くっ、離せ！』

ドン！

『きゃあ！』

突き飛ばされた少女の体が床に倒れたその時――、俺の中で何かがキレた。

今までだって、一体何度この女の喉笛を喰い千切ってやろうと思った事だろう。それでも寸前の所で自分を抑えてこられたのは、この女が今まで彼女に直接手を上げた事がなかったからだ。

（殺してやる……！）

ドクン、ドクンと言う心臓の音と共に、視界が赤く染まっていく。

ブワッ！

『ぎゃあああ！　妖魔じゃ！　この王女、妖魔を飼いならしておる！』

『ひっ！　妖魔だ、姫様、離れてください！』

『えっ？』

殺気を全身から放出させると、俺は継母に床に投げ捨てられた。

そのまま彼女の前に着地した俺は、彼女を庇うように牙を出し全身の毛を逆立てて威嚇する。

グルルルル……。

――その時。

『ぽてと、あなた、妖魔なの……？』

（え……？）

振り返ると、きょとんとした顔で彼女は俺を見つめていた。

（妖魔？　俺が……？）

俺は獣人とニンゲンの合いの子じゃなかったのか？　しかし部屋の鏡に映った自分の目は、血のように真っ赤だ。

（目が紅くなるのって、そうだ、確かとっても危険な妖魔だけで……）

そういえば野良生活をしている時も、何度か「森へ戻れ、妖魔」と意地悪なカラスに言われた事がある。

『そうなの、ぽてと……？』

『………』

どうやら俺は、自分の想像を遙かに超えた化物らしい。

彼女のその真っ直ぐな瞳が痛かった。痛くて、痛くて、今すぐこの場から――この世から消えてしまいたくて。俺に出来た事といえば、ただ逃げる事だけだった。

『ぽてと！　待って、戻ってきて！』

彼女の悲痛な叫びを振り切って、俺は城を飛び出した。

それから俺は、なんとなく住みついた近くの森の中で獣として生きる事を選んだ。

彼女と共に過ごした幸せだった日々を思い出し、ただ死んだように生きていた。

（あの子に、会いたい……）

またあの魔女に虐められて泣いてはいないだろうか？　せめて最後にあの女の喉笛だけでも掻き切ってから消えれば良かった。今はただ、森の奥で彼女の幸せを祈る事しか出来ない。

（会いたいよ……）

彼女に会いたくて会いたくて。彼女が恋しくて恋しくて。森に彼女と同じ年頃の人間の少女が入ったと聞くと気が気でなかった。人間の女が森に入ったと聞けば、「彼女かもしれない」と近くまで覗きに行ったものだ。

そして、その都度衝動的に人間の娘を喰い殺し、俺は絶望する。

――俺には野蛮な獣《けだもの》の血が、悪しき魔性の血が流れている。

（どんなに彼女が恋しくても、もう彼女とは会えない。いや、会ってはいけないんだ）

たまに我慢出来なくなって衝動的に森を飛び出して、彼女の住んでいた城の近くまでふらりと行く事があったが、それもいつしかやめてしまった。

（もう、彼女の事は忘れるんだ。忘れて、獣として静かに森で生きよう……）

きっといつか、またどこかで彼女と会えるような気がしていた。もしかしたら、ある日、目が覚めたら、あの子が俺の目の前で優しく微笑んでいて「あなたが化物でも構わない」と言ってくれるんじゃないか？　いつかの日か、彼女が俺の事を迎えに来てくれるんじゃないか？　そして、また、彼女と一緒に暮らす事が出来るんじゃないか？　そんな夢まで見ていた。でもそれはやはり叶わぬ夢なのだ。

（だって俺は、ニンゲンじゃないんだから……）

それから俺は荒れた。幸い森には「人の臭いをプンプンさせている犬だ」「余所者よ、森を出て行け」と俺に突っかかって来るうるさい奴等が沢山いた。荒ぶるにはここはとても最適な場所だった。獣の世界も魔性の世界も力こそ全てだ。毎晩森で血の宴を繰り広げ、魔性が血に酔うとはこういう事なのかと知った。獣を殺し、魔獣を殺し、妖魔を殺し――気が付いた時には、俺はミュルクヴィズの森で森の主と呼ばれるようになっていた。

――数年の歳月が流れたある日、俺は初めて敗北を経験する。

この俺を打ち負かしたのは信じられない事に、非力だと思っていたニンゲンだった。瀕死のダメージを受け、人型になった俺に金髪の少年は振りかざした剣をピタリと止める。

『お前、半妖か？』

『……だったら何だ』

『話せるのか。親はどうした、森に捨てられたのか？』

『………………』

答えずに獣の時と同じように唸り声を上げ、歯を鳴らして威嚇しているとその少年は剣先を降ろした。

『私と一緒に来るか？』

『な！　アミール王子、何を馬鹿な事を言っているのです！』

もう一人の眼鏡の男が、焦った様子で大きな声を出す。

王子と呼ばれた男は微動だにせず、視線を俺の目から外そうとはしなかった。こういう時、獣の世界では先に視線を外した方が負けだ。喰われる。牙を剥き出しにし、威嚇の唸り声を上げ、その金髪の少年を睨み続けながらも俺は戸惑っていた。

（この男は何を言っているんだ……？）

この人達は俺とは別の生き物だ。一緒に暮らせるわけがない。……でも、何故だろう？伸ばされた手が、何故かとても魅力的な物に見えるのだ。

『ぽてと、おいで』

目の前の少年の手が、何故かあの子の小さな手と重なって見える。

『ぽてと、こっちよ』

目の前の少年の手がぐにゃぐにゃ揺れた。

(俺……)

はらはらと頬を流れ落ちる涙は、止まりそうになかった。眼鏡は唇を嚙み締めながら落涙する俺を見て瞠目する。

王子は顔色一つ変える事なく、俺に手を差し伸べ続けていた。その一点の濁りもない、ガラスのように澄んだ眼差しが、またしてもあの子と重なる。

『でも……』

先に視線を外したのは、俺の方だった。

出来る事ならばこの手を取ってみたい。そしてまた人の世で暮らしてみたい。

(そして、いつかまた彼女に会いたいんだ……)

まだあの酷い場所で虐げられているのなら、俺が迎えに行ってあげたい。——彼女が待ち焦《こが》れている、素敵な王子様になって。

『でも、俺は化物だ……』

口から漏れた俺の声は、自分でも笑える程絶望的だった。

(だって、そんなの無理に決まってる……)

俺はその手を取る事が出来なかった。この人達も、あの子の事も、傍にいたら俺はいつか必ず食べたくなってしまう。いつの日か、自分が抑えられなくなって食べてしまう日が来るのなら。それならば――

（最初から一緒になんていない方が良い……）

俯いて自嘲気味な笑みを浮かべる俺に、その金の髪の少年は言う。

『私は常々思うのだよ。この世で一番おぞましい化物は人間なのではないかと』

『……？』

『魔獣も妖魔も、己の欲望を否定しない。だが人は、いつだって己の浅ましい欲望を否定する。それが獣の獣性とそう変わらぬ浅ましいものであっても、妖魔の血の欲よりも醜いおぞましいものであっても、綺麗な言葉で着飾って、正当化し、開き直って生きている。民衆の支持を得て正当化されたものは、やがて常識となり、いつしか正義となる。そうなると大多数の人間は、その欲求の根源は善か悪か考える事すら放棄する。良識という名の独善的なまやかしで誰かを傷付け、迫害し、正義の名の元に奪い、喰らい、殺す。――それが私達人間という種だ』

『………………』

『お前が化物だと言うのなら、城はもっと酷い魔物達がうようよしている大魔窟だよ。ここにいるイルミなんて、貴族社会という名の伏魔殿の生霊《レイス》のようなものだ』

『王子、何をさらりと失礼な事を言っているのですか』

何を言っているのかよく分からないが、この人が俺を励まそうとしてくれているのは分かった。

『でも、俺は……たまに、人を喰い殺したくなる』

『それは飢えているからだ。定期的に一定量の肉を摂取し、腹を満たせばそんな気も起きなくなる。私には何人か半妖や半獣の友人がいるが、皆、そうやって折り合いをつけて人の世で暮らしている』

『そう、なのか……？』

『ああ、別にお前のような存在は珍しいわけではない』

(本当にそうなんだろうか？)

にわかには信じられない話だ。

『……俺が怖くないのか？　俺があんた達を襲ったらどうするんだよ？』

俺の言葉に二人は顔を見合わせた後、プッと吹き出した。

『負け犬が何か吠えていますね』

『そういう事は一度でも私達を打ち負かしてから言うといい。この通り、私達は君よりも強いから』

うわ、ムカつく。なんだこいつら殺したい。

『私はいずれこの国の王となる男だ。ただ、残念な事に義母上がルジェルジェノサメール城に来てからうちの中は敵ばかりでね。今は少しでも城内に自分の味方が欲しいんだ』

（……城……敵……継母……）

目の前の少年の境遇が、あの子と重なる。

『君は鍛えればきっと優秀な戦士になるだろう。どうかうちに来て私を手伝ってはくれないか？　出世払いになるが、私が玉座に就いたらそれなりの礼はするつもりだ』

『…………』

人との暮らしに、人との会話に飢えていた俺は、その魅力的な誘惑に抗う事は出来なかった。恐る恐る伸ばした俺の震える手を、その王子はガッシリと摑む。

『名前は？』

ぽてとと答えようかと思ったが、俺が答えたのは何故かとっくの昔に捨てたはずの――人としての名前だった。

『…………ヒルデ……ベル、ト』

『良い名だ。私はアミール・カレロッソ・アロルド・アルチバルド・フォン・リゲルブルク。ここリゲルブルクの王太子だ、よろしくね』

アミール王子に拾われた俺は、リゲルブルクの王都、城郭都市ドゥ・ネストヴィアーナで人として暮らす事になった。魔性の欲を抑える術も自然と身に付けた。アミール王子に紹介されるまでもなく、俺は王都で沢山の半妖や半獣と会った。皆、匂いで分かった。向こうも俺が同族だと気付いているようだった。俺はこんなにも自分と同じ半端者が、人の世で人と混じって暮らしている事に驚いた。

今日もまた、雑踏で擦れ違い様、目の合った名も知らぬ同族と会釈をし合う。たまに話しかけられて情報交換する事もあった。人の世で暮らしている同族は、皆、苦労して来たのだろう。誰もが親切で優しかった。

王都は俺が今まで知っているどの街よりも大きく、華やかで都会だった。俺は人の世の事は割と知っているつもりだったが、毎日が驚きと発見の連続だった。人の世で人として暮らした事はないので、それは当然だったのかもしれない。知っているようで知らない事が沢山あった。

あの時の二人——アミール王子とイルミナートは、俺にとても良くしてくれた。あの二人はこの国でとっても偉い人だったらしい。王子が俺のコウケンニンとやらになってくれて、この二人がよくコトバゾエという奴をしてくれたので、王都で暮らすにあたって、俺が困る事は特段なかったような気がする。

俺は王子に勧められるがまま剣の道に入った。剣術の授業はとても楽しかった。獣として暮らしてきた期間が人生の大半を占める俺は、動体視力と運動神経が人並み外れているらしい。そんな俺はあっという間にこの国一の剣士になった。でも、正直な所、座学の授業は苦手だったし、今でも文字の読み書きは苦手だ。

王都での暮らしは新鮮で、毎日が楽しくて充実していた。今となっては母親の事も、彼女の事も、ここに来るまでの事は全て夢だったのではないか？　俺は化物ではなく、この国で生まれ育った人間なのではないか？　と思ってしまう事がある。

しかし背中の火傷の痕を目の当たりにすればあの人の事を思い出すし、しばらく肉を喰わなければ人を喰いたくなり、自分が人ならざる者である事を思い出す。

そして彼女と同じ年頃の少女を見掛ける度に、美しく成長したであろう彼女の事を想像せずにはいられない。未だあの場所で辛い生活を送っているかもしれない彼女の事を思い出して、現実を噛み締める。

（早く、迎えに行かなくちゃ）

――でも、俺はまだ彼女に会いに行けない。

（もっと強くならなくちゃ……）

人の世で人として生きるには、俺にはまだまだ学ばなければならない事が沢山あった。

難しいことは良く分からないが、ある日、インボウ？　とかいう奴に巻き込まれ、俺達は国外追放処分の身になった。

王子とイルミナートともう一人、初めて見る顔の男も一緒だ。

王子は城を出る時、俺達に「しばらく苦労をかける」と言って頭を下げたが、俺からすればこれのどこが苦労なのかさっぱり分からない。首輪で繋がれ行動を制限される訳でもない。毎晩屋根があり雨露を凌《しの》げる場所で眠る事が出来て、飢える事も渇く事もない生活の一体どこに苦労があるというのだろう？

てっきりリゲルを出て行くのだろうと思っていた俺の予想は、あっさりと外れる。王子は第二国境という、国内でありながらも国外であり、追手が追い掛けて来るのが難しい場所に潜伏する事を選んだ。

第二国境とは、国境のラインが明確ではない場所の事だ。例えるならば、人が登る事が不可能な山岳地帯や、渡る事が不可能な渓谷。魔性の類がうようよしていて危険な森や魔境などで区切られている、国と国の境目。どこまでが自国でどこからが隣国なのか分からない、そんな場所。

滞在しているのが公になったとしても、第二国境内ならば、例え国王陛下だって文句をつけ難いだろうと王子は言う。

アミール王子が選んだ第二国境は、俺が昔住んでいた懐かしの森だった。彼は有事に備えて、国内外のいたる所に隠れ家なるものを用意していたらしい。

彼は「まさかここを使う事になるとは思わなかったよ」と言って、苦笑混じりにその古い家の扉を開ける。

扉が開かれた瞬間、誰もが固まった。小屋の中に充満していた黴《かび》と埃《ほこり》の臭いが、扉の中から外へとむわっと噴出する。床には鼠が走り、天井には無数の蜘蛛《くも》の巣が張っていた。

誰も入ろうとしない小屋に入ると、俺は一目散に鼠を捕まえる。

「アミー様、ネズミ捕まえたよ！　これどうする⁉　食べる⁉　食べる⁉」

「……私は食べなくていいかな、外へ捨てておいで」

俺が捕えた鼠を見てイルミナートは額を押さえ嘆息し、エルヴァミトーレにいたっては泣き出してしまった。エルはここに来るまでずっと半泣きだったが、ついに限界が来てしまったらしい。

「ここ、一体何年掃除していないんですか……？」

「んー、確か最後に来たのはヒルを拾った時だから……六年、いや、七年前か？」

「…………」

それから大掃除が始まった。エルヴァミトーレは掃除の最中、ずっとくしゃみをしていた。

森の小屋での暮らしは、快適だった。

掃除が終わってもエルヴァミトーレはくしゃみをしていたし、イルミナートもあれが食べたいこれが食べたい酒が飲みたいとよく愚痴っていたが、俺からすれば人の多い王都よりもやはり森の中の方が落ち着く。

俺がここにやって来た後、いの一番にやったのは、獣の姿に戻り、家の付近の木に爪でマーキングを施す事だった。森の主が帰還したという事はすぐに森中にすぐに知れ渡って、この家に近付く者も王子達に手を出そうとする者もいなかった。

その日も俺は縄張り巡りをして来た。俺がこの森を出てから新しい森の主になっていた黒狼は血の気の多い奴で、俺がマーキングした所にマーキングを付け直すのだ。奴にやられた場所に改めてマーキングを付け直して周る。

「すぐに森を出るから、その間だけ見逃して欲しい」と話をしたいと思っていたが、この様子だと近々戦闘になるのは避けられそうにない。マーキング途中で遭遇したら戦いは覚悟しなければと気を張り詰めて周ったが、今日も奴に会う事はなかった。

ここに住んでいる間、俺はこの縄張り争いに負ける訳にはいけない。王子とイルミは俺が日々縄張り争いに精を出すその意味が分からないようだったが、これは意外に大事な事なんだ。ここで俺が負ければ、森の魑魅魍魎《ちみもうりょう》達が一斉に王子達に襲いかかってくる事になる。そうなったら彼等はもう、今までのように家の外には出られなくなってしまう。家の中だって危険だ。

確かにこの家は、良い場所に建てられている。王子は知人に譲って貰ったと言っていたので、誰が建てたのかは知らないが、その人間は、とても良い場所を選んで建てた。ここは森の中で唯一聖気が溢れ返っている場所だ。故に魔性達は近付きたがらないのだが、ただの獣である狼には聖気なんてものは関係ない。俺が負ければ昼夜を問わず、この小屋の周りを猛獣達が徘徊する事になる。

小屋の前で一日中炎を熾《おこ》していれば獣達が小屋に近付いて来る事はないが、逆に妖魔は灯りに誘われてやって来る。これは魔性の血が流れている俺にも覚えがあるのだが、夜中、暗い場所で光る物を見ると俺達はもう足を止める事が出来ない。あれは人間の生理的欲求を上回る。

大地から溢れる聖気とは夜になると静まるものだ。そこで火を熾せば、キッチンに仕掛けたホウ酸ダンゴに家庭内害虫が群がるが如く妖魔が釣れる。

妖魔の本性とは残虐だ。森に住む妖魔達はえてしてして人の血肉に飢えている。王子達が奴等に見付かってしまえば最後、きっと恐ろしい事が起きるだろう。王子達がいくら強くても、連日連夜の妖魔戦に耐えられるとは思えない。低級妖魔ならともかく、中級、上級に連続で来られたら俺もまずい。

王子は結界を張っているというが、それで目くらまし出来るのは魔獣や低級妖魔までだ。結界内《ここ》に何かあるという事は、もう森の奴等は皆勘付いている。

だからこそ結界の中には俺が居て、俺が新しい森の主に負けていないという事を証明するのが何よりも重要なのだ。――故に、俺はこの縄張り争いには負けるわけにはいかない。


「ただいまー。王子ー、イルミー、エルー、いないのー？」

その日、帰宅すると小屋には誰もいなかった。

（ん？　この匂いは……）

懐かしい女の子の匂いにまさかと思う。

「助けて！」

「ん？」

男しかいないはずの家で、女の子の声がした。

匂いの元に駆け付ければ、ベッドの上でなんだかとんでもない事が起きている。

「って、うわあ、なんだこれ⁉」

ベッドの上には何故か全裸の美少女がおり、謎の触手ににゅるにゅる絡まれていた。

彼女はベッドの柵に鎖で繋がれているので、どうやらその触手から逃げる事が出来ないらしい。

「た、助けてください！」

張り詰めた表情でこちらを見上げながら叫ぶ少女の事を、やはり俺は知っているような気がする。

確信が持てなかったのは発情した雌の匂いが混ざっていたからか。そしてその匂いに俺の雄の部分が過剰に反応し、思考が停止してしまったからかもしれない。

「騎士様、この虫は私のここに貼りついている本体に精液をかけると弱まるのです、お願いです、どうか助けてください！」

「えっえええええっ⁉」

——そして俺は彼女と再会した。

成長した彼女はますます美しさに磨きがかかり、王子やイルミ、エルまでをも魅了した。触れるのを、いや、話しかける事すら躊躇う現実を超越したその美しさに、俺は彼女が本当にあの小さなお姫様だったのか分からなくなった。——だけど、彼女は彼女だった。

「ふふふ、ヘンなの。ヒルって本当にぽてとみたいです」

「……ぽてと？」

「ええ、私のお友達です。元気でやってるみたいで良かった。……また会いたいなぁ」

彼女は俺の事を覚えていてくれた。

あの時のあの気持ちを、俺は言葉では表現出来ない。体が震え、湧きあがる喜びに身を任せ、彼女に抱き付いて自分の正体を告げたい衝動にかられた。

「どうしたの、ヒル」

「いや、なんでもないんだ」

（言ってしまおうか）

――俺があの子犬《ぽてと》なんだって。

でも、駄目だ。言ってしまえば最後、俺が化物だという事が彼女にバレてしまう。

「もしかしてとは思っていたけど。……スノーホワイト、やっぱり、君だったんだね」

「なっ何がですか？」

だから俺は言わなかった。

「俺がずっと探していた俺の運命の人！」

「へっ？」

「スノーホワイト！　好き、好き、好きっ！」

「ちょっと、いきなりどうしたの！　こんな所で駄目よ、ヒル！」

正体を明かせないのは少し寂しい気もしたが、それでも俺は幸せだった。

俺はただ、この子の隣にいるだけで幸せなんだ。可愛いすぎてたまに頭からガブリと食べてしまいそうになるけれど、そこは我慢、我慢。この幸せが壊れないように、俺の秘密がバレないように、俺は俺なりに努力をしていたつもりだった。

＊＊＊＊

その日はとても天気が良かった。

川で洗濯をするスノーホワイトを手伝おうと、俺は忠犬よろしく川まで着いて来た。

しかし悲しいかな、俺が手伝おうとしてもむしろ彼女の邪魔にしかならないようだ。何枚か洗っていたシャツを破いてしまった後、「ありがとう、気持ちだけ受け取っておくわね」と言われ、暗に家に帰れと告げられてしまった。しかし、彼女を一人にしてまた盗賊に攫《さら》われでもしたら困る。

仕方ないので俺は彼女の近くで、今夜のおかずになりそうな物を捕まえて暇を潰す事にした。ここで獲れる沢蟹《さわがに》は唐揚げにすると美味い。虹鱒《にじます》はそのまま塩をふって焼くだけで充分に美味いが、ムニエルするとこれがまた最高に美味い。どれだけ美味いかといえば、舌の肥えた王子やイルミが唸るくらいだ。

「よっと！」

木の棒に先の尖った石をくくりつけた物で、六匹目の虹鱒を仕留めた時。

「きゃあああああああああ！」

「スノーホワイト⁉」

辺りに響き渡る悲鳴に何事かと川下の方を振り返ると、巨大な黒狼が彼女に襲いかかろうとしている所だった。

（あいつは……！）

あのマーキング野郎！　──森の主だ！

背中の剣に伸ばした手が、空振りして空気を掴む。

（しまった……！）

剣は上着と一緒に、川下の方に置いて来たままだ。岸まで剣を取りに行ったら間に合わない。人の足でここから走っても絶対に間に合わない。──となると。

「その子に……触るなあああああああっ！」

獣の本性を現し、黒狼に飛び掛る他、俺には選択肢はなかった。

ガッ！

彼女に鋭い牙で襲いかかろうとしている黒狼の喉笛めがけて噛み付き、俺達はそのまま川の中に転がった。

「ヒル……？」

浅瀬でバシャバシャ水飛沫《みずしぶき》を上げながら格闘する二頭の巨大な狼を、彼女はただ呆然と見つめている。驚愕で目を見張る少女のその顔に「やってしまった」と胸に苦い物が込み上げるが、もう遅かった。

（終わった……）

グオオオオオオオッ!!

俺はこの苛立ちや悲しみ、やるせなさを全て目の前の黒狼にぶつけた。


全てが終わった時、辺りは酷い惨状だった。

血で真っ赤に染まった川には、大きな黒い狼だった物が転がっている。

人型に戻った俺を呆然と見つめる彼女から目を反らす。

「驚かせて、ごめん」

全身血塗れの自分は今、彼女の目にどう映っているのだろう？

（おぞましい化物だろうか？　それとも――）

喉奥に痰のようにへばり付いている黒狼の血が気持ち悪かった。

血を吐き出した後、口元の赤を拭う。

「今まで黙っててごめん。――実は俺、人間じゃないんだ」

「…………」

腰が抜けたのか、川の浅瀬に尻餅をついたまま微動だにしない彼女にそっと背を向ける。

「さよなら、だね」

俺が化物で驚かないのなんて、あの王子様くらいだ。アミー様だって、俺に利用価値がなければ拾いはしなかっただろう。普通はこうだ。この反応が正しい。

「……待てよ、馬鹿」

低い、押し殺した声に俺の足が止まる。

ガッ！

ふいに後から投げられた何かを、条件反射で摑む。

「これ、は……？」

俺がキャッチしたのは、古ぼけた黄色のボールだった。それは彼女を忘れる事が出来なかった俺が、彼女に一目だけでも会えないだろうかと城に行った時に失敬したボールだった。小さい頃、彼女と毎日遊んだあのボール。

「お前の部屋掃除した時に出てきたんだよ、お前、ぽてとなんだろ⁉」

その言葉にギクリと体が強張る。頭から氷水をかけられ、強制的に夢から目覚めさせられたような気分になった。

「なに、を……」

「お前が裸になっても俺には絶対に背中を見せないのって、火傷の痕のせいなんだろ？ぽてとと同じ場所にあるあれのせいなんだろ⁉」

（バレてる……）

彼女は怒っていた。怒気を隠そうともしないその瞳に、射抜かれたように俺はただその場に立ち尽くす。

「勝手に俺の前から居なくなるな、このクソ犬！　お前、あの時もそうやって一人で逃げたよな！　俺がどれだけ寂しかったか知ってるか、コラ」

「スノー、ホワイト……？」

バシャッ!!

「誰も気持ち悪いだなんて、言ってないだろ！」

立ち上がり様に叫ぶ彼女の言葉に自分の耳を疑った。

（なんで男口調なのか分からないけど……）

再会後、この子はたまに男口調になる事があるんだけど、もしかしてこっちが彼女の素なのだろうか。

「だって。今の……見ただろ？　俺、化物なんだ」

「お前は今も昔も、俺からすれば可愛いわんこだよ」

「嘘だ……」

「嘘じゃねぇよ。俺の可愛いぽてとが少しばかり大きくなっただけじゃねぇか」

「そんなの、嘘に決まってる」

（信じられない……）

一歩こちらに近付く彼女から逃げるように、俺は頭を振りながら一歩後退する。

「嘘なんかつくか。お前が気持ち悪いんなら俺の方がずっと気持ち悪いわ」

「え……？」

この子は一体何を言っているんだろう。彼女のどこに気持ちの悪い部分があるというのか。キョトンとする俺を見て彼女は口ごもり、しばし沈黙した。たった今、口から出掛けたその言葉を、そのまま言ってしまっていいのか悩んでいるようだった。

夕日が彼女の白いシャツを赤く染める。

俺は何も言わなかった——いや、何も言えなかったと言った方が正しい。

夕日をバックに大きく深呼吸すると、彼女は意を決したように顔を上げた。

「……俺、実は男なんだ」

真顔でそう言い切ったスノーホワイトの言葉は、想定外以外の何物でもなかった。

俺は瞬きをしながら彼女を凝視する。

「俺の名前は三浦晃。……前世の記憶を持ってる」

夜の匂いのする風が吹き荒れる中、俺達はただ黙って見つめ合った。

再会した時はセミロングだった彼女の髪も、ここに来てから随分伸びた。

濡れた彼女の長い髪が茜《あかね》色に染まっていく。

刻々と色を濃くしていく夕焼けが、彼女の顔に影を作った。

（一体、何を……？）

何かを覚悟した様子でエプロンドレスの裾をギュッと握り締める少女を、俺は呆然と見下ろした。

「男……？」

神妙な顔で頷く少女に俺は気圧され、たじろいだ。

「ああ」

金色《こんじき》に染まりゆく雲と空が混じり合い暮れなずむ夕闇の中で、俺は呆けたように立ち尽くす。

（えっと……）

深い憂愁を忍ばせた夕焼け色に染まっていく少女を、俺は改めて上から下までマジマジと観察した。川に落ちて全身ずぶ濡れの彼女の服は透けており、胸の膨らみや腰のくびれ、女性特有の体のラインから下着の線までくっきりと浮き出ている。どう見ても彼女は女の子だ。いや、だってほら、俺、彼女の裸何度も見てるし……って、うわ。思い出したら半勃ちした。って、こんな時に何やってるんだ、俺。

「えっと、女の子……だったと思うけど」

熱を持ち、腫れぼったくなっている頬を指で掻きながら、彼女の体から視線を外す。

下着どころか胸の突起や、あらぬ部分の割れ目の形まで透けていて目の毒だ。俺の葛藤を他所に彼女は神妙な口振りのまま続ける。

「信じられないかもしんねーけど、俺、前世は男でさ。前世の事を思い出したのはつい最近なんだけど、思い出してから心は男っていうか、女の体には違和感しかなくて。だからお前達の事も正直対応に困ってるっていうか……」

彼女が何を言っているのかよく分からないけど、……優しいこの子は、俺の事をどうにかして慰めようとしているようだった。

「でも、あっちが俺の本当の姿なんだよ。君は本当に怖くないの？」

「だからどうしてぽてとが怖いんだよ」

また一歩、彼女は俺の元に近付く。

今すぐここから逃げ出したかった。しかし膝が震え、足裏が大地に縫い付けられたように動かない。

「俺達、小さい頃から友達だっただろ？」

気が付いた時には彼女は俺の目の前に居て、俺の頬に貼り付いた髪を剥がしながら優しく微笑んでくれた。身体だけでなく魂をも蕩けさせるような甘美な笑顔に、心が激しく掻き乱される。

「助けてくれてありがとな。今日も、ドライアドの群れに囲まれてヤバかった時も」

その真摯な瞳に嘘はないように見える――だが、今のその言葉が真実だったとしても、それは永遠ではない。彼女が今後心変わりしない保証なんてどこにもないのだ。

「……分かった」

俺の口から出た声は、いつもよりもワントーン低かった。

――後で「やっぱり怖い」といわれて突き放されるより、今突き放された方が傷は浅い。

「なら、試してみようか？」

ブワッ！

獣の姿に戻る俺に彼女は息を飲む。

バリッ！

「ヒル……？」

濡れた服を力任せに爪で引き裂くと、彼女の大きな瞳が揺れた。

(どうせ人間なんて、俺達よりも早く死んじゃうんだ)

だからもう、これ以上俺に夢を見せないで。お願いだから俺の事なんか嫌いになって、目の前から消え失せろって言ってくれ。そうすれば俺は君にも人の世にも未練なんてなくなるから。そうしたらまた獣に戻って、一人で森で生きていくから。

「ヒル！　ちょっ、どこまで行くの⁉」

俺は彼女の体を口に咥えると、川の上に顔を出した岩の上を飛んで渡り川上へと遡って行く。誰にも邪魔されないであろう場所まで来ると、大きな岩の上に彼女を横たえる。

「え、なに……？」

そのまま力任せに彼女の下着を爪で切り裂いて、人型の時とは比べ物にならない大きさの性器で、慣らしもしていない彼女の秘所を一気に貫いた。

「あうっ、――な、なに？　い、痛っ、イヤ、いやああっ！」

挿入した瞬間、性器の皮がググッと膣口の方へ、根本の方へと引っ張られ、感きわまって溜息のようなものが漏れた。

人型の時と少々感覚は違えど、生の挿入が気持ち良い事に何ら変わりはない。

「っは、ヒル、……いた、い、いたい……っ！」

苦痛に歪む顔に今更ながら罪悪感のようなものが込み上げてくるが、獣の衝動は止まらない。

嬌声というよりは苦鳴といった方が的確な声を漏らす彼女を無視して、そのまま彼女の狭い膣内《ナカ》に包まれる感触を味わい、本能に身を任せる。

獣《おれ》に犯されているというのに、今日も変わらず彼女の中は熱かった。

彼女の中はとても温かくて、ぬるぬるしていて気持ちが良い。……と思ったら、あれ、もう俺のが出てる。この体で交尾をするのは初めてなのでよく分からないが、犬科の雄の性器とはこういう造りなのだろうか？　挿入した時から何かがありえない位だらだらと先っぽから漏れ出している。それが彼女の愛液と混ざり合って、ぬるぬるしたヒダと性器が擦れ合う感覚が最高に気持ち良い。気持ち良くて、悦過ぎて、今、ここで死んでいいとさえ思った。

体が溶けてしまいそうだ。このまま二人で溶け合って一つになれたらいいのに。

（むしろこのまま溶けて死んでしまいたい……）

「ッん、な、大きいの、むり、だって……！」

苦しそうに彼女が頭を振る。

人型の時よりもモノが大きいからだろう、こちらもとてもキツイ。いつものように全てが彼女の中に収まりきらない。彼女は今にも泣き出しそうな顔をしていたが、何だか俺も無性に泣きたい気分だった。彼女の中が熱いせいか川で体が冷えたせいか、彼女の中に収まり切らない根元の部分が妙に冷たく感じる。彼女の中に入れて貰えない部分が冷たくて、なんだかそれがとても寂しく感じて、いつものように俺の全てを彼女に受け入れて貰いたくて、少しでも彼女の中に入ろうと、そのぬるぬるしたものを潤滑油にして腰を押し進めていく。

ずりゅっ。にゅち……ギュププ、プ……、

「ッひぃ、あ！　ばか、ばかぁ……っ！　深、ふかすぎ、る……っ！」

自身の熱を強引に根元まで押し込むと、彼女はボロボロと涙を零しながら喉を仰け反らせた。か細い四肢がビクビク跳ね、中の収縮が激しくなるのを感じ、彼女が一度達した事を知る。絶頂に打ち震える彼女の体を休ませる事なく、ガツガツ穿ち攻め続けた。

彼女に溺れていた。

彼女がやだやだと頭を振る度、濡れた髪からその雫が弾け飛ぶ。夕焼け色に染まったのは彼女だけでなかった。彼女から分離した水滴までもが茜色にたなびき光り輝く。その情景は、浅ましい獣欲を彼女にぶつけている最中であるという事を忘れてしまう程美しい。こんなにも美しい彼女を独り占め出来るなんて、初めて会ったあの日以来だ。でも、嬉しくない。全然、嬉しくない。――悲しいのは、これが彼女との最後の交わりだとどこかで理解しているからだろう。

「っは、はあ、ヒル、…………も、むり、だ……よぉっ！」

（こっちの姿に戻るとヤリ難いな……）

何度達しても終わらない責め苦から逃げようともがく彼女に、一瞬人型に戻るべきかと考えた。前足で彼女の肩を押さえればいいのだろうが、そんな事をしたら爪で彼女の柔肌を引き裂いてしまうだろう。

身を捩《よじ》り逃げようとする彼女の体勢が後向きになった時、これ幸いと後ろから彼女を貫くと、甘い悲鳴が上がる。

「っひぁ、う、あ、ああ……あ、やああっ！」

（あ、バックのがヤリやすい）

俺は後ろから彼女の上に覆いかぶさると、石の上に手を付いた彼女の肩を逃げられないように前足の脇の下に挟む。正に獣の交尾といった動物じみた体位だった。体勢が落ち着いてしまえば、あとは本能に促されるまま腰を突き出し、狂ったように彼女を犯し尽くすだけだった。

人型よりもこちらの体の方が脚腰の筋肉が発達しているせいか、抽挿の激しさが普段の比ではない。その激しい動きに彼女も感じているようだったが、こちらもいつもよりも早く終わってしまいそうだ。

しかし手が使えないというのは想像以上にヤリ難く、何度かモノが抜けてしまった。抜けてもすかさず狙いを定め、奥まで一気に挿しこむと彼女は涙を零しながらよがった。

岩の上でギュッと握りしめた彼女の白い両の拳が震えている。

「い、イク！　だめ、い、イク！　いやぁぁぁっ！」

その言葉に、俺の陰茎の根元付近が脹《ふく》らみ始めた。本能に衝き動かされるまま、その根元に出来た瘤《こぶ》のようなものも彼女の中に押し込んだ瞬間、俺も果てた。

「はあ、はあ、……はあ、は、ぁ」

気がついた時、俺は人型に戻っていた。じわりと彼女の中で溢れかえる自身の精の生温かさに我に返る。人型の時の射精時とは比べ物にならない精液の量に唖然《あぜん》とした。まるで失禁でもしてしまったような感覚に陥り、気恥ずかしさが込み上げてくる。

「あれ……？」

興奮のあまり気付いていなかったが、いつの間にか正常位に戻っており、ぐったりとした彼女の姿が目に飛び込んできた。途中で理性が吹っ飛んでしまったようで、最後の方の記憶はない。少し爪で引っかいてしまったらしく、彼女の肩に出来ている切り傷に唖然とした。

(俺、なんて事を……)

「ごめ、ん……」

下から伸ばされた手が、ふいに俺の頬に伸びる。

「気は済んだか？」

目元を指で拭われて、俺は自分が泣いていた事に今更ながら気付く。

(俺、泣いてたんだ)

「本当に仕方のない奴」

俺の涙を指で拭いながら、彼女は苦笑を浮かべた。

(なん、で……？)

なんでこの子は怒らないんだろう。

人でもないケダモノに、バケモノに無理矢理犯されたというのに。

「スノーホワイト……怒らないの？　俺の事、怒らないの？」

「はあ？　お前等が勝手に盛って俺を押し倒すのなんていつもの事だろ。そんな事でいちいちキレてたら身が持たねぇわ」

「…………」

いわれてみればそうかもしれない。悪いのは俺のはずなのに、何故か彼女の方が申し訳のなさそうな顔をしていた。彼女は俺の髪の毛の先をくるくると指に巻いて遊びながら、居心地の悪そうな顔で続ける。

「お前こそいいの？　大好きなお姫様の中身が俺みたいなキモオタで。これが俺の素なんだけど」

「キモオタってなに？」

「ああ、そうか通じないか……あー、こっちの世界では何って言うんだろ？　キモ、キモ……うーん」

（よく分からないけど……）

細い両手首を岩の上に貼り付けるようにして組み伏せる。あらわになって揺れる乳房に、また下肢に血液が集中していくのを感じながらジッと彼女の瞳を見つめた。

「君は君だ、君でしかない。——君は腹を空かせていた子犬にパンを与えてくれた、とっても優しい女の子だ。寒さに震えていた俺に温もりを教えてくれた、帰る場所のなかった俺に居場所を与えてくれた、とっても優しいお姫様」

「ヒル」

そのまま唇を奪うと、彼女の唇は氷のように冷たかった。

寒さで青ざめた肌を掻き抱きながら、血の気の引いた唇に熱を分け与えるように何度も口付ける。彼女はしばらく子供のように目を大きく開いたまま固まっていた。唇を重ねる毎に彼女の強張った表情は解けていき、彼女の長い睫が安堵したようにそっと伏せられるのを見て、俺は今の今まで押さえて来た独占欲が胸に込み上げてくるのを感じた。

「ねえ、スノーホワイト。本当に俺を受け入れてくれるんなら、このまま俺の子を産んで」

「えっ？」

「俺、君が欲しい。君の全てが欲しい」

彼女の中に挿し込んだままの熱で、彼女の弱い奥の部分をググッと押すとスノーホワイトの吐息が色付く。

人型に戻ったとは言ってもまだ交尾は終了していない。そのせいか獣型の性器は慣れ親しんだ人型の性器の形に戻っておらず、ペニスの根元で膨らんだ瘤のような物も膨らんだままで、未だに俺の分身は彼女の中で脈打ち、精を吐き続けていた。この射精がひたすら続く感覚、病み付きになりそうだ。なんとなく本能で分かるのだが、この醜い瘤のような物は精を全て吐き出さない限り収まる事はないだろう。そしてこれが収まらない限り、俺の物は彼女から抜けそうにない。そして俺もしばらくこのままじっとしていたい。そうすれば避妊薬なんて野暮な物の効果も消え失せて、彼女が俺の子を孕《はら》んでくれそうな気すらする。

「ね、駄目？」

奥の柔壁に己の先端を擦りつけ、恐らく子宮口であろう場所にびゅくびゅく精を放ち、自身の精を奥へ奥へと押し込みながら、快楽の色に染まりつつある少女の瞳を覗き込む。彼女の中で膨らんだ俺の根元のアレが気持ち良いのか、それとも人の男が射精する時よりも激しく吐精されて子宮が精液で満たされていく感覚が良いのか、スノーホワイトの瞳がとろんとしている。

「今のがそんなに良かったんなら、毎晩あっちの姿で抱いてあげるから」

耳元で囁《ささや》くと、彼女の体がビクンと跳ねた。

同時に彼女の膣中に埋めこんだままの抜身の肉がギュッと締め付けられ、口元に笑みが浮かぶ。

獣の方の自分も受け入れてくれた。そればかりか、こんなにも感じてくれた彼女が愛おしくて愛おしくて仕方がない。――もう、俺だけの物にしたい。彼女の全てを独占したい。愛おしくて愛おしくて、もう体中から無限に溢れる「大好き」が止められない。

ぽてとの頃彼女によくしていたみたいに、大好きなお姫様の鼻先に自分の鼻を擦りつけながら「だから俺とケッコンしよ」と微笑んだ瞬間、彼女はハッと目を見開いた。

「そ、それは無理！」

「えっ？」

我に返ったようにガバッと上体を起こしながら叫ぶ彼女に、しゅんと項垂れる。

「……やっぱり俺なんか気持ち悪い？」

「そうじゃなくて！　俺はまだこの世界で女として生きていく覚悟も、この世界の男の子供を産む覚悟もできてないの！」

その後、彼女は自分は前世を覚えている事、前世は男でキモオタ？　という異形の生き物だったという事を改めて話しはじめた。いつか元の世界に帰りたいとも言っていた。どうやらさっきの言葉は、咄嗟《とっさ》に口から出てきたデマカセや俺への慰めの類ではなく本気のようだ。

（元の世界に帰りたい、か……）

彼女のその言葉に、なんだかとても寂しい気持ちになる。

「スノー……いや、アキラ？」

「スノーホワイトでいいよ。お前に今更そっちの名前で呼ばれても違和感パネェし」

「じゃあスノーホワイト。君はこの世界が嫌い？」

「それはない。昔から憧れてた剣と魔法のファンタジーの世界だし」

「スノーホワイトの世界には、剣と魔法はなかったの？」

「剣はあるといえばあったけど魔法はなかったな。その代わり科学が発達した世界だった」

「かがく？」

俺の背中の向こう、どこか遠くの空を見つめながら、違う世界の事を懐かしそうに話す彼女の姿に胸が苦しくなる。

「じゃあこの世界で俺達とずっと一緒に暮らそうよ。俺、君と一緒に居たいんだ。ずっと一緒がいい」

「最近それもいいような気もするんだけど……お袋が心配なんだ」

「お母さん？」

「ああ、うち母子家庭でさ、お袋は女手一つで俺達を頑張って育ててくれて。俺、アキって名前の双子の姉ちゃんがいたんだけど、あいつもどこか抜けてるからやっぱり心配なんだよなぁ」

ジクリと胸が痛むのは、俺が捨て去ったあの人に対する苦い感情か。

「俺、やっぱ死んだのかな。実はその辺りの事、良く覚えてないんだよなぁ」

「最初は夢だと思ってたんだけど、この夢、なかなか覚めないんだよ」と言って自分の頬を抓る彼女の肩口の傷に舌を這わせながら、俺はしばらく黙ったまま彼女の前世の話を聞いていた。

「ねえ、スノーホワイト。もしもいつか君が向こうの世界に帰る時が来たら、俺も着いて行っていい？」

「着いて来られても……俺、その時はこの姿じゃなくて男かもしんねーぞ。しかもマジでキモオタだぞ。本当にいいのかよ」

俺を見上げる彼女の目は驚愕に満ちている。

こんなにも近くにいるのに、彼女が今にも消えてしまいそうで怖かった。俺は彼女の手をギュッと握り締める。

「いいよ、君は俺が化物でも構わないって言ってくれた人だもん。俺も君がどんな姿をしていたって構わない。君が男でも女でもそんなの大した問題じゃないよ」

俺の言葉に彼女の瞳は戸惑いで揺れる。

赤く染まった頬のまま、彼女はぎこちなく俺から視線を外した。

「……や、でもそれ、お前が構わなくても俺が構うわ。ＢＬはちょっと」

「びーえるってなに？」

「ああ、うん、お前は一生知らなくていい言葉だ」

「よく分からないけど……ね、もっかいしよ」

「こら！　お前盛りすぎ！」

幸せで、幸せで、幸せで、幸せで、毎日が楽しくて、俺は馬鹿みたいに浮かれていた。
その時から――いや、それ以前からずっと、いつか別れの日が来る予感は、確かにあったのに。

恋人2 Bashful

その日、私と姫様は森へカブを採りに行った。

この森には、巨大なカブが採れる場所がある。大きい物になると百キロを超えるその巨大なカブは、例え採って来たとしても一般家庭ではまず消費するのは難しい量だ。しかしながら、うちには大人の男が七人いる。特にあのヒルデベルトという騎士は良く食べる。私も体が大きいので人より食べる方だとは思っていたが、あの騎士は私の十倍は有に食べる。これでは食事を作る度、姫様もエルヴァミトーレ殿も頭を悩ませる訳だと納得した。

そういう訳で、常に食糧難ギリギリのあの家にあのカブを持って帰れば良い食材になると思い、私はそれを取りに行く事を提案した。

「良かったわ、これでしばらくお野菜の心配をしなくて済むもの」

姫様の言葉に私は無言で頷く。

一番小さいカブを採って来たが、それでも旬という事もあってかなりの大きさだ。姫様の二倍は大きさのあるカブを背中に担ぎ、二人で帰り道を歩く。

姫様は上機嫌な様子で、ご自分でお持ちになられているバスケットにパンパンになるまで詰めたカブの葉を見て微笑んだ。なんでも今度、このカブの葉を摩り下ろしてグリーンシチューなるものをお作りになって下さるらしい。グリーンシチューという物を私は食べた事はないが、今からそれが口に出来る日が楽しみだ。

「また、なくなったら採りに来ましょう」

「ええ、うちは今野菜不足ですから」

姫様は少し憂鬱そうに溜息を吐いた。

また、うちの家庭菜園にコソ泥が入ったらしい。今回はトマトやキュウリなどの夏野菜がほぼ全滅したらしく、怒ったエルヴァミトーレ殿が「今度こそ絶対に討つ」と小屋を飛び出し早三日。未だに朗報は届かない。

「ねえメルヒ、今夜は何が食べたい？」

彼の不在期間、姫様が負担しなくてはならない家事を、どうにか手伝えないか考えていると、姫様は私の前に来てバスケットを両手で持ったままくるりと回ってみせた。

こんなにも無邪気に微笑む姫様を目にするのは、一体何年ぶりだろう。

ふわりと太股まで捲れるスカートを見て、従者として窘めるべきかと思ったがやめておいた。姫様をこんなに自然に笑えるようにしてくれたのがあの恋人達ならば、色々思う所はあっても私は彼等に感謝する他ない。

再会した当初は、嫁入り前の姫様が年若い男達と一緒に暮らしているばかりか、同衾《どうきん》までしている事実に驚愕した。気が付いた時には自分を含め七人にまで増えてしまった恋人の数に胃が痛くなり、しばらく眠れぬ夜が続いたが、元はと言えば彼女は王族なのだ。国王が寵妃を持ち、後宮を持つのは珍しくない。それに気付いたある日、私は下衆の勘繰りをして脳内で男を囲う事だって珍しくはない。歴史を振り返れば女帝と呼ばれた女王達が姫様を貶めていた自分を恥じた。そして大国の王子兄弟を恋人にした彼女の政治的手腕に、えらく感動したものだ。

(恐らく、姫様の代でリンゲインは自国に優位な形でリゲルブルクと統合する……)

それ位、あの王子達はうちの姫様に首ったけだ。

——やはり彼女こそが、リンゲインの女王に相応しい。

「ねえ、聞いているの？　カブを使ったメニュー限定よ？」

目の前で頬を膨らませる少女のその面持ちは、聞き分けの良い子供のようなあどけなさを残してこそいるが、目が合えば今日も身震いするほど美しい。老若男女関わらず全ての人心をかき乱すような種類の美貌は健在であり、城に居た頃よりも更に輝きを増しているように思う。流石は飛ぶ鳥を落とす勢いで、大国《リゲルブルク》の有力者達を陥落させて行っただけはある美貌だ。直視するに耐えない目の前の美しすぎる人から視線を外し、考える。カブといって思い浮かぶ料理があまりない。

「私は、あまり料理に詳しくないもので……」

「すみません……」と言い素直に頭を下げると、姫様は小首を傾げながら人差し指を立てる。

「そうだ、こないだエルと二人で作ったベーコンがあるの。カブとベーコンのスープはどう？　ああ、久しぶりにポトフもいいと思わない？」

姫様が作るものなら、何だって美味しいに決まっている。無言で頷いてみせると、姫様は花が綻ぶように微笑んだ。

姫様は今日もよく喋り、よく笑った。自分のような男といて、この方は何故こんなにも楽しそうな顔で微笑んでくださるのだろうか。普通の女性ならば、私のように無口で、強面な上に、熊のように大きな大男と長時間一緒にいるなど、苦行でしかないだろうに。

「見てメルヒ。穴ウサギの子供よ、可愛いわ」

「…………」

彼女に腕を引かれるまま、茂みに身を隠して仔兎《こうさぎ》達がじゃれる様子を見守る。

「何だかとっても懐かしいわ……昔、私が子供だった頃、メルヒがこうして私を森へ連れ出してくれて。こんな風に二人でよく森を散策した事、あなたも覚えてる？」

「……ええ」

忘れる訳がない。狩って帰れば肉になるなと思ったが、仔兎達がじゃれる様子に瞳を輝かせる姫様の前で撃ち殺すのは忍びない。私はそっと背中の猟銃に伸ばした手を下げた。

（懐かしい、か……）

確かに昔、私達はよくこうして森を散策したものだ。

幼い姫様を肩車して、兎やリス、狐やクズリなど森の動物達を見せて歩いた。

継母に命じられ城の雑用をさせられている時以外は、城の裏にある納屋で、一人で寂しそうに膝を抱えて座っている小さな姫様はやはり不憫だった。

自分は元々、亡き王妃――ミュルシーナ姫に拾われた孤児だった。

私が子供の頃から、リンゲインは貧しい小国だった。口減らしの為に捨てられた森の中で、ただ死ぬ時を待っていた私は、単身城を抜け出して来たやんちゃな姫に拾われた。美しい人だった。優しい人だった。多分、愛していたのだと思う。だからこそ彼女の結婚も、姫様の誕生も心に来るものがあった。

産後の肥立ちが良くなかったせいか、彼女は姫様を産んですぐに亡くなってしまった。

彼女の死を機に私は城を離れ、闇の森の番となった。通常ならば森の番など誰もが嫌がる仕事だが、彼女と出会った森の入り口で、一人ゆったりと暮らすその生活は、時間と共に私の傷付いた心を癒してくれた。ミュルシーナとの思い出の森で、彼女の思い出と共に私の青春時代は幕を閉じた。

そんなある日、私は悪い噂を耳にする。王が新しい妃を貰ったが、その新しいお妃様が底意地の悪い女で、ミュルシーナの忘れ形見である姫様を虐げているという。

それを聞いて居ても経っても居られなくなり、私は城へ戻った。城に戻ると、最後に見た時は赤子だった姫様はすっかり大きくなっていた。――出会った頃のミュルシーナの生き写しといってもいいその姿に、私の心は打ち抜かれた。

ミュルシーナがまた私の元に戻ってきてくれたのだと思った。

継母の継子虐めの話は本当だったが、平民の自分には出来る事は限られている。当時の自分に出来る事は、継母に虐められて泣いている姫様を森に連れて行き、彼女の気を紛らわしてやる事くらいだった。

自分を父のように慕い、娘のように懐く姫様に、私は次第に父性のようなものを感じるようになっていった。姫様は快活でお転婆だった母親とは違って、控えめで大人しい少女だった。もし環境が違えば、ミュルシーナが生きてさえいれば、彼女ももっと伸び伸びと健やかに育ったのかもしれない。もしかしたら母親のように、単身城を抜け出してミュルクヴィズの森に冒険に行くような姫君になったかもしれない（それはそれで困る所ではあるのだが）。そしてもっと子供らしい我が侭を言う事も、子供らしく甘える事も出来たのかもしれないと思えば思う程、新しい王妃の存在と腑抜けた国王の存在を憎らしく思ったものだ。

姫様はミュルシーナに良く似ていた。――いや、その美貌は母親以上か。成長するにつれ輝きを増す姫様に、私は次第に父性以外の物を感じはじめるようになったが、私達は年が離れ過ぎている。そしてやはり身分の差によるものは大きい。

私は自分の恋情を隠して、生涯彼女に仕えるつもりだった。

小国の姫というその立場から政略結婚は避けられないだろうが、それでも少しでも良い相手のもとへ嫁ぎ、愛し愛され幸せになって欲しいというのが私の願いであった。

だから彼女が大国の王太子の第一婚約者になったと知った時、私は喜んだ。その王子様と顔合わせをした時の話や、城の中を懇切丁寧にエスコートされた話。そして最後に甘酸っぱい夏の夜の思い出をはにかみながら話す姫様の微笑ましいご様子に、何故かちくりと胸が痛んだがこれはただの気のせいなのだと自分に言い聞かせた。

しばらく辛い日々は続くかもしれないが、いつの日かきっと姫様の事をその王子様が迎えに来てくれるだろう。私はそれまで、陰ながら彼女をお守りするだけだ。


——だからあの日。

『姫様、何を……？』

ウニコーンに襲われていた姫様を助けたあの日。

『ひめさま、いけません……』

ウニコーンの唾液による催淫効果で発情した姫様に、服の上から己の分身を吸われたあの時——私は、これは自分のよこしまな欲望が見せる幻影なのかと我が目を疑った。

『でも、これ、ほしいの、……ほしい、のっ！』

姫様のほっそりとした指が私のベルトを外し、ズボンのファスナーを下げる。

止めなければとは思うのに、私は彼女の手を止める事が出来なかった。不敬な事に反応してしまっている私の愚息を見て、彼女は息を飲む。屹立《きつりつ》した己が肉を見て欲望をあらわにして期待に打ち震える姫様を見て、酷く不思議な気持ちになった。この間まで赤子だった姫様が、あんな小さかった姫様が女になったのかと思うとその成長が嬉しくもあり、歳月の流れを感じた。

しかしこのまま自らの醜い欲望に身を任せ、魔物の影響でまともな思考が働いていない彼女を犯すのは裏切りだとしか思えなかった。私は今まで姫様に対するこの感情は「父性だ」と言い聞かせて彼女を守ってきたのだ。これは今まで自分に信頼を寄せてくれていた姫様に対する裏切りである。そして彼女の母親であるミュルシーナに対する手酷い裏切りであるような気がした。ミュルシーナの恩義に報いる為にも私は姫様に手を出す事は出来ない。

（姫様がまともな精神状態ならともかく、これでは……）

『姫様と私では、身分が、違いすぎます』

拒絶の言葉を並べるが、涙に潤んだ瞳でジッと見つめられると決意が鈍った。

『メルヒは、わたしの事、きらいですか……？』

彼女が私の膝上から上体を起こすと、彼女を中心にして泉に波紋が拡がっていく。

それを見て、まるで彼女がこの泉の女王のようだと思った。

体を洗わせて頂いていた時は、出来るだけ視界に入れないようにしていた姫様の一糸まとわぬ姿が私の目に飛び込んでくる。真珠のように輝く白い肌はみずみずしく、言葉通りに肌は泉の水を弾いていた。膨らみかけのバスト、脂肪の乗り切れていない腰周り、細い手足。姫様の華奢な体は、女性らしい柔かな曲線を描いてこそいるが、まだ所々に幼さを残している。しかしながら、上目遣いでこちらを見つめながら私の筋張った物に舌を這わせる姫様はもう子供ではない。――大人の女だった。

『し、かし、……私は先王の時代から、ひめさまを』

『つらいんです……どうか、メルヒのこれで、私を慰めてはくれませんか?』

猫じゃらしにじゃれる猫のような、愛らしくも妖しい手付きで男の弱点を上下に擦られて。欲望のたぎる瞳で私の雄を咥え、頬擦りし、子種を強請るように屹立したものの先端をチロチロと舐められて――私はそんな姫様の媚態に愕然とした。

それは愛撫《あいぶ》だったのかもしれないが、私にとっては精神的な弄虐であった。

(一体どこでこんな事を覚えてきたのだ……!)

口淫など娼婦のする事だ。一国の姫君が、私のような下男にすべき事ではない。しかしそんな思いとは裏腹に、その倒錯的な光景は私を酷く興奮させ、熱くみなぎる雄ははち切れんばかりに熱《いき》り立っていた。

内心怒り狂い、戸惑いながらも姫様の口淫とその妖艶な姿に素直に反応してしまう自分の男の性を忌々しく思う。

『あなたは今、正気ではない。……後で、絶対に後悔します』

ゆっくりを頭を振る私を、彼女は強い瞳で見つめる。

『こうかい、しません。――だから、ねえ、メルヒ、私を抱いてください』

——あの日、私の半生は根底から覆され、同時に一生隠し通すつもりだった思慕は強制的に白日の下へ曝《さら》け出された。

（……私はまだ陽が高いうちから、一体何を考えているのだ）

あの日の事を思い出し、嘆かわしくも野蛮な欲望に鎌首をもたげ始めている自分自身に気付いて呆れ返ってしまう。我ながら一体何をやっているのだろうか。若い男ならともかく、年甲斐もなく恥ずかしい。——その時。

「きゃあ⁉」

姫様の小さな悲鳴に我に返る。

地面に伏せていた姫様の体が大きく跳ね上がった。

「は、入ったぁ……っ！」

姫様の言葉に野兎達に視線を戻す。

彼女の声に仔兎達が巣穴に入ってしまった。

「ええ、巣穴に入りました」

「え、ええ、そっちも入ったんですね……」

何故か姫様の顔が赤い。もじもじしながら、スカートの裾を押さえている。

「どうかなさいましたか？」

「い、いいえ」

兎達はもう巣穴から出て来ないかもしれないと心配したが、いらぬ心配だった。まだ警戒心の薄い仔兎だからだろう、すぐに巣穴から顔を見せ草の上でじゃれあいはじめる。

「姫様、大丈夫です、また戻ってきました」

「ん……はあ、ッは、あ、どうしよう、取れない……？」

「どうかなさいましたか、姫様」

横の姫様の顔はやはり赤らんでいる……ような気がする。スカートを——下腹部を押さえてモジモジしている姫様に、腹痛だろうかと思った。女性は腹を冷やすと良くないと聞く。こうして大地に寝そべるのは良くなかったのかもしれない。何か腹巻にでもなる物はないだろうかと、自分の着ている服で腹巻になりそうな物は何かないか考える。

「わ、私、ちょっとお花摘みに行って参ります」

それなら自分もお供しますと言いかけて、なんと野暮な事を言おうとしたのだと思い直すと、木蔭《こかげ》へ消える姫様を見送った。腹痛ではなく尿意だったのだろう。私はしばし、そこで仔兎達を眺めながら姫様を待った。

それから何十分経過しただろうか？　待てど暮らせど、姫様が戻って来る気配はなかった。これは何かがおかしい。もしや姫様の身に何かがあったのかもしれない。様子を見にいかなくてはと腰を上げる。

「うっ、んん！　困ったよぉ、ッあ、ああ、あ……ぁ、」

姫様は案外近くにいたらしく、すぐに彼女の声が私の耳に届いた。

「っい⁉　また奥に、入っちゃった……どうしよう、とれない、ッよぉ……」

あの日の姫様の艶やかな姿を彷彿《ほうふつ》とさせる甘い声に、私は自身の煩悩を掻き消すように頭を軽く振る。

（姫様……？）

そっと木陰から声がする方を覗いてみると、そこには信じられない光景が広がっていた。

「な……」

私はウニコーン達に襲われている姫様を見た時と同様の激しい衝撃を受けた。

（これは、一体……？）

そこには姫様が居た。そこは特段驚く事ではない、問題はその格好だ。スカートを腰まで捲り上げ、大地から突出した木の根に腰を下ろした姫様の足首には先程まで履いていたのであろうと思われる下着が引っ掛かっており、女陰があらわになっている。姫様の腰は浮き上がっており、普段はスカートの下に隠されつつましやかに閉ざされている秘められた花は完全に花開いていた。縦に割れた柔らかな肉の盛り上がりの中から覗く、太いうねる物を摑みながら姫様は叫ぶ。

「はッ、はぁ、……お願いだから、抜けてよぉ！　もうそろそろ戻らなくちゃ、メルヒに怪しまれちゃう……っ！」

姫様がご自身の秘めやかな場所から必死に引っ張り出そうとしている、その黒いナメクジのような生物は、チツノコという森の淫獣の一種だ。

（なるほど、先程入ったと言っていたのは膣の子だったのか……）

膣の子とは常に人間の女性の生殖器の中に入る機会を虎視眈々《こしたんたん》と狙っている、嫁入り前の娘からすれば危険極まりない淫蟲だ。月経を迎える前の少女と閉経を迎えた女性は狙われないと聞くので、熟れた女の香りに釣られて来るのかもしれない。

恐らく姫様は尿意ではなく、自身の中に入り込んでしまった膣の子を私にバレぬように取りに行ったのだろう。——しかしこの光景。

（なんてみだらな光景なのだ……）

彼女は女性器に入った膣の子を引き抜こうとしているのだろうが、姫様が何度引き抜いても膣の子はすぐに彼女の中に戻ってしまう。それが何度も何度も繰り返されている。その抽挿が繰り返される度、姫様が膣の子に弄ばれている部分から漏れる卑猥な水音は大きくなっていき、彼女の呼吸は乱れ、可憐な唇から漏れる声も糖度を増していく。男根と似た形のその生物が、何度も女性器から出たり入ったりしているその様はとても淫らであった。姫様が必死で引き抜こうとしているのは分かるのだが、傍目には男根を模した玩具を使ってご自身を慰めているようにしか見えない。

自分の男の部分が反応しているのに気付き必死に鎮めようとするが、目の前にこの淫猥な光景が広がっており、彼女の甘い蜜のような声が耳に届く限りこれは難しい物があるのかもしれない。——その時。

じゅぽん！

「と、取れた⁉」

軽快な音を立てて膣の子は、姫様の秘所から引き抜かれる。ほっと姫様が一息吐いた時の事だった。

にゅぷぷぷぷ……！

「きゃぅッ⁉」

油断したのだろう。膣の子が今度は後ろの、姫様の思いがけない蕾の方に入ってしまったらしく、彼女は半狂乱になって叫ぶ。

「いやぁあああーッ！　もう！　なんなの、これぇ……っ！」

姫様は半泣きになりながら、恐る恐る後ろの蕾に手を伸ばすが、蕾から出た二股の尻尾の先端が陰核を挟むと、小刻みに揺れ出した。

「ッふあっ！　あ！　あ、あん、どうしよ、……んんっ」

姫様の甘やかに秘めた場所から、とろりと滴り落ちる熱い花蜜にゴクリと喉が鳴る。しかし、いつまでもこうして覗き見している訳にもいかない。私はごほん！　と大きく咳払いをした。

「……姫様、そこですか？」

「メルヒ⁉」

姫様が下着を太股まで引っ張り上げて、大急ぎでスカートで前を隠したのを確認した後、私は木陰から顔を覗かせた。

「……遅いので、お迎えにあがりました」

「み、見ましたか？」

「い、いいえ」

その今にも泣き出しそうな瞳に思わず首を横に振ってしまったが、勿論バッチリ見てしまっている。

（すみません、姫様……）

心の中で謝りながら、いつまでも姫様を地べたに坐りっ放しにさせておくのもいかんだろうと彼女に手を差し伸ばした。

私の手を取ろうとした姫様の体がビクン！　と跳ね上がる。

「うっ」

「ど、どうしました姫様」

「いえ、その、……ええ、なんでも、ないの」

「そうですか」

姫様は私の手を掴み一度立ち上がろうとしたが、どうやらそれだけでは立ち上がる事が難しいご様子だった。

「姫様……？」

赤らんだ頬、額に浮いた玉の汗。汗ばんだ頬に張り付く髪、熱を帯びた吐息。

（つらそうだ、どうしたものか……）

姫様は息も途切れ途切れの状態で腰をもじつかせ、切なそうなご様子で熱い溜息を付いたり、時折体をビクつかせている。

膣の子が彼女のスカートの中で暴れているのは明白だった。唇をギュッと噛みしめて、自身の肩をギュッと抱き締めながらその小さな肩を上下させ、姫様はしばし悩んでいるようだった。

「……ご加減が、よろしくないのですか？」

自分で言っておきながら、何とわざとらしい台詞だと思う。

しかし彼女の尊厳を傷付けない為にも、先程の事を見てしまったという事は出来ない。

私はただ黙って彼女の次の言葉を待つ他なかった。

姫様が思い切り噛んでいる、彼女の下唇がおいたわしい。

姫様は悩んで悩んで悩んだ上、この状態のまま帰ってもろくな事にならないと判断したのだろう。自らスカートをたくし上げると、今にも泣き出してしまいそうな顔で私を見上げた。

「チツノコ……だと思う。なんか、入っちゃったの……」

姫様の手によりゆっくりとスカートが捲られていき、太股に引っかけただけの下着が、そしてついには彼女の秘肌が私の目に晒される。

「自分で取ろうと思っても頑張ったんだけど、取れないの……。またこんな事をお願いして、申し訳ないのですが……メルヒ、お願いです。これを取ってはくれませんか？」

「かしこまりました」

私はしかと頷くと、彼女の背を近くにあった大木の木に預けさせ、脚を大きく広げさせた。開いた瞬間、とろりと溢れる熱いしたたりに姫様は恥ずかしそうに顔を手で覆い、蚊の鳴くような声で言う。

「メルヒ……はずかしい、です」

「姫様、我慢です」

いつかのように必死に己を抑え、膣の子の尻尾を引っ張ってみるが、この膣の子という生物、ぬるぬるぬめっており手が滑って中々抜く事が出来ない。

（なるほど、これは姫様も手間取る訳だ）

蕾からはみ出した尻尾をやや強めに引っ張ってみると、姫様が甲高い声を上げた。

「ひあっ⁉」

「姫様、我慢です」

もう少し強めに引っ張ると、膣の子が入っていない方の穴——じっとり湿って、熱をもった柔肉の狭間がヒクつく。

姫様の生花の露と膣の子の粘液にまみれ、ひくひく蠢く小さな穴に私の目は思わず釘付けになった。

（だ、駄目だ、私はいったい何を考えている）

まだ何も知らないような色をしている姫様の無垢《むく》の穴に、淫蟲により弄ばれとろとろに蕩けた女肉に、男を誘うような入口の動きに、プツリと理性が途切れてしまいそうになったが、私は今自分がなすべき事に集中しようと自身の煩悩を追い払った。

（しかし……これは困った）

彼女の陰核を挟んでいる膣の子の尻尾が、カタツムリの触覚にも似たソレがにゅるりと伸びてしまったのだ。そして「絶対に離さない」といわんばかりに、彼女の陰核をギュッと縛るようにして巻きついてしまっている。

「ぁぅ……メルヒ……」

包皮を完全に剝かれ、露出した陰核をきつく戒められた姫様の体がガクガク震えていた。

まずはこれから外さなければいけないだろうと、姫様の小粒を戒める二股の尾を指で引っ張ってみる。

「きゃん！」

「す、すみません……」

これがまた細く小さな尾で私を困らせた。膨れ上がった陰核の根元を縛るその尻尾を外そうと、その尾を指で摘もうとするがこれがまた難しい。摘もうとしても細すぎる上に粘液やら何やらでにゅるにゅる滑ってしまい、何度も膣の子の尾ではなく姫様の敏感な箇所を摘んでしまう。剝き出しの肉の真珠を何度も摘まれて、何度も何度も敏感なその箇所を指の腹で擦られて、姫様が耐え難いといった表情で口元を抑えながら呻く。

「うう、うううーッ！」

「もう少しです、もう少し耐えてください」

爪先に引っ掛けて取り外そうとするが、やはり尾は滑ってしまい、姫様の色あざやかな尖りを爪で優しく掻き毟《むし》ってしまうだけだった。

「ッひぁ、……あ、あぅ」

姫様は涙ぐみ、大木に後頭を擦り付けるようにしながら首を横に振る。

その時既に私の手は、姫様が漏らした女の精でどろどろに濡れていた。姫様はとてもおつらそうだった。一刻も早く姫様をこのいやらしい蟲から解放してさしあげなければと、使命感と責任感で急かされる。

（そうか……この手があった）

私はある事を思いつき、姫様の敏感な芽に膣の子の尻尾ごと齧《かじ》り付いてみた。

「ひぅっ！　な、なに…を……？」

そのまま強く吸い上げると、姫様の体が跳ねる。腰をわななかせ全身でガクガク震えるその様子は、姫様が達する直前のご様子そのものに見えた。

「メルヒ、だめ、だめよ……！　もう……ぅっ、ん！　い、イク！」

「我慢です、おそらくこちらから指を入れて押せば本体も抜けるかもしれない」

イクと聞こえたが、恐らく気のせいだろう。というか、気のせいという事にしておかなければ作業に差し障りが出る。集中出来ない。私はそのまま姫様の秘めやかな場所に指を入れさせて頂くと、薄い粘膜の向こうにいる膣の子を探った。

肉壁をくにくに押すと、後ろの壁の向こうで蠢めく膣の子をすぐに見つけ出す事が出来た。膣内のヒダを指で掻き乱しながら、ほじくり出すように後孔の中の膣の子を押しやると、姫様から一際甲高い声を上げる。

「おかしくなっちゃ、うっ！」

姫様は力の入らない腕で私の頭を押しのけようとするが、そんな抵抗は抵抗のうちには入らない。熱を孕んだ蜜壺を指でかき回し、膣の子を外へ追いやろうとしながら、姫様の小粒ごと膣の子の尻尾を吸い続けてみる事しばし。――膣の子の尻尾は少し陰核の根元から浮きはしたが、外れるまでには至らなかった。仕方ないので、姫様の敏感な箇所を縛める膣の子の尾を下から押上げるように舌を動かす。

「あ、ぁッん！――っ！　ひ、あぁああっ！」

しばらく続けた結果、膣の子の尾を口を使って吸い取る事も、指を中に挿れて膣の子の本体を引っ張り出す事も不可能なのだと悟った。

(そうだ、こうすれば良いのかもしれない……)

私はある事を思いつき、ふと彼女の陰核を指の腹で強めに押し潰してみる。

「っあん！　だ、だめ！」

「姫様、もう少しです……！」

するとどうだろう、潰した陰核の上にそれを戒めていた丸い輪状になった尾が浮いたのだ。

「こちらは取れました……！」

「は、はい……」

これ幸いとその尻尾の先を摑んで陰核から引き離し、彼女の裏の小さな花弁の奥に入り込んだいやらしい虫の本体を引き抜こうと力を込めた時の事だった。

「姫様、どうなされました？」

姫様が私の手首を摑み、「もう無理！」と言いながら身を起こした。

「引っ張ると、中に吸い付いて！」

（なるほど……）

確か膣の子には口がある。それが腸壁に吸い付いて、姫様の中で出たくないと抵抗しているのだろう。

息も絶え絶えになり肩で息をする姫様の様子に、私は途方に暮れる。私は一体どうすれば良いのだろうか？　このまま力任せに引き抜いても良いのだろうか？　力任せに引き抜いて、彼女の腸壁を痛める事はないだろうか？　そんな事を考えている間にも膣の子の尻尾は私の手を滑りぬけ、またしても姫様の陰核を挟んで蠢き出した。

姫様はもう魂の抜けたような目をして空を見つめながら、肩を上下させ荒い呼吸を繰り返している。

「——ぃて……」

「はい？」

「抱いて、メルヒ」

「ひめさま……？」

「もう、がまんできない……っ！」

あろう事か次の瞬間、私は姫様に押し倒された。

姫様の世にも美しい面貌が、私の目の前にある。私の上に馬乗りになられた姫様は私の唇を奪うと、荒々しく唇を抉じ開け、舌を絡ませながら、ズボンの上から私の雄を握った。

「しかし、姫様……」

「このままじゃ、おかしくなっちゃう！　とりあえず先に抱いてください！」

いつかのように姫様は私のズボンのファスナーを下ろし、無理やり私の雄をズボンの中から取り出した。既に硬くなっている私の物を見て、姫様は情欲に濡れた瞳で笑う。

「は、あ……これなら、もう、大丈夫そう？」

私はそのまま自分の腹の上に跨《またが》る姫様を呆然と見上げた。

「うぅ、んんーっ！　入らない、よ、ぉ……」

自分でいうのも何だが体と同様に大きめの私の物は、小柄な姫様の体の中に中々収まらないらしく、姫様は悪戦苦闘する。必死に自分の雄を咥え込もうと腰を動かす姫様の扇情的なご様子を見ていたら、今まで押さえてきた衝動が私の中に忽然《こつぜん》として蘇った。

「ひめさ、ま」

「きゃん！」

衝動的に姫様の腰を摑み、下肢に力を入れる。剝き出しの割れ目に侵入し、メリメリと肉壁を抉じ開け、そのままズルリと中に入った肉杭に姫様は身をよじった。

「んんっ、おっき！　やっぱり、メルヒの、すごい……っ！　すき、これ、だいすきっ！」

「光栄、です……っ！」

そのまま下から突き上げてやると、姫様は涙をボロボロ零しながら私の上でよがった。

「ッあ！　あん、すごい、よぉ……！」

「姫様、愛しています……」

「私も！　だから、メルヒ、もっと、もっとして……っ！」

「仰せのままに」

私はしばらくそのまま彼女を揺さぶっていたが、快楽に酔い痴れながらも自分の役目を思い出す。

（そうだ、こんな事をしている場合ではない……！）

慌てて腰を起こすと彼女の尻たぶを両端から摑んだ。

「きゃあ⁉」

「姫様、少し我慢なさって下さい」

そのまま左右の人差し指を二本挿れて、姫様の蕾を左右に拡げてみると――

にゅるん！

意外な事に、あっさりと膣の子が姫様の中から飛び出して行った。「チー！」と鳴きながら、そのまま茂みの奥へと逃げていく膣の子を私達は呆然と見送る。

「……メルヒの物が大き過ぎたせいで、潰れると思ったんでしょうね……」

「………」

膣の子を抜くという一連の作業が終わったというのに未だに硬度を保ったまま、姫様の中から出たくないと駄々をこねるように脈打つ愚息を見下ろす。

（さて、どうするか……）

恐らく今、姫様も私と同じ事を考えていらっしゃる事だろう。

「メルヒ、チツノコを取ってくれてありがとう」

「いいえ、姫様の従僕として当然の事をしたまでです」

姫様は柔らかく目を細めながら、私の首に両腕を伸ばしてきた。その熱い眼差しに私は神妙な顔で頷く。彼女の言わんとする事は分かっている。

「……へ？」

私はそのまま姫様の腰を持ち上げて、自身の雄を彼女の秘所から引き抜いた。

自身の前を直し姫様の身繕いをしていると、姫様は何故か引き攣った笑みを浮かべながら私を見つめている。

「メル、ヒ……つづき、しないの……？」

「はい」

姫様の恋人が７人になってから姫様の負担を最小限にする為に、一日一回交代制でという決まりが出来た。今日は幸い私の日だが、しかしまだ時刻は夜ではない。姫様に昼間手を出すのは禁じられている。

「そういう決まりです」

「はは……あは、は……そう、ですね」

「先程のアレは、膣の子を取り出す為の必要不可欠の処置です。しかし姫様がルールを破るとおっしゃるのであれば、今夜は姫様との共寝は諦めて、次の恋人に譲ります」

「…………」

それからの道中、姫様は人が変わったように無口になった。

何かお怒りのようなので聞いてみたが本人は怒ってなどいないと言う。

その日の夕食は、カブがたっぷり入ったポトフだった。姫様のお作りになられただけあって当然とても美味だった。

和やかな夕食の時間が終わり、眠りに付く時間となっても姫様の機嫌は直らなかった。当の姫様は怒っていないとおっしゃっているが、やはり彼女は私に対してお怒りになられているご様子だ。

「…………」

主寝室にて。姫様は憮然とした表情のまま、寝台の上でひたすら御髪《おぐし》に櫛《くし》を通されている。

私は沈黙が苦痛な性質《タチ》ではない。この口下手な性格故に、普段はむしろ沈黙で皆を困らせている側の人間だ。しかしこの状態がかれこれ十数分続いており、今夜は珍しく私の方がこの重苦しい沈黙に苦心していた。一本一本、細部まで美しい姫様の御髪には、もう櫛の必要はないように見える。彼女も真剣に髪を梳《と》かしている様子ではない。適当に櫛を入れ、時間を潰しているように見える。つまり、姫様は今私と話したくないのだろう。

今日は待ちに待った姫様と二人きりの夜だった。ずっとこの日を心待ちにしていたが、姫様がこの様子では仕方あるまい。

「姫様。お加減が優れないようですので、今夜はもうおやすみになって下さい」

そのまま部屋の明かりを消そうとすると、大きなベッドの上で不機嫌そうにブラシをかけていた姫様が「えっ⁉」とこちらを振り返る。

「いかがなされましたか？」

「いえ……なんでも」

「そうですか、ではお休みなさいませ」

「……メルヒの、馬鹿」

「はい？」

「…………」

姫様は答えなかった。

それから私達は寝台に寝転がったが、それから数十分経っても姫様は眠れないご様子だった。私に背中を向けたまま横になっている姫様に、声を掛けてみる。

「姫様、眠れないのですか？」

「……メルヒのせいです」

私に小さな背中を向けたまま姫様はぼやく。

「私が何かいたしましたか？」

「……だから、メルヒのせいです！」

「はあ」

「メルヒなんか、きらいです！」

「…………」

（仕方ない）

「分かりました」

起き上がってベッドを下りると、後で姫様が起き上がる気配がした。

「メルヒ？」

「違う部屋で、寝ます」

「なんで……？」

「嫌いな男と同じ部屋で眠るのは、つらいでしょう」

ベッドサイドに置いていたランプに火を灯すと、姫様はポカンとした表情で私を見上げていた。

「……姫様？」

どうしたのだろうと声をかけると姫様は俯いた。

そのまま肩を震わせる姫様のご様子に、「やはり御加減がよろしくないのだろうか？」とランプをおいて彼女の様子を覗おうとしたその時だった。

「違げぇよこの朴念仁！　なんでわかんねぇんだよ⁉」

「はい？」

ボスッ！

顔に直撃した柔らかいものを手で受けとめる。

どうやら私は姫様に枕をぶつけられたらしい。

「鈍いにもほどがある！　普通分かるだろ⁉　分かるよな⁉　なんで分からないの⁉　この馬鹿‼　ばかばかばかばかばかばかばかばかばかっ‼」

姫様は手当たり次第枕をぶつけられ、私は啞然としながら彼女を見下ろした。

（一体どうなされたというのだろう……？）

怒りのあまりかいつもと口調が違う。心なしか、顔付きまで違うように見える。

手元の枕やクッションがなくなると、姫様は寝台の上で「ううっ」と唸りながら恨めしそうに私を睨みつけた。

「昼間、あんな状態でお預けにしておいて、本当に最後までしないつもりかよ⁉　お前のせいで体が火照って眠れないんですけど！」

「ひ、ひめさま……？」

姫様の言葉に、私はふとある事を思い出した。淫獣や淫蟲の粘液による催淫効果とは、男が中で精を放って向こうの精を中和しなければ解放されないものが多い。

「膣の子程度の淫蟲の催淫効果ならば、男の先走りだけでも充分と聞いておりましたが、……やはり中で精を吐き出さなければならなかったのでしょうか？」

私の言葉に姫様はガクッとベッドの上で項垂れる。

（まさか、あれからずっと、姫様は膣の子の淫猥な熱に浮かされていたという事なのだろうか？）

拳をギュッと握り締めて震える姫様を覗き込むと、彼女はキッと顔を上げ、ベッドの上に仁王立ちになられた。

「メルヒ、早く脱がせなさい。――これは太陽王の末裔《まつえい》、スノーホワイト・エカラット・レネット・カルマン・レーヴル・ド＝ロードルトリンゲインの命令よ」

姫様のそのお言葉は、私のような色事に疎い男にとって非常に解り易いもので、――そして私を陥落させるには、十二分なものだった。

心躍る命を受けたものの、私は女性の夜着どころか服全般に詳しくない。姫様が肩に羽織った薄手のカーディガンを脱がせた後、彼女が着込んでいるナイトドレスとやらを、どうやって脱がせれば良いのか分からず、私は悪戦苦闘する事となる。

（ホックがない……？）

この乳バンドは、一体どうやって外すのだろうか？　私の口付けが止まった事に気付いた姫様は瞼《まぶた》を開ける。私の動きが止まった原因にも気がついたようだった。

「ふふ、これはこうやって脱ぐのよ」

上体を起こした彼女は、胸の谷間で結ばれた大きなリボンを解く。

これがまた洒落《しゃれ》た下着で、中央のリボンを解くと乳房があらわになるという代物だった。窮屈そうな下着に戒められていた二つのふくらみが、解放された悦びに大きく弾み、たゆんと揺れる。それを見てごくりと喉を鳴らす私に、姫様はまた「うふふ」と笑みを零された。もう年甲斐がないと笑われても構わない。このまま姫様を押し倒し、その形良く張った乳房を揉みしだきたい衝動にかられるが、その前に私はまずやらなければならない事がある。

リゲルブルクの方々に頂いた夜着を破いてしまっては申し訳が立たないので、自分の着込んでいる夜着を脱ぎ捨てた。

上半身裸になると、姫様は私を見上げながら「はうっ」と熱い溜息を吐く。

「……どうか、なさいましたか？」

「い、いえ、筋肉、凄いなぁって」

こんな熱い眼差しを向けられるのは、ウニコーンの粘液による催淫効果で姫様が発情していた時以来なので戸惑った。

「触っていいですか……？」

「どうぞ」

断る理由もない。にべもなく頷くと、姫様は寝台の上に膝立ちになり、私の上腕二頭筋から上腕三頭筋の辺りをさわさわと撫でた。

私の全ては姫様のものだ。本来ならば断りなどいらない。触りたいのならどこでもご自由に触れて下さいと思うのだが、やはりそこは姫様といった所だろうか。なんとも奥ゆかしい。私の割れた腹筋を撫でながら姫様は感嘆の息を吐く。

「……俺もこんな体だったら、夏はショーナンとかオンジュクに行ってナンパしまくったんだろうなぁ」

「何か言いましたか？」

「いえ、何でも」

「？」

小声でぼやくいた姫様のその言葉を、私は聞き取る事は出来なかった。

「もう、よろしいですか？」

姫様が小さくこくりと頷くのを合図に、私はゆっくりと彼女を寝台の上に押し倒す。

緊張で少し強張った顔へ、何かを覚悟するようにゴクンと息を飲み込んだ喉へ、震える鎖骨へ、汗ばんだ胸元へ、唇をそっと落としていく。私の太い腕で華奢な姫様のお体を押し潰してしまわぬように、出来うる限り優しく。何よりも姫様が大切で、大事にしている事が彼女に伝わるように、綿でそっと包み込むように唇を落としていった。自身のサイズの問題もあるので、前戯は長ければ長いほど良いだろうと、熱心に彼女の体をほぐしていくと姫様の瞳が潤み出す。

「う、……んっ！」

もぞもぞと内股を擦り合わせるような仕草をしはじめた姫様の胸の尖りを口に含んだ瞬間、「やんっ！」と上がった甲高い声に私は顔を上げる。

何かに耐えるようにギュッと目を瞑り、プルプル震える姫様のそのご様子に私は懸念した。

（もしや、お嫌……なのだろうか？）

私のような身分の低い下男に――しかも年の離れた中年男に抱かれるなど、本当は姫様もお嫌なのかもしれない。思い返してみれば、私達が初めて結ばれたあの時だってそうだ。正気に戻った姫様はあの後、私との交わりについてどう思ったのだろうか。あの時の交わりは彼女からすれば不本意であったに違いない。

昼間のあれも姫様の意思ではない、膣の子という淫蟲のせいだ。ウニコーンの件以来、ずるずると関係を持ち続けているが、本当は姫様は私の相手をするのは苦痛なのかもしれない。

あの時、私は自分の気持ちを告げてしまっている。正気に返った後、お優しい姫様はさぞかし苦悩なされた事であろう。一度関係を結んでしまい、他の恋人達との情交が明るみに出てしまった以上、私だけを拒むのも悪いと思ってお情けで関係を続けて下さっていただけなのかもしれない。そんな不安に苛まれながらも私は前戯を続けていた。

左手で乳房を優しくやわやわ揉んでやりながら、もう一方の胸の尖りを口に咥える。自身の不安を掻き消すように、乳首を絞り上げるようにしながら強く吸うと彼女の腰が跳ね上がった。

「ッあ、ふぁ……っ！」

感じて下さっているような気もするのだが、男の私に女心が解るはずもない。

（少し、強すぎたのだろうか…？）

申し訳なくなってきて、お慰めするように胸の飾りを舌で丁寧に舐めてみるが、ふとある考えが脳裏を横切る。それを確認する為に口の中で転がしていた胸の頂きを強く吸ってみると、姫様はまた「やあッん！」と大きな声を上げた。

「すみません……」

恥じらうように顔の上で交差させた腕に力が入るのを見て、やはり痛かったのだと私の体は固まった。息も絶え絶えの姫様のご様子に、このまま続けて良いのだろうかと思い悩む。どうしたものかと彼女を見下ろしていると、姫様は目元を覆っていた腕を外し、小さな声で何やら呟いた。

「……て」

あまりにも小さな声で聞こえなかった。

私の反応に、彼女は自分の言葉が届いていない事に気付いたらしい。耐えられないといった表情で姫様は横を向いて私から視線を反らすと、震える唇を開く。

「やめないで、……つ、つづけ……て」

(え……?)

「きもちいい、から、……だから、もっとしてほしい、の」

一瞬自分の耳を疑った。どうやら姫様は私の愛撫で感じてくださっていたらしい。

(あれは痛かったのではなく、悦かったという事……なのか?)

「もうやだ、何言ってるんだ恥ずかし過ぎる……!」と顔を隠したまま足をバタバタする姫様のその様子に、頬の筋肉が緩んだ。

「姫様、お慕いしております」

私は愛撫を再開する。今度はさっきよりも気持ち、強く乳首に吸い付いてみた。

「ッひぁ! は、ぅ、……ぁ、あんっ! あ、やぁっ!」

先程よりも反応が良い。なるほど、と一人で納得しながら先程よりも胸の尖りを強く吸い、軽く歯を立ててみる。もう片方も指で軽く捏《こ》ねたり、ぎゅっと押し潰してみると姫様の呼吸は乱れて来た。どうやらここは、私が思っていたより強く刺激した方が姫様はよろしいようだ。それに気が付き胸を強く弄り出すと、姫様は自分の手の甲を噛む事でご自身のよがり声を抑え出す。

「駄目です……」

　彼女が噛んでいる手を外し歯型が付いた手の甲に口付けすると、姫様はイヤイヤと首を振りながら快感から逃れようとシーツの上で身を捩るが私の腕はそれを許さない。

「ぁん、んんっ……メル、ヒ」

　一旦胸から唇を離し、そろそろ良いだろうかと姫様の下腹の方に手を伸ばした。既に熱を持ち腫れぼったくなっている割れ目に手を這わせてみれば、下着の上からでも濡れているのがよく分かった。

「とても、濡れています……」

「そんな事、言っちゃ、……やだ、よぉ……」

　下着越しに姫様の弱い部分に触れた瞬間、彼女の体がビクン！　と跳ねてベッドのスプリングが弾む。涙で濡れたその瞳に、私はまたしても戸惑った。

「お嫌、ですか？」

　またしてもぷるぷると首を横に振られるが、姫様は今何故こんなにも涙ぐんでいるのだろうか？　やはり私のような中年男に抱かれるなど、嫌なのかもしれない。

（もうやめようか……）

　姫様も私のような親と変わりのない年の男ではなく、他の恋人達のようにお年が近い方がきっと良いだろう。罪悪感を覚えた私が彼女の上から身を起こそうとした時の事だ。

「違う」

「……は？」

「ちがうの。あ、あの、ね？　……きもち、いい、から。だから、早く……」

　顔を両手で覆ってそう言う姫様に首を傾げる。

「……？　気持ちいいから、早く？」

「私を、お、お……ぉ」

「お？」

「……犯して、くださ、ぃ……」

　その言葉にぷつんと自分の理性が切れる音がした。衝動に身を任せ、獣のように荒々しく下着を剥ぎ取って一気に彼女を貫きたい所だが、やはりここは年の功とでもいう所だろうか。私は必死で自分を押さえる。しかしあと十歳若かったら難しかったかもしれない。

　前戯はちゃんとしておいた方が良いだろうと下着の上にぷくんと浮き出た尖りを強めに擦ってやると、姫様は甘えるような、私の腰にズンと来る声で啼《な》きはじめた。

「ひあっ⁉　やあ、ぁ……んん！　だっ、だめ、まって……っ⁉」

「嫌なら……やめます」

　そう言いながらも、指の動きを止める事はしなかった。姫様が悦んで下さっているという事が分かってしまった以上、止める理由はない。女体とは奥が深いもので、下着の上から愛撫した時の反応はその布地によって違うのだ。

　本日姫様がお召しになられている絹の下着は、直に触れるよりも下着の上から触った方が反応が良い代物であった。

「やん！　やぁ、だっ！　あ、あぁ、……ぁっ…あああっ！」

上品な光沢の絹の下着の上から、姫様の敏感な箇所を覆い隠す不躾《ぶしつけ》な苞《ほう》を剝いて優しく掻き毟ってさしあげると、彼女は私の背にしがみ付いたまま絶頂を迎える。

「下着をこんなに濡らして、……いけない方だ」

「――や、な、なに言……て」

荒い呼吸を繰り返す姫様の腰を上げて下着を剝ぎ取ると、彼女の秘めやかな花はもうどろどろに蕩けており、ぬめりを持った花弁は花蜜で光っていた。

「ここを擦られると、そんなに悦いのですか……？」

「あ！　あ、あぁ……ッぁん！」

どうやら一度達した事もあり敏感になっているらしく、直に指でそこに触れてみると、彼女の汗ばんだ腰が物欲しげに揺れる。あまりにも反応が良いので、しばらくそこを弄り続けると姫様は「もう無理」「やめてください」と泣き出してしまった。しかし涙で頬を濡らしながらどんなにイヤイヤと首を横に振っていたとしても、もう彼女が嫌がっていない事も、私の愛撫で感じて下さっている事も、私のような鈍い男でも流石に分かる。

「まるで、子供が粗相をしたように濡れている」

「ひっく、……いじわる、いわないで……っ」

素直な感想だったのだが、私のその言葉は姫様の羞恥心を煽《あお》ってしまったらしい。

姫様は恥じらいのあまり、大粒の涙をぽろぽろと零す。そんな彼女がとても愛おしく思えて、もっと悦ばせてさしあげたいという欲求が芽生えた。

「ひめさま」

充血して膨らんでいる小粒を親指で上下に擦りながら、花露で濡れて息衝いている紅い花の奥へと指を埋めていく。

甘さをふんだんに含んだ声で名前を呼ばれ、また口元が緩む。私の背に必死にしがみ付きながら、私の与える快楽を素直に受け取って下さる姫様が愛おしくて笑みが零れた。胸に温かいものが広がっていく。この世界にこんなにも幸福な事があったなんて。――この年齢になるまで私は知らなかった。

「メルヒがほしいの、はやくちょうだい……！」

涙混じりにねだられて、少し意地悪をしてみたい気分になる。

「ひめさま」

愛涎《あいぜん》でどろどろに濡れそぼった入口に、おのが肉の先端を擦りつけてみる。自身の先端を花溝に添え、入口から花芯へ反らして滑らせてみると、くちゅりといやらしい音が鳴った。

「やぁっん！　も、むり……いれ、て……」

背を弓なりにしならせた姫様の胸が震える。ぽろぽろと涙を流しながら懇願されたが、私は分からないといった顔をして、揺れる胸のふくらみをギュッと鷲《わし》掴みにした。

「ッひぁ！　あ、」

嗜虐《しぎゃく》と凌辱《りょうじょく》を今か今かと待ち焦がれるようにツンと上を向いた二つの乳首が私の指と指の間から覗く。快感の突出部をキュッと指で摘み、もう片方は口に含んで舌で転がして聞こえないふりを続ける。

「っ、もう、無理……っ、はやく、ちょうだい……」

姫様は震える手でシーツを摑むと、涙に濡れた瞳を固く閉ざして叫ぶ。

「おねが、つら、ぃ……っ！」

「なにを、ですか？」

「──うううっ！　もう、メルヒまで！　あいつらの悪い影響を受けて……！」

姫様は涙目で私を撥ね付けながら憤るが、そんな様子も男を誘っているようにしか見えなかった。私はまた「一体何をおっしゃっているのか分からない」といった顔をして、硬くなったものの先端で柔らかな肉の狭間を撫で付けていると──姫様は折れた。

「メルヒが、ほしい」

「私の、何をご所望なのですか？」

私の言葉に姫様のお顔に、カアアアッ！　と朱が広がっていく。

「メルヒの、メルヒの……」

「はい」

「メルヒのっ、…………お、お、お、お、」

「お、お、おち……ん、――……うっ、うううううっ！」

そのまま目元を手の平でお隠しになられた姫様に、思わず吹き出してしまった。

「……メルヒ、これはさっきの仕返しなの？」

彼女は指の隙間から私を睨む。

(虐め過ぎてしまったな)

このまま姫様を怒らせてしまったら、一週間待ちに待った夜が台無しになってしまうかもしれない。

「すみません、姫様があんまりにも可愛らしかったので……ついつい、意地悪をしてみたくなってしまいました」

「……ばか」

「すみません」

「……うるさい、早く挿れなさい」

「はい、お望みのままに」

私は姫様の太股を持ち上げ自分の肩に抱えると、蜜をいっぱいに溜めて身をよじっている彼女の中心部に自身の肉を添えた。くち……と鳴った恥ずかしい水音が、涙で濡れた姫様の瞳を染め上げて愛欲の色がより深くなっていく。

「ん……っ」

「お？」

じゅち……ぬち。

「朝まで精魂尽きるまでお仕えいたしますので、どうぞお許し下さい」

「ひあっ！」

何度も私の雄を受け入れて下さったにも拘らず、姫様のその部分は私の侵入を拒んでいるかのように硬く閉ざされていた。

「姫様…力を、抜いてください……」

「ん……、んん……ッ！」

今にも消え入りそうなか細い声で頷く姫様の頬に、手をそっと添える。

姫様の長い睫が震えていた。自分の頬に触れる私の手に、目を伏せたまま手を重ねてきた姫様のその仕草に愛おしさが込み上げてくる。

「ひめさ、ま……」

頬を撫でる私の手に安堵したのか、ゆっくりと彼女の身体から力が抜けていく。

彼女の体の力が抜けると、私をきつく拒んでいた箇所も私の雄を受け入れてくれる体勢に入ったようだった。それでも私はしばらく姫様の中に全てを押し込む事はせず、彼女の額や瞼、頬に口付けを落とした。

「……つらくはないですか？」と聞いてみると、姫様は私の背中に回して私の胸に顔を埋めながらコクリと頷いてくださった。

「いきます、よ」

そのまま腰を押し進め、先端部位をねじ込んだ瞬間、圧迫感に呼吸が止まる。腰の辺りが酷くむず痒《がゆ》くもどかしいが、このまま性急に事を進めるわけにはいかない。ゆっくりじっくりと腰を押し進め、浅い場所で何度か抽挿を繰り返して中に自身の熱を馴染ませた後、一気に奥まで貫くと姫様は泣きながら達した。

「ッ……！」

苦悶《くもん》の表情を浮かべながらも、私の全てを受け入れてくれた姫様が愛おしくて、思わず力を込めて掻き抱いてしまう。彼女は息を整えながら、また達しそうになるのを耐えているようだ。私の方も骨の髄からしびれがくるようなその陶酔感に気が遠くなる。そっと開かれた姫様の瞳は夢見るようにとろんと蕩けている。

「キス……して……？」

あまりにも可愛らしいおねだりに笑みを零しながら唇を重ね、上も下も繋がったままゆっくりと腰を動かしだす。

「んん、んぅ……あっ、あ、あぁ！　…………んんッッ!!」

グチュグチュと私達が繋がっている部分から漏れる粘着質な水音にも、姫様は感じておられるようだった。

不思議とキスの合間から漏れる姫様の吐息や唾液まで甘く感じる。

「メル、もっと、早く、……っ！　ねえ、おねがっ……い……」

姫様は私にもっと早く腰を動かして欲しいようだったが、そんな事をしてしまってはすぐに持っていかれてしまう。

私はそんなに若くないので一晩で出来る回数にも限りがあるのだ。頑張っても三、四回が限度だ。回数で他の若い恋人達に敵わないのならば、すぐにイってしまう訳にはいかない。激しく突き上げ、姫様が達しそうになった所で腰の動きを緩め、深く口付ける。腰をゆるゆる動かしながら夢中で舌を絡め取ると、姫様も私の口付けに応えるように自らの舌を絡ませてくる。ちゅうちゅうと己の舌を吸われれば、愛おしさが猛烈に込み上げてきて、髪を撫でながらその華奢な体を力の限り抱き締める。

姫様は最初、悲鳴のような嬌声を上げながら「イキたい」「イかせて」と申されていたが、その度に唇を塞いで言葉を封じ、激しく奥を穿っていた腰の動きを緩めた。一時間近くそんな事を繰り返していたら、姫様は何も申されなくなった。もうまともな思考も働かず、満足に言葉を発する事も出来ないご様子であった。姫様は赤子のように泣きじゃくりながら私の背中にしがみ付き、揺さぶられながらただ快楽に耐え忍んでいる。私の背に回された彼女の腕が震えていた。背中に立てられた姫様の爪が肌に食い込む痛みさえ甘美に感じた。

「も、やだよぉ……！」

しかし姫様の上の口がどんなに嫌だと申されても、ぐずぐずに蕩けきった彼女の下の口の方はとても正直だ。ふんだんに蜜を溢れさせ、子種をねだるように収縮して私を翻弄する。宥めるように姫様の額に口付けを落とし、ゆるやかに腰を動かすと彼女はまたイヤイヤと頭を振った。

「めるひ、もっと！」

「お嬢、だったのでしょう？」

「ちが……！　もっと！　もっとしてほしいの、おねがい、おねが、い……っ！」

「なにを、ご所望ですか？」

ここまで蕩けさせてしまえば、あとはもうこっちのものだった。

それから私はしばし姫様の清らかな唇から猥褻《わいせつ》な俗語を語らせるという、悪趣味極まりない行為を堪能した。他の恋人達がしているのを見て、自分も一度に彼女に言わせてみたくなったのだが、これはいい。

(私も意外に嫉妬深いのかもしれんな)

私は内心苦笑する。他の恋人達のように人前で姫様と過激なスキンシップを取る事が出来ない私は、実は日中ヤキモキする事が多いのだ。最年長者という事もあってそれを言葉にするのも憚《はばか》られる。しかしこれであと一週間は持ちそうだ。これで昼間、姫様が他の恋人達と仲睦まじくお過ごしになられているご様子を目にしても、次の夜まで耐えうる事が出来るだろう。

「姫様、愛して、います」

「わたしも、私もっ！　だか、らっ！　もう、イかせて……！」

何度も熱い口付けを交わして求め合い、愛を囁いて、囁かれて。

（ああ、幸せだ）

こうして肌を重ね合わせたまま一つになって、互いの温もりを感じ、愛する人の鼓動を聞きながら眠りに付く。これに勝る幸福がこの世にあるだろうか？　否、ある訳がない。こうして二人きり、朝が来るまで抱き合っていられるなんて、私はなんて幸せな男なのだろう。しかしそろそろ私も限界が近い。「ひめさま、そろそろ」とお声をかければ、彼女も私の言いたい事を理解したらしい。親鳥に餌を求める雛《ひな》鳥のように口付けを求められ、求められるまま深い口付けを与える。

「っめる！　ひ！　すき、すきっ！　……うっく、あ、あぁあああ――ッッ！」

「ッく、」

私は信じられない程の多幸感と充足感を感じながら彼女の中で果てた。

射精の気だるさを感じながら呼吸を整え、彼女の上から体を起こす。本音を言ってしまえばあと一度くらいは愛し合いたい所だったが、あまり無理をさせるのも良くないだろう。涙に濡れた目元に口付けを落とし、私はそのまま姫様を抱き締めて眠りに付いた。

（あなたを、愛してる）

恋人３　Sneezy

今朝は、僕が料理当番の日だった。重い瞼を擦りながら玄関を出て、裏手にある家庭菜園に行くと、土は掘り返され、昨日まであんなに沢山実っていた真っ赤なトマトは根こそぎなくなっていた。トマトだけじゃない。キュウリやズッキーニもだ。カボチャやナス、トウモロコシなどはかろうじて残っているが、試し喰いしたのかそれにも大きな獣の歯型が付いている。畑に残る巨大な狼の足跡に、自分の頭に急速に血が上っていくのを感じた。

――またやられた。

肩を怒らせながら帰宅すると、裏の方から薪を割る軽やかな音が聞こえてくる。どうやらメルヒさんも起床したらしく、外で薪割りをしてくれているようだった。いつもならちらりと顔を出して、軽く挨拶を交わした後、労いの言葉をかけるのだが今朝はそれどころではない。

ガチャ！

家に入るとスープの良い匂いがした。きっとあの子が起きて、スープに火をかけてくれているのだろう。

「スノーホワイト！　ちょっと服貸して！」

キッチンのドアを開け放ちながらそう言った僕の言葉に、スープの味見をしていた少女はその大きな目を瞬かせる。きょとんとした表情を浮かべながら、小皿を鍋の隣に置く少女の名前はスノーホワイト・エカラット・レネット・カルマン・レーヴル・ド＝ロードルトリンゲイン。こんな所でワケアリの僕達と一緒に暮らしている、こちらもワケアリのリンゲイン独立共和国のお姫様だ。

キッチンの窓から射し込んだ朝陽を浴びる彼女の姿は今日も変わらず美しい。彼女自身が持て余しているように見受けられるその美貌は、今日も朝から僕を悩ましい気分にさせる。ほっそりとした腰をしばるエプロンの紐《ひも》を解いて、思わず悪戯してしまいたい衝動に駆られるが、残念ながら今日は僕の日じゃない。ペナルティーは避けたい。

「私の服？　それって……」

小首を傾げながらマジマジと見つめられて、顔が熱くなる。

そんなに可愛い顔でジッと見ないで欲しい。僕を見つめる子供のように澄んだ瞳は、まるで人間界に迷い込んでしまった妖精のように無垢で清らかだ。彼女の瞳にはくたびれた感じの色や濁りがない。人の世で生きていれば次第に顔に出てきてしまう俗世の垢や憂世の憂いのようなものがないので、そんな風に見えてしまうのかもしれない。汚れ知らずの瞳に白い肌、品の良い顔立ち。洗練されたその物腰と華奢な体付きが、彼女の雅馴《がじゅん》を輝かせる。まさに深窓の姫君という言葉がしっくりくるお姫様だ。

（もう、なんでこんなに可愛いの……！）

美人は三日で飽きるというが、彼女と出会いそれは嘘だと僕は知った。

僕が彼女に出会ってから三日なんてとうの昔に過ぎているが、この胸のときめきも彼女への想いも日に日に膨らんでいくばかりだ。――悔しいけど、メロメロだ。

僕は彼女の目線に耐え切れず、視線を反らすように床を見ながら言い捨てる。

「また畑がやられてる。あいつの仕業だと思う」

「また？」

「こないだは色々あって退治どころじゃなかったけど、今度こそ退治してくる。だから……その、また女装する必要があって。——だから、君の服を貸してくれないかな？」

「き……」

「き？」

「きゃあああああああああああああああああああああああっ！」

かくて僕は、黄色い声を上げたスノーホワイトに彼女の自室に引っ張りこまれた。

「メイド服にしますか？　それともこっちの白いワンピースなんてどうです？」

はしゃいだ様子でクローゼットから取り出した服を選ぶ彼女は、やっぱり可愛い。

でも、なんでこんなに嬉しそうなのか理解に苦しむし、なんでこうも都合良く普通の服が洗濯中で、破廉恥極まりない衣装しかないのか分からない。

「修道服も良いですね！　私とエルのサイズって大体同じですし、きっとこれも大丈夫かな？」

「……じゃ、これで」

僕が選んだのは修道服だった。他の衣装は、少し動くと下着が見えそうな位スカート丈が短い。修道服は踝《くるぶし》までスカートの長さがあるので、まだマシだと思った。

「では早速お着替えなさいましょうか、手伝いますね」

「いいよ、一人で着替えられるし」

「遠慮しないで、女性の服って殿方からするととても複雑な構造なのでしょう？」

「こんなのただ頭と腕を通すだけでしょ。森に着いたら一人でこっそり着替えるから大丈夫」

「にゃんて何。僕猫じゃないよ？」

「えええええええ！　じゃあ見れないの⁉　修道女妹姫《シスタープリンセス》エルにゃんは見れないの⁉」

この子、たまになんだけど、ちょっとおかしな時があるんだよね……や、別にそれが嫌だとか迷惑だとかそういう訳じゃないし、全く問題ないし、可愛いし大好きだし愛してるんだけどさ……。

（そうだ、確か今夜は兄さんの日だったな）

ふとある事を思い出して、僕はちょっとした嫌がらせをイルミナートに仕掛ける事にした。

「ねぇ、スノーホワイト。うちの家庭菜園の横にある大きなもみの木は分かるよね？」

「え？　ええ」

「僕はあの木の下に隠れてるから。良かったら今夜、部屋を抜け出して遊びにおいで」

「へ？」

きょんとする彼女に、打算的な笑みが口元に浮かぶ。

「来てくれたら、――二人でたくさん楽しい事しよっか」

「た、楽しい事……⁉」

「もちろん、この服を着たまま」

「き、着たまま……⁉」

瞬時に朱色に染まる頰を見て内心ほくそ笑む。——彼女は僕の女装に弱い。……何故かはあまり考えたくないが。

「そう。来てくれたら、いっぱいエッチな事してあげる」


ホウホウホウ、バサババサバサッ。

頭上のもみの木の枝に留まっていたフクロウが、バサバサと夜空に飛び立って行くのを見上げながら僕は溜息を一つ吐いた。

「………………」

約束の時間になっても、彼女は来なかった。

(だよなぁ)

あの鬼畜が朝まで彼女を離すとは思えない。今頃、彼女はあの男の腕の中で蕩けている最中だろう。

溜息混じりに、修道服着のスカートの裾を捲り上げてみる。

(我ながら酷い格好)

今、僕のスカートの中はとても酷い事になっている。贅沢な刺繡《ししゅう》とアンティークレースの組み合わせが印象的な純白のストッキングは、ガーターベルトで腰に吊られており、ストッキングの上のミルキーピンクのショーツが、この女性用下着には不適切な盛り上がりを包み隠している。そのショーツは繊細なフラワーモチーフがいたる所に刺繍されており、妙にフェミニンなデザインなのだが、その生地はシフォンのシースルーというとてつもなく破廉恥な素材で作られている。

スカートに出来た不自然な盛り上がりを見て、僕はまた切ない気分になった。

スノーホワイトに「男物の下着なんて危険です！　戦闘の最中にスカートが捲れてしまったら、女の子じゃないとバレてしまって銀狼の怒りを買ってしまうわ！」と力説され、勢いに飲まれて頷いてしまった結果がこれだ。

（なんでいつも、こうなんだろう）

今頃、あいつは快適な部屋の中であの子と裸で抱き合っている。それなのに僕ときたら――籔蚊と戦いながら、あいつに抱かれている彼女を想像して、妙な気分になっている。

何だかとてつもなく惨めな気分になった。

「寝よ寝よ」

スカートを直すと、僕は小屋から持って着たタオルケットを掛けて目を閉じる。

早く眠りに付いてしまいたいのに、何故か今夜は妙に目が冴《さ》えていた。こう眠れないと、嫌な記憶ばかりが頭の中をぐるぐると駆け巡る。

＊＊＊＊

僕の名前はエルヴァミトーレ・シルヴェストル。西の三大大国の内の一つ、リゲルブルクの〝元〟文官で、この国の有力者であるヴィスカルディ伯爵の婚外子だ。

〝元〟文官の部分はともかく、婚外子の部分は良くある話で。伯爵家で下働きをしていた僕の母親は、伯爵のお手付きとなり、伯爵夫人の怒りを買い、伯爵家を無一文で追い出されたという、本当に良くある話。その後、頼れる人もお金もなかった母さんは、流れ着いた貧民窟に限りなく近い街で僕を産んだ。元々母さんは、伯爵家でお針子として働いていたらしい。その技術を生かし、家で内職の仕事をした。僕も母さんを手伝ったが、それでも生活は貧しかった。毎日食事を摂る事も出来ない生活だった。僕にパンを食べさせて、母さんは一週間何も食べない事なんてざらにあった。僕が小さな頃から母さんはよく風邪を引いていたが、今思えばあれは栄養失調から来る体力の低下が原因だったのだろうと思う。もっとちゃんと栄養を摂る事さえ出来ていれば、母さんが流行病を拗《こじ》らせて死ぬ事はなかったはずだ。

勉強道具を買い揃えるのも難しいそんな貧しい暮らしの中で、僕は勉強をして推薦を取り、奨学金を獲て上級学校に入った。母さんは「やっぱりエルはお父さんに似て賢いのねぇ」ととても喜んでくれたが、そういって褒められる度、僕はとても複雑な気分になった。妻子持ちのくせに幼い母に手を出して、身篭らせた後はゴミのように捨てた男に似ているといわれて嬉しい訳がない。

それでも学ぶ事は純粋に楽しかった。この世界はとても広く、この星の歴史はとても長く、世の中には僕の知らない事が沢山あった。自分の知らない事や、自分以外の人間もまだ誰も知らない事。この星が誕生してから今までの間、長い歴史の上で未だ解明されていない謎を解き、未知の世界に自らの足を踏み入れて、解明していくという作業はとても心躍る物だった。

中でも僕が一番心惹かれた分野は考古学だ。有史以前以後の人類、動植物、魔法生物、魔物などが残した痕跡を発掘し、太古の時代を生きた彼等の生態、文化、価値観、時には歴史的事実を解明し、先人達が残した文献史料の白紙のページを補完していく。自分の発見により史実の記述が増えていく。自分の手により、何百年と正史とされてきた史実の一文がひっくり返るあの瞬間の興奮は恐らく何物にも代えがたい。しかしあの学問は所詮金持ちの娯楽だ。上級学校を卒業すると同時に、僕は学内の考古学研究会も卒業し、その世界の末端席から姿を消した。自分の好きな学問を続けられない事や、自分の好きな事を仕事に出来ない事は残念だったけど、僕には自分の全人生を投げ打って、ここまで育ててくれた母さんがいる。僕は母さんにもっと良い生活をさせてあげたかった。せめて一日三食は食べさせてあげたい。初の給料が入ったらもっと良い服を買ってあげるんだ。母さんが着ている一張羅は、僕の記憶が正しければ彼女が六年以上着続けている物だ。ペラペラの布団も買い換えてあげたいし、板で塞いでいる窓にだって洒落たカーテンを吊るしてやりたい。ああ、それよりあんな隙間風の酷い家からはもう引っ越した方がいい。もっと市場に近い市街地に住んだ方が母さんも買い出しに行くのが楽になるだろう。それにそうした方が寮に住んでいる僕とも会いやすい。

そして僕は一生喰いっぱぐれのない、給料も退職金も年金もバッチリの安定職に就いた。未来は明るいはずだった。

しかし、それから次々と不幸が僕に襲いかかる。母さんが死んだ。国家試験の合格発表の日だった。官僚になった僕の制服姿を見せてやる事も出来なかった。初任給が入る前だったので、母さんに何かを買ってあげる事も出来なかった。

（何もしてあげられなかった……）

このうえない失望の中、無気力でスタートした城勤めだったが、僕は一年も経たないうちに首になってしまう。もう、何が何だか分からなかった。僕はあれよあれよという間に、王妃の殺人容疑で国外追放された王子と、性格の悪い腹違いの兄と、能天気な騎士と僻地《へきち》で細々と暮らす事になってしまった。

この一緒に追放された腹違いの兄というのが底意地の悪い男で、事ある毎に僕を「妾《めかけ》腹《ばら》」と言って馬鹿にする。何故あんな男と一つ屋根の下で暮らしているのか、そして何故あんな男に食事を作ってご機嫌取りまでしているのか、自分でも分からない。

僕からすれば、父も兄――イルミナートも、出来る事ならば一生関わり合いたくなかった相手だ。どこか僕の知らない所で、勝手に不幸になって勝手に死んで欲しいと願っていた人達でしかない。

彼等と初めて会ったのは、母さんの死んだ日だ。僕は母さんを見送ったその足で、ヴィスカルディ伯爵の屋敷に赴いた。

王城の真横にある高級住宅街の中で、一際広い敷地を誇るヴィスカルディ伯爵の大豪邸は、当時僕が住んでいた上級学校の寮から近い場所にあった。

城壁のように分厚い鋼鉄の門の上には、大きな盾の紋章が飾られてある。

死に際に母さんが「城勤めが始まって何か困った事があったら、これを持ってお父さんの所に会いに行きなさい」と言って僕に渡したサファイアの指輪をポケットの中から取り出した。大粒の蒼《あお》い宝玉の下に描かれた紋章は、外壁の伯爵家の紋章と同じものだ。

母さんの形見の指輪を握る手が奮えた――僕が伯爵に「僕はあなたの息子です」と身元を証明出来るのは、この古ぼけた指輪しかない。

(母さんの葬式に来てくれるだろうか？　いや、そもそも僕なんかが伯爵に面会出来るのかな……)

僕は母さんの事も母さんの話も信じているけど、世の中の大部分の人間はそうではない。いきなり現れた怪しい男が「自分は伯爵家の血を引いている」なんて言って、信じる人間の方がおかしい。恐らく大いに疑われるだろう。何か嫌な事を言われるかもしれない。最悪、指輪だけ奪われて追い返される可能性もある。

（なんだか緊張してきたな……）

門を見上げ、深呼吸を繰り返している僕はどうやらただの不審者だったようだ。訝しげな顔をした門番達が、すぐにこちらへ駆け付けて来た。

『なんだ、お前は。この屋敷に何か用か？』

『十八年前、こちらでお針子をさせて頂いていたクロエ・シルヴェストルの息子です。……父に、ヴィスカルディ伯爵に会いに来ました』

指輪を見せると、僕を胡散《うさん》臭い目で見ていた門番達の顔色が変わる。

伯爵家の紋章入りの指輪のお陰か、僕は無碍に追い返される事はなかった。

とても感じの悪い白髭《ひげ》の執事に不躾な質問をいくつかされた後、僕は屋敷の中へと案内された。

屋敷に入るとまずは天井が高くて広い、玄関ホールが僕を出迎えてくれた。美術館のように沢山の絵画や銅像、壺が飾られてあるホールの天井には、目が眩みそうな輝きを放つ大きなシャンデリアが設えられており、その下には頭を下げた沢山のメイドが綺麗に二列に整列している。

調度品のように美しいメイド達の間に敷かれた、靴で踏むのも躊躇う、見るからにお高そうな絨毯《じゅうたん》の上を、例の感じの悪い老執事と歩く。

「うわぁ！」

初めて訪れた貴族の屋敷の、その燦爛《さんらん》たる様子に僕は圧倒されていた。

開いた口が塞がらず間の抜けた顔をしている僕に、その老執事は淡々とした口調で「この屋敷にはメイドだけで三百人いて、屋敷の全使用人の数を含めたら五百はくだらない」と話す。その後長々と続く歴史ある伯爵家の説明には、さらりと自分の仕える主自慢と屋敷自慢が入り「ここはお前のような人間の来るべき場所ではない」という、僕に対する揶《や》揄《ゆ》と毒がありありと込められていた。

『旦那様をお呼びします、しばしお待ち下さい』

ワインレッドのビロードのソファーに腰を下ろすと、体がソファーの中に沈み込む。こんな豪邸で毎日寝起きして暮らしている人間がこの世に存在するなんて。僕もここで生まれ育った可能性があるのだと思うと、なんだかとても不思議な気分になった。

フカフカのソファーを堪能していると、これまた感じの悪いメイド達が僕に紅茶を淹れてくれた。まるで借金を踏み倒した人間を見るような目で僕を見ている、彼女達の冷たい視線にいたたまれない気分になる。「お気遣いなく」と会釈を混じえて言ってみるが、彼女達が客間から立ち去る気配はなかった。どうやら彼女達は僕の見張りも兼ねているらしい。屋敷の金目の物を盗むのではないかと疑われているのだと気付き、とても惨めな気分になった。どうやら僕のこのみすぼらしい格好がいけなかったらしい。

（もっと、ちゃんとした格好をしてくれば良かったな……）

ほつれた袖や、擦りきれて膝に穴が開いたズボンに気付き、今更ながら恥ずかしさが込み上げてくる。何となく穴から覗く膝小僧の上に手を置いて隠してみるが、もう遅いだろう。

（失敗した）

母さんが亡くなり気が動転していたとはいえ、せめて上級学校の制服を着てくれば良かった。上級学校の制服なら僕の持っている服の中で一番良いし、この国の未来を担う学生の証明でもある。あれを着ていればここまで酷い扱いを受ける事はなかったかもしれない。

バタン。

その時、部屋に入って来た黒髪の男にメイド達の顔付きが変わった。

メイド達のその色めき立った表情に、妙に白けた気分になってしまう。確かに女受けの良さそうな顔をした美丈夫だが、ここまであからさまに態度が違うと何だか女性不信になってしまいそうだ。

父が現れる前に部屋にやってきたその男が、腹違いの兄のイルミナートだった。

『乞食、金を恵んで貰いに来たのか』

僕を見るなり口を開いた兄の第一声がそれだった。

あんまりな言葉に、思わず言葉を失ってしまった。ある程度は覚悟をしてはいたが、初対面でまさかここまで酷い事を言われるなんて。

しかしヴィスカルディ伯爵の正妻とその息子からすれば、僕と母は所詮夫の浮気相手とその子供でしかない。自分が伯爵家の人達に歓迎されないだろうと覚悟していたつもりだったが、ショックは隠せない。

でも、僕はこの家の財産も何も望んでいない。僕はただ、あの人に母さんの葬儀に顔を出して欲しいだけなんだ。――僕の願いは本当にそれだけだった。

母さんは最後、僕に手を伸ばしながら「やっと会えた」と言って微笑んだのだ。

『母さん？』

骨と血管の浮いた痛々しい手をギュッと握り返す。

もう力の入らない冷たい手で、僕の手を握り締めながら彼女が呟いた言葉は、目の前にいる息子《ぼく》の名前ではなかった。恐らくあの時、母はもう目が見えていなかった。

『ユーリ……』

僕の手を震える手で握り締めながらそう呟くと、幸せそうに微笑みながら彼女は逝《い》った。

僕はすぐに「ユーリ」が誰なのか分かった。ユーリウス・エルベリオ・マルロ・バルト・バリエ・フォン・ヴィスカルディ――父の名前だ。

その時になって、僕は自分が大きな間違いを犯していた事に気付いた。僕がしなければならなかったのは試験勉強ではなかった。僕がしなければならなかったのは、父や顔も知らない兄を超える事でもなかった。勉強なんていつだって出来た。あの時、僕には僕にしか出来ない事が確かにあったのに。僕は母さんが父さんに会いたがっている事に気付くべきだったんだ。彼を恨んでいたのは僕だけで、母さんはそうじゃなかった。……いや、本当は気付いていた。僕が自分達を捨てた父を罵ると、いつだって彼女は悲しそうな顔をしていたから。

（でも、そんなの許せなかった……）

そりゃ貴族社会じゃ主が使用人に手を出して孕ませる事なんて、別に珍しくないのかもしれない。それでも身重の母から住む場所も仕事も奪って、ゴミみたいに捨てるなんてあんまりじゃないか。せめてその後の生活をほんの少しでも保障してくれたら、母さんも僕もこんなに苦労する事はなかったのに。そうすれば母さんだって、もっと長生き出来たかもしれない。

今の母の姿を見て一体誰が信じるだろう。彼女が過去、美人しか相手にしないという噂のヴィスカルディ伯爵から、熱烈な求愛を受けた女性だなんて。かつての美貌はもはや今の彼女の相貌から垣間見る事は出来なかった。骨の上にそのまま張り付けたような皮膚はカサカサで、髪は薄く、所々頭皮が覗いている。そんな老婆のような母の亡骸に、彼女の年齢を思い出してまた涙が溢れた。

あんな酷い男を母がまだ愛しているなんて、そんな事絶対に許せなかった。沢山苦労をしてきた彼女の息子の僕だから、その苦労を間近で見て来た僕だからこそ認める訳にはいかなかった。

今思えば、だからこそ僕は躍起になって上級学校に入ろうとしていたんだと思う。

そうすればいつかこの国の中枢で、名前しか知らない父と兄に顔を合わせる事があるだろうから。

父が国王陛下どころか、諸外国の王侯貴族にまで恐れを抱かせる程冷酷で有能な宰相だったという事。腹違いの兄もまた優秀な男で、父の後釜に座り、リゲルブルク歴代最年少の宰相に就任したという事。その話を耳にした時、恐らく僕の決意は固まった。この国は身分が低くても、国籍がなくても、有能でさえあれば這い上がるチャンスが転がっている。

天《うえ》から垂らされた糸はとても細く、数にも限りがある。——それでも僕は、その細くて頼りのない糸をこの手で摑んだ。

（宰相イルミナート……）

この糸を必死に登って這い上がった先——頂点《てっぺん》にあいつ等がいる。

——絶対に負けない。いつか必ずあんた達を超えてみせる。兄が宰相なら、僕は大臣辺りになってやる。それで彼の仕事を引っ掻き回してやるのもいい。そうして何か嫌味の一つでも言ってやるんだ。それが僕を女手一つで育ててくれた母さんに対して、唯一の報いになると思っていた。正妻の息子よりも母さんの息子である僕の方が優秀だと、僕の人生を懸けて証明する。それが一番の復讐《ふくしゅう》になると思っていた。それが僕の僕なりの復讐で、生きる目標でもあった。

（でも、そうじゃなかったなんて……）

自分の人生の基盤がガラガラと音を立てて崩れていく。

僕は最後、母さんにユーリウスを会わせてやれなかった事を後悔した。僕はその子供じみた感情を捨てて、大人になるべきだった。そして彼を引っ張ってでも母の病床に連れて来るべきだったんだ。

（でも、僕にはそれが出来なかった）

出来なかったから、今、僕はここに居る。せめて彼に母さんの葬式にだけでも来て貰いたい。せめて最後に母さんに会って欲しい。本当にただそれだけだった。そうじゃなければ、僕も頼まれたってこんな所に一生顔を出す事なんてなかった。

自分の感情で許せる許せないかといったら、正直、許せそうにはないが……それでもヴィスカルディ伯爵は母さんの愛した人だ。伯爵はただの遊びだったのかもしれないが、母さんは彼を死ぬまで愛していた。

彼が最後に母さんに別れの挨拶をしてくれたら、恨み言も言わないつもりだった。今後どこかで顔を合わせる事があっても、今まで考えていたような復讐も嫌がらせもしないつもりだった。ただの赤の他人に戻るつもりだった。――それなのに。

（乞食だって……？）

恐らくこの人が僕の腹違いの兄だろう。この大陸で彼のような黒髪の人間は、高貴な生まれの者がほとんどだ。

そして――あまり認めたくないが、目の前の男はどこか自分に似ている。冷たいレンズの向こう、理知的な瞳の奥にあるその陰鬱な影が自分のものと良く似ていた。底冷えするような、暗い飢餓感。僕が想像も出来ないくらい豊かな生活を送ってきただろうこの男が、一体何をそんなに渇望しているのか僕には分からない。

でも、一目会った瞬間分かった。僕にはこの人と同じ血が半分流れている。この人は僕と良く似てる。

『確かにこれは巷に溢れた偽物ではない、伯爵家の指輪だ。うちの紋章だけでなく、父が伯爵家の当主になった年月日が入っている。偽物にはない、この家の者にしか解らない暗号もな。で、どこで手に入れた？　盗んだのか？』

兄の嘲るような冷たい目に、僕はまたしても返答も出来ない程のショックを受けた。

（僕が馬鹿だった……）

もしかしたら、「会いたかった」と言って僕を抱き締めてくれるんじゃないかって、本当に本当にほんのちょっぴりだけど期待してたんだ。嘘でも社交辞令でも良い。母を失くし、自分の人生を根底から覆され、今一人で立っているのもやっとの僕は、薄っぺらい物でも良いからどこかで慰めの言葉を求めていたんだと思う。——しかし、その男は更に追い討ちを掛けてくる。

『そんなんじゃありません。僕はただ、伯爵に母の葬儀に出て欲しいだけなんです。母は最後までヴィスカルディ伯爵に会いたがっていました。……母さんが最後に呼んだのも、彼の名前で』

『ああ、その手には乗りませんよ』

『え……？』

『多いんですよねぇ、やたらめったら人を殺して同情を買い、金を恵んで貰いに来る乞食達が。先日も母を亡くした設定で、自分の足を潰してやってきた男がいましてね。流石に自分の足を自分で潰した根性には驚かされたので幾らか金は恵んでやりましたが』

やれやれと肩を竦《すく》める彼を見て、僕はソファーを立つ。

こんな所で泣くつもりはなかったし、涙を見せるのも不本意だったが、既に目の前の男の顔が歪んでいた。

『本当なんです！　信じて下さい！』

『で、どこの売女の娘だ？　悪いがお前に恵んでやる金はないぞ』

『本当なんです！　僕の母さんは、昔ここで働いていて！』

『今日の乞食は随分と演技派だと思わないか？　涙ぐんでいるぞ』

『そうですね、坊ちゃん』

感じの悪い例の執事と嗤《わら》い合う男に、いつの間にか握りしめていた両の拳が震える。

『お願いです、ヴィスカルディ伯爵に会わせて下さい！　お金なんていらない！　本当に、最後に母さんに会って欲しいだけで！』

なおも食い下がると、男は投げてはキャッチして遊んでいた指輪をポケットの中にしまい、僕の前までやってきた。

『フン……みすぼらしい格好をしているが顔は悪くないな。一晩くらいなら付き合ってやってもいい』

『は？』

薄く嗤いながら、クイっと顎を持ち上げられて僕は呆けた声を出す。

『私を満足させる事が出来たのならば、お前の言い値の〝お手当て〟を払ってやっても良いと言っているんだ』

しばらく男の言っている言葉の意味が分からなかった。

トン、とソファーの上に押し倒されたその時、遅ればせながらこの男が何を言っているのかやっと理解する。

『僕は男だ！』

ガッ！

『イルミ様！』

『小僧、坊ちゃんになにを！』

使用人達の悲鳴が上がる。

相手が爵位を持っている事を忘れ、そのまま床に押し倒すと泣きながら殴りかかった。

『お前に、いったい僕の何が分かる！　こんな豪華な屋敷の中で、飢える事も凍える事もなく育ったお前に！　今までお前には、寒さで眠れなかった夜なんてないだろう？　学ぶ場所にも学ぶ機会にも恵まれ、優雅に暮らして来たお前に、僕と母さんの、一体何が分かる……！』

男の掛けていた眼鏡が床に落ちて割れた。

彼が僕との血の繋がりどころか、母の死まで疑っている事が悲しかった。

馬乗りになって胸倉を摑み、何度も床に叩き付ける僕をその男は呆然と見上げる。

『そうか、その顔、まさかあのお針子の……？』

どうやらこの時になって、彼はやっと気付いたらしい。

『この顔に見覚えがあるのか？　そうだろうね、僕は母さん似らしいから』

自嘲気味に嗤いながら、男の胸元を摑む手に力を入れる。

『兄さん、初めまして。——僕は一八年前、大きな腹のまま無一文でこの屋敷を追い出された女の息子で、あんたの腹違いの弟だ』

後々、彼には呆れるぐらいの数の腹違いの兄弟がいる事。そして、腹違いの兄弟を名乗る赤の他人達が日常的に金をせしめに来ている事を知った。

しかし、だからと言って実の母を失くしたその日に自分を乞食扱いし、女と間違えたばかりか、売女扱いして押し倒した男をすんなり許せるほど僕は人間が出来てない。

すぐに僕は、使用人達の手によって兄から引き離された。

『何だ、騒がしい』

『旦那様、それが……！』

その時、部屋に入って来た初老の男の姿に使用人達はざわめき出す。

男の顔は、使用人達に服の埃を払われている兄のものとよく似ていた。

『その顔、君はまさか……クロエの……？』

ヴィスカルディ伯爵は、一目で僕が誰か分かったらしい。

『ヴィスカルディ伯爵、お初にお目にかかります。僕はクロエ・シルヴェストルの息子のエルヴァミトーレです』

亡霊にでも会ったように部屋の入口で立ち尽くす伯爵の前まで行く僕を止める者は、もう誰もいなかった。

彼のこの表情を見るに、僕の顔は母さんの言っていた通り、本当に彼女の娘時代と瓜二つだったらしい。

『母のクロエが今しがた亡くなりました。お忙しいとは思いますが、どうか葬儀にだけでも出席してはいただけないでしょうか？』

儀礼的に淡々と事実と用件だけを話す僕に、ヴィスカルディ伯爵は突如抱き付いた。

『我が娘よ……！』

『あの、僕、男です』

『え？』


それから、色々な事が目まぐるしく動いた。

伯爵は、今まで僕等を放置していた事を涙ながらに謝ってくれた。伯爵は僕の母さんの事を心から愛していたと言う。母さんの事を愛妾ではなく、正妻にしたいと考えていたそうだ。しかし周囲の反対にあって、気が付いた時には母さんは消えていたのだという。

それから伯……いや、父さんは僕達の事をずっと探してくれていたらしい。ずっと会いたかったといわれて抱き締められて、何だかとってもこそばゆい気分になった。

にわかには信じられない出来事の連続だったが、彼はその後、自分の誠意を行動で示してくれた。母さんの葬式を大々的に挙げてくれて、彼女の遺骨をヴィスカルディ伯爵家の墓に入れてくれたのだ。その後、彼はこの屋敷に僕の部屋を作ってくれた。——そして、僕の姓はヴィスカルディになった。

『なんと！　あの官僚試験を一発で突破するなんて、流石は私の息子だ！』

父さん、に褒められるとやはり少しこそばゆい。

『あんなの文字が書ければ、よっぽどの阿呆でない限り誰でも受かるでしょうよ』

そしてこちらの男はやはり相変わらずで、彼の母親——レベッカ伯爵夫人は僕と口を聞こうとすらしなかった。

一目会ったその瞬間から、彼女には僕の存在自体無視されている。

もう僕から彼女に話しかける事はなかったが、別に彼女のその態度を責める気は毛頭ない。彼女にしてみれば、僕は招かれざる客である事は十二分に理解している。

父さんには悪いが、ここで厄介になるのはルジェルジェノサメール城に僕の部屋が準備されるまでで、城勤めが始まったら出て行こうと思っていた。

『おやすみ、エル』

『おやすみなさい。あの、それより、……連日、僕と一緒でよろしいのですか？』

この屋敷に来てから夜は父さんのベッドの中で、今までの時間を埋めるように、眠くなるまで二人で色々語り合うのが日課になっていた。

母さんとの二人の生活や思い出話をすると、父さんはずっとニコニコしながら聞いてくれた。時に涙を流す父に困惑した。父さんは父さんで、愛のない政略結婚で苦しんでいた話を聞かせてくれた。だからと言って彼の愛人や子供の数を聞いてしまうと、流石の僕も何も言えなくなってしまうのだが。……貴族の生活は貴族の生活で、僕には想像も出来ない気苦労があるらしい。

『いいんだよ、レベッカとはもう十年以上同じベッドで寝ていない。今更私が彼女の寝室に向かったら悲鳴をあげて衛兵を呼ばれてしまうだろうよ』

女の子と付き合った事もない僕に夫婦間の大人の事情が分かる訳もないので適当に頷いてはみたものの、その晩は何故か妙な胸騒ぎがした。今、隣の部屋にある大きなベッドで一人で寝ているであろうレベッカ夫人は一体何を思っているのだろうか。妙に彼女の事が気になった。

夕食時、父が財産を僕にも相続するという話をした時、彼女は何も言わなかったのだ。ただ白い仮面のような顔で、黙って夫を見つめていた。僕の部屋を作った時や、僕がヴィスカルディの家名を貰った時のようにもっと食って掛ると思っていたので不思議だった。

いや、その時から嫌な予感はしていたのだ。

——翌朝、レベッカ伯爵夫人は遺体となって見付かった。

『旦那様、奥様が、奥様が！』

父さんの寝室にメイド達が駆け込んで来る。

僕等は慌てて隣の寝室に駆け付けた。天蓋ベッドのフレームの上から、バスローブの腰紐で首を吊った女の死体を呆然と見上げる。今目の前にあるものが信じられなかった。込み上げて来る吐き気に口元を押さえて蹲《うずくま》ると、父は力ない声で言う。

『君は、何も悪くない。——全ては私が悪いんだ』

それは、ある冬の朝の出来事だった。

『母上……！』

バン！

一足遅れてイルミナートが扉を開き、レベッカ夫人の寝室に駆け付けた。

珍しく息を切らして部屋に駆け付けた兄がどんな顔をしていたのか、僕には分からない。

暖炉の中で轟々と炎が燃えているというのに、何だか妙に寒気がした。煉瓦《れんが》造りの建築物は良く冷える。防寒対策に壁にタペストリーや毛皮を掛けても、床に重厚な絨毯を敷いても空気はどこか冷え冷えしている。初めて来訪した時「冬もさぞかし温かいだろう」と勝手に思っていた伯爵家で迎える冬の朝は、実はそんなに温いものでもなかった。

——今となっては母さんが二人で暮らしていた、あの隙間風の酷い小さくて狭い家の方が温かかったような気がするのだ。

（帰りたい……）

母さんの待ってる家に帰りたい。でも、母さんはもうこの世にいない。僕達が住んでいたあの貸家も、僕達の退去を機に大家さんが更地にしてしまった。

僕にはもう帰る場所なんてどこにもないんだと気付いた瞬間、涙が溢れた。

（うちに、帰りたい……）

窓の外でははらはらと粉雪が降っていた。


それから伯爵家は揉めた。

流石の僕も家名を返還し財産も断ると言ったが、父は絶対に僕に相続させると言って聞かない。レベッカ夫人の親族も駆け付け、ヴィスカルディ伯爵家は揉めに揉めた。

親族間の醜い争いを見せたくないと思ったのかもしれない。僕に魔力がある事を知った父さんは、「今の時代、魔術が使えた方が出世争いでも有利になるよ」と言って、僕に大陸でも有数の魔導大国への短期留学を薦めた。

お金を使わせるのは悪いという思いもあったが、僕があの家に居難いのも事実だ。そして今後行政府で働くにあたり、魔術が使えた方が有利なのも事実だ。僕はありがたく留学に行かせて貰う事にした。

どうやら僕には、魔術の才能もあったらしい。メキメキと魔術を覚えて帰国した僕は、短期間で異例の出世を遂げる。元々その留学先のアドビス神聖国が魔術師の育成に力を入れ、魔術師や魔具を使った兵器で軍事力を伸ばしており、我が国も軍事に魔術を取り入れようとしていた時期だった。先日議会で国内の魔術師を管理し育成する協会を作る事が可決されたのだが、いずれその最高責任者にと僕が推された。

帰国後、僕は伯爵家を出てルジェルジェノサメール城で暮らす事を選んだ。

僕が直接レベッカ夫人を殺した訳ではないが、僕が伯爵家に赴く事がなければ彼女は今も生きていただろう。そう思うとやはり伯爵家では暮らし難かった。

何度も引き留めてくれた父には心苦しく思う部分があった。休日、何度か会いに行ったが、向こうも相当忙しいらしい。それ以降父と面会する事は出来なかった。

イルミナートも月の半分は王城で暮らしていた。多忙な為、家よりもこちらで寝泊りした方が時間の節約になるらしい。正直彼とはあまり顔を合わせたくなかったが、兄はこの国の宰相閣下であり、行政府で働く僕達文官の最高責任者に当たる。城で顔を合わせる事は多々あった。彼はあまり僕と話をしたがらなかったが、それは僕も同じだ。

（まさか自殺するなんて……）

兄と顔を合わせる度、レベッカ夫人の事を思い出して暗澹《あんたん》たる気分になる。

不思議な事に彼はその事について、僕を一切責めなかった。初めて会った時のように「お前のせいで母は死んだんだ、この妾腹」とでも言って、酷い言葉で僕を罵ってくれればいいのに。そうすれば僕も躊躇いなく兄の事を嫌いになれる。しかし彼はそれをしない。母の死など何もなかったかのような態度で僕に接して来る。

宰相のあの人が僕を潰す事なんて、造作ない。それなのに彼はいつも僕を正当に評価した。そんな公正さに僕は最初戸惑った。それどころかあの男はトントン拍子に出世していく僕を煙たがっている連中から、僕を庇っている節まである。しかしそんな事をされればされるほど、彼に対して反発心のような物が芽生えていった。

母の死に続いてレベッカ夫人の死と、立て続けに事件が起こり、空気の抜けた風船のようになっていた父が死んだ。

毒殺だった。事態の成行きに付いていけず唖然としているうちに元上司達は共謀し、僕はあれよあれよという間に「アミール王子派」とされ国外追放された。

＊＊＊＊

にゅちにゅちにゅち……。

腰の辺りが甘くだるい。

(なん、だ……？)

「んっ……、ぅ……」

腰の辺りに何かがこみ上げてくる感じがして、尿意と似て非なるその感覚に堪らず腰が浮く。そのムズムズ感から逃れようと寝返りを打とうとするが、何故かそれが出来ない。居ても立ってもいられない妙なソワソワ感から逃げようと身を捩る。

「あ、……や、やだ……」

「嫌なの？　でももうエルのここはこんなに硬くなっていますよ？　気持ち良いでしょう？」

にゅぷ……。

にゅちにゅち、ジュプププ……！

「ん、……きもち、いい……かも」

「でしょう、気持ち良いでしょう？『お姉様、エルね、おちんちんが気持ちいいの』って言ってみてくださる？」

「おねえさま、える……おちんちん、きもちいい……」

「か、可愛い……可愛い可愛い可愛い可愛い……っ!!」

更に増していくムズムズ感から逃れようとすればするほど、冷たい金属の音と粘着質な水音が激しさを増していき、僕の意識は覚醒した。

「ご機嫌よう、エル子ちゃん」

「……？」

ぼんやりと目を開けると、目の前には満面の笑顔のスノーホワイトが居た。

彼女の白い白魚のような指には、透明なガラス瓶が握られている。

（なんだろ、これ……？）

僕の陰茎の上にはガラス瓶が被せられていて、彼女はそれを手に握っていた。

この瓶、見覚えがある。うちでジャムを保存してる中くらいの大きさの瓶だ。瓶の中には謎の白い物体がみっちりと詰められており、それに僕の性器は包まれているようだった。

僕に絡みつくようなそのもっちりした白い何かは、人肌程度のほどよい温かさで妙にぬるぬるしている。彼女と一つになっている時の事を思い出さずにはいられないその感触に、自然と腰がもぞつく。

「な、に……してるの…？」

「なにって、昼間約束したでしょう？　夜、エッチな事たくさんしようねって」

「え……？」

彼女は満面の笑みを浮かべたまま、僕の物に被せたジャム瓶をゆっくり上下させはじめた。

じゅぼじゅぼと通常の性交時よりも大きい卑猥な音が鳴り響くのと同時に信じられないほどの快楽が走り、体が熱くなっていく。

「ッひぁ！　ちょ、ちょっと、待って……!?」

「駄目よ、夜はそんなに長くないんだから」

彼女は天使のような笑顔で微笑みながら、僕の物を上下に擦り上げる。

「やだ、やめ……っ！　はぁっ、ぁ！」

強く弱く、早く遅く、緩急を付けた少女の手の不規則な動きに翻弄される。次第に呼吸は乱れ、心臓と股間はドクドク波打って。足には痺れが、腰には震えが走った。自身の雄全体にまとわりついて離れない、少女の肉ひだに良く似た何かでヌルヌルと擦られる感覚に、全身に電流を流したような鋭い快感が駆け巡る。

「ッあぁ、んんっ、……ぁっ、あああああぁッ！」

僕が達したのを確認すると、「上手にイケましたね、偉いわエル」とスノーホワイトは優しく微笑んだ。

頭上の月明かりに照らされた彼女の笑顔は、まるで月の女神様か何かのように神々しくて美しい。思わず見惚れていると彼女はきゅぽん！　とジャム瓶の中から僕の物を引き抜いた。

中から溢れる白濁液を見つめながら彼女は満足そうに微笑む。

「わ、沢山出ましたね。気持ち良かった？」

「気持ち良かったけど……なんなの、これ？」

「ポテトスターチＥＸ異世界改良バージョンです」

「は？」

「片栗粉《ポテトスターチ》を瓶に入れて水で溶いて固めたんです。その中に菜箸を数本縛った物を挿して形を取りました。私のこだわりは中の空洞の部分です。菜箸に輪ゴムを巻いて中に凹凸を作っているんですよ。ローションはなかったので、通りすがりの泡沫スライムさんの体を少し分けていただきました」

続けて彼女は、得意気な表情でそのポテトスターチなんちゃらの製作過程について話し出す。射精後の脱力感と寝起きで回転の悪い頭で、なんでこんな事になっているのか眠りに付く前の記憶を手繰り寄せていると、彼女は鼻歌を歌いながらバスケットの中から瓶をもう一本取り出した。その瓶は、以前赤ワインビネガーが入っていた物だった。瓶の中のブクブク泡立つピンク色の怪しい液体は、どう見ても催淫効果のあるスライムだ。何だか嫌な予感はしていた。彼女はその瓶の中身を、先程絶頂を迎えたばかりの僕の陰茎にとろとろと垂らしていく。

「っ！」

ひんやり冷たい弾けるスライムの粘液を射精後で敏感になっている亀頭に垂らされ、思わず腰をビクつかせる僕を見て、スノーホワイトがまた「可愛い……」と熱に浮かされた瞳で呟いた。

「す、スノーホワイト……？」

寝起きの悪さには定評がある僕だが、流石にもう目は覚めていた。下腹から込み上げて来たものが尿道を押し開き、先端から熱い雫になって溢れ出す。

「あら、透明なお汁がとろとろ溢れてきましたね」

彼女の指が透明な液体に触れると、粘着質なそれは糸を引いてみせる。

スノーホワイトはしばらく糸を引く様子を見て遊んでいたが、自分の顔の前まで持っていくと、僕のカウパー腺液が長く糸を引く様子を見て屈託のない笑顔になった。

（何やってるのー！　やめてー！）

「なんで、こんな事するの……？」

「ああ、やっぱり女の子の格好してるエルたそ可愛い。可愛い。可愛い。もう、もう、どうしよう。道踏み外しそう……っていうか、既に踏み外してるような気がするよ俺……」

「スノーホワイトはぼくの事が嫌いなの……？」

涙目で訴えてみるが、彼女は恍惚とした表情で熱い溜息を漏らすだけだ。

「嫌いな訳ないでしょう？　私、ドライアドに虐められていた時のエルの事が忘れられなくて。あの日のエル、とっても可愛かった。赤頭巾と赤いスカートがとっても良く似合ってた。――あの日みたいに可愛らしい格好をしてスヤスヤ眠っているエルを見ていたら、ついつい悪戯したくなっちゃって」

てへっと可愛らしく笑いながらも、彼女は上下する手の動きを止めない。

とどのつまり、僕はスノーホワイトに夜這いをかけられたという事なのだろう。世にも美しい姫君に夜這いをかけられただなんて、普通に考えれば男として栄誉な事だ。男なら誰もが誇らしく感じるのかもしれないが、僕は今全く嬉しくない。何故なら、彼女は僕に男としての魅力を感じて夜這いをかけたのではなく、女装している僕に何かしらの興奮《リビドー》を感じて夜這いをかけたのだ。

（おかしいだろ。男に女物の下着穿《は》かせて興奮するなんて、どう考えてもおかしいだろ……！）

彼女は駄々っ子を宥めるような優しい瞳で、雄の根元をキュッと握ると、ショーツの上から陰嚢《のう》に舌を這わた。

「っ！」

女性用ショーツから飛び出した異物を、ヌチヌチと手で上下にシゴきながら、下着ごと袋をしゃぶられて。陰茎と陰嚢の際の部分やスジや袋の付け根まで舌でつつかれて、チュッチュと何度もキスまでされて。そのいやらしい光景が何だかとても現実離れして見えた。絶えず刺激を与えられ、しかし達する事の出来ぬように根元を固く握られている雄が、イキたいと悲鳴を上げている。

「もう、やだよぉ、も、やめ……っ！」

「じゃぁ、エルも私の事を愛してくださる？」

「え……？」

スノーホワイトはゆっくりと立ち上がると、自分の夜着ナイトドレスを捲った。

ゆっくりと捲られたスカートの下には、女性である彼女にはあるはずがない物――つまり、男性器《ペニス》があった。

（僕のより大きいんだけど。なんなのこれ……）

「それ……」

引き攣った笑みを浮かべる僕に、彼女は小首を傾げ、はにかみながら続ける。

「実は私、さっきイルミ様に稀少なトリュフを頂いたんです。マジックトリュフというキノコらしいの。これを食べると男性は活力がみなぎり、女性には陰茎《ペニス》が生えるんですって」

(随分とマニアックなプレイしてるな、あの男も！)

「ほら、見て下さい。さっきイルミ様に尿道攻めをされて、まだ痛いの。ほら、ここ、腫れてるでしょう？」

「いや、それ勃起してるだけだから」

どこかで聞いた事のある台詞だと思ったら……そうだ、ドライアド達のアレの後、僕が彼女に口淫《フェラ》して貰いたいが為に言った台詞だった。しかし改めて他人の口から聞かせられると、なんて突っ込みどころ満載な台詞なのだろうか。思わず半笑いしてしまう僕に、熱い眼差しの彼女が迫る。

「見て下さい、先っぽから涙みたいなのが溢れてるの。きっと痛いよ、痛いよって泣いてるんだわ。——ねえ、エル、私の事を慰めて下さる？」

「…………」

僕はしばし沈黙した後、意を決する。

「スノーホワイト、神に誓ってもいい。僕は君の事を愛している。この世の誰よりも君の事を愛している」

「はい」

「君の為なら何だって出来る。本当だよ。本当に本当なんだ、君の為ならこの命だって惜

しくない」

「はい」

「でも、陰茎《ペニス》は愛せない」

彼女のこれを見せられた時点で、僕の物は急速に萎え萎んでしまった。

正直な感想を真顔で告げると、彼女はやるせなさそうな顔で溜息を吐く。

「悲しいわ、イルミ様は愛して下さったのに……」

「え？」

（なんだって？　あの男、陰茎を舐めたのか……？）

いや、男性器を生やしたスノーホワイトといかがわしい事をしたかったからこそ、あの男は彼女にマジックトリュフを食べさせたのであって、それは別に不思議な事ではないのだが……普通に引く。変態だ。そしてその変態と同じ血が、自分の体の中に半分流れてるなんて、すっごい嫌だ……。

だけど――僕の男のプライドが、彼女への愛であの男に負ける事を許さない。

「……わかった」

「え？」

「あの人よりも僕の方が君の事を愛していると、証明してみせよう」

「エル、嬉しい！」

（うわ……）

そのまま抱き付かれ、自分の物とにゅるん！　と擦れ合ったその生々しい雄の肉感に腰が引き、顔が引き攣ってしまう。

「じゃあ……よろしくお願いいたします」

照れくさそうにはにかむ彼女はとてつもなく愛らしい。真実、世界で一番可愛らしいと思う。僕が恋の病にかかり彼女に狂っている事を抜きにしても、彼女より可愛い女の子がこの世に存在する訳がないと真剣に思う。「舐めて」とおねだりされたのが男根ではなく、いつも通りの彼女の秘所であったのならば、どんなに嬉しいご褒美だっただろうか。

口元に添えられた脈打つ雄に、一瞬怯《ひる》んだ後、僕は覚悟を決めて一気に頬張った。

「ふあ……ぁん、すごい、これがフェラなのね……、んんっ、きもちいい……、エル、そこ、そこ、もっと吸って」

ピチャピチャと響く卑猥な水音と、彼女の甘い声に頭がボーっとしていく。

最初は自分の股の下にぶらさがっている物と同じ物を舐めるだなんて絶対無理だと思ってたけど、いざやってみれば意外にいけるかも。……というのも男になった部分はそこだけで、スノーホワイトの上半身は女のままで、顔も声も愛する彼女のままだからだろう。彼女の興奮具合が伝わってきて、半分萎えていた僕の物もまた鎌首をもたげはじめた。

ガサリ。

「トリュフを使ったスノーホワイトにフェラチオですか。どうやらこの坊やは、随分とアブノーマルなプレイがお好みのようだ」

近くの茂みから姿を現したその男の姿に、僕の顔は引き攣った。

「に、兄さん……？」

「女装癖の変態坊やの恥ずかしい姿を沢山見させて貰いましたよ」

一体いつからそこに居たのか。腕組をしてクックと喉で嗤うイルミナートの姿がそこにあった。

その男の登場により、僕の頭と下腹部の熱が急速に冷めて萎えしぼむ。僕は大きく嘆息して肩を竦めるジェスチャーをして見せるが、頬を伝う一筋の汗は隠せそうにない。

（よりにもよって、この現場をコイツに見られるなんて……）

「変態ね……兄さんには言われたくないな、あんたが彼女にこのキノコを食べさせた張本人なんでしょう？」

「ええ、そうです。……で、スノーホワイトは何をやっているんです？」

「いるみ、さま、すみません、すみません……！」

「え？」

思わず彼女に視線を戻すと、兄を見つめるスノーホワイトの顔が青ざめていた。

呆けた顔になる僕を見て、その男は悪人のような顔で嗤う。

「まさかスノーホワイトに夜這いをかけられたとでも思ったのですか？　随分おめでたい頭をしていますねぇ」

「どういう事なの、スノーホワイト」

「ごめんエル！　お、怒らないで⁉　これは不可抗力で‼」

「はあ？」

「早く話せ」と手元にあった玉を強めにニギニギしながら凄んでみせると、スノーホワイトは涙を千切りながら叫ぶ。

「エルが心配だったの！　夕飯を食べに戻らなかったし、お腹も空いてるだろうなって！　だから『あとで様子を見に行っていいですか？』ってイルミ様にお願いしたら、お怒りを買ってしまって」

「スノーホワイトは私のお仕置きの最中だったのです。私の七日に一度の楽しみを掠め取ろうとした坊やのカマを掘って、ヒイヒイ泣かせるが出来たら許してあげましょうという話だったのですが――貴女は何故、坊やの口淫で気持ち良くなっているんですか？」

「イルミ様、ごめんなさいごめんなさいごめんなさいいいいいいっ‼」

「な、なにそれ」

「エル、ごめんね、ごめんね……！　イルミ様、怒ると怖いから……」

「………」

涙ながらに語る彼女のつたない言葉を繋ぎ合わせると、つまりはこういう事らしい。兄と愛し合ったその後、スノーホワイトは夜食を作って僕の所に持って行こうと考えていた。しかし兄との夜に他の男の事を考えていた彼女は、彼の怒りを買ってしまう。彼女はベッドに拘束されると無理矢理マジックトリュフを食べさせられて、それはそれは恐ろしい夜が始まったのだと涙ながらに語りだした。トリュフの効果で男根が生えればすぐに根元を固く縛られて、その後は陰茎を搾乳機で死ぬほど搾乳され、射精したくても出来ない状態で長時間放置され、気が狂いかけたのだとか。

ちなみにその間、兄は彼女の横でずっと本を読んでいたそうだ。兄が一冊本を読み終えた後、彼女は地獄の責め苦からやっと解放されたと思ったのだがそうではなかった。兄は次に尿道ブジーで彼女の尿道を開発し、彼女は尿道攻めをされるという憂き目に遭う。お次はブジーを尿道に挿し込んで固定したまま、僕に持って行く〝夜食〟をキッチンで作らせられた。

ちなみに夜食を作る時は裸エプロン姿で、兄に後からズコバコ犯されながら、震える手で一生懸命作ったのだという。「私が満足出来るような、趣向を凝らした夜食を作らなければ許さない」と言う兄を満足させる為に作ったのが、今彼女の陰茎に被せられている片栗粉を固めて作った性具なのだという。

(我が兄ながら酷い……)

聞いていて少し呆れてしまった。

(でもそのプレイちょっと興味ある……っていうか、今度僕もやってみたいなぁ)

不本意ながら、兄と血の繋がりを感じてしまった。

その後、スノーホワイトは兄に「では私の可愛い弟の所に〝夜食〟を持って行く事を許可しましょう」と例のバスケットに入ったいかがわしい道具一式を持たされて、ここに馳せ参じたという事だったらしい。

「まあいいでしょう、これも予想の範疇《はんちゅう》です」

やれやれと溜息を吐きながら僕達を一瞥《いちべつ》すると、兄は自身のベルトに手をかけた。

「そろそろ身体も元に戻る頃合のようですし」

兄がそう呟いた瞬間、僕が握っていた彼女の肉がぬるりと滑り落ちる。僕の物よりも大きかった彼女のそれはいつの間にか親指サイズになっており、しゅるしゅると音を立てながらあっという間に消えてしまった。

「本当だ……」

確認がてら彼女のその部分に触れてみると、そこには慣れ親しんだ一筋の亀裂があった。割れ目の部分をなぞってみると可憐な小粒が指に当たる。その下には男を受け入れる裂け口もちゃんとあった。――元の、女の体に戻っている。

「ではお仕置きの続きをしましょうか、スノーホワイト」

「ゆるして……ゆるし、て。イルミ様、おねが、ゆる、ゆるし……」

哀れな表情で兄の足元まで馳せ参じ、泣き縋るスノーホワイトの太股を、兄は前から持ち上げた。既に猛り勃っている兄の一物に装着されている、目にも痛い凶悪なシリコン製のイボイボリング――いや、トゲトゲまである。そんな恐ろしいブツに僕とスノーホワイトの視線は一瞬にして奪われる。

「いやぁあああ！　い、いや、イルミ様、ゆるして！　ゆるして！　ゆる……」

ぬちっと音を立てて、何ともえぐい物で兄は彼女を貫いた。

「ッひ、あ、あ、ぁ、ぁ……いや、いやああああああああ……！」

挿入された瞬間彼女は達してしまったようで、必死にバタバタさせていた脚はピンと伸ばされ、爪先にいたってはビクビク跳ねている。

「兄さんと一緒にお仕置きするのは不本意だけど。──スノーホワイト、今晩は僕もそう簡単に君の事を許せそうにない」

「げっ」

──そして、長い夜の宴は始まった。

「ゆるして、もうゆるして……っ！」

「許しません。本当に詰めが甘いお姫様だ、坊やのあんな見え見えの罠に引っ掛かるなんて」

（やっぱり最初から見てたのかよ、この男……）

苛立ちのあまり、彼女の乳首を摘む指に力が入る。

「きゃぅッ⁉」

「事情は分かったけど……やっぱり面白くないな。兄さんの命令で僕を騙《だま》すつもりだったなんて。なんで正直に話してくれなかったの？　話してくれたら僕、君の力になったのに」

「え、えと」

「……あまつさえ僕を犯すつもりだったなんて信じられない。──今日という今日は、僕が男だって事をこの体にしっかり教えこんであげないと」

「いやあああ、いやあああ！　ふ、かい…、ふか、い！　やだ、はげし、すぎ……る……

あっあ！　あ、ふぁああっんん！」

　ふと正面の男と目が合った。

「兄さん」

「なんだ妾腹」

「僕はあなたの事が嫌いです」

「珍しく意見が合ったな」

　クックツと喉で嗤いながら、彼女を挟んで睨み合う。

「色々と言いたい事はありますが、まずは彼女のお仕置きを済ませてからにします」

「奇遇だな。私も盗人猛々しい坊やに積もる話があるが、今はこちらが先決だ」

　今回は未遂で終わったが危ない所だった。

　悔しいが、この男はまだ僕の一枚も二枚も上手なのだろう。

（いつか、絶対あんたを地面に這い蹲《つくば》らせて泣かせてやる……）

　熱い何かが胸にメラメラと燃え上がる。

　母さんの死で消えかけた炎がまた再燃するのを感じた。

（僕と母さんの復讐だとかそういう物じゃない。７人の恋人の中で僕が一番良い男だと思って貰えるように、まず僕はこの男を超える必要があるんだ）

母を失くしたあの日からずっと胸にかかっていた靄《もや》が晴れていくのを感じる。

こんなに清々しい気持ちになるのは一体何年ぶりだろうか。人生はいつだってシンプルだ。帰る場所がないと嘆いていても何も始まらない。帰る場所が欲しいのならば自分で作ればいい。更地になった家の前で一人佇んでいても、失った物は何も戻っては来ない。帰る家がないのなら、何なら自分の稼ぎで建ててもいい。僕はもうそれが出来る大人なのだから。

人生の基盤が崩れたらまた一から固めていけばいい。

生きる目標を失ったらまた自分で探していけばいい。

——そしてそれはこんなにも身近にあった。

（ありがとう、スノーホワイト）

僕は今の今まで母さんを差し置いて、一人で幸せになる事に後ろめたい感情があった。でも、そうじゃない。僕が愛する人を見つけて幸せになれば、母さんもきっと喜んでくれるだろう。僕がいつまでも同じ所でうじうじ立ち止まっていたら、訪れる幸福や摑めるはずの愛やチャンスを見送って、ただ独りで寂しい人生を送っていたら、母さんは喜ぶだろうか？　否。そうじゃない。——今この瞬間、僕は母の死から完全に立ち直った。

一国の姫君であるスノーホワイトを僕だけの物にするのは、恐らく王都での出世争いよりも遙かに難しい事だろう。

——でも、負けない。負けるつもりはない。

（ねえ、スノーホワイト。僕さ、今日からもっともっと頑張るから）

君に愛して貰えるように頑張るよ。そりゃ兄さん達に比べれば僕はまだまだ子供かもしれないけど。でも君への愛で彼等に負ける気はしない。何年後になるか分からないけど、近い将来、君が僕の事を「可愛い」なんて思う事がなくなる位「格好良い」男に成長するから。

（そしたらその時は力技で君の心も体も攫ってあげる。だから覚悟しておいて）

いつかあんたの事も絶対越えてみせる。

（覚悟しろ、このクソ眼鏡）

「だ、誰か助けてぇ……ひっく、っく、もう、ヤダよぉ……」

嗚咽を上げる彼女を挟んで、兄と僕の間でバチバチと火花が散った。

恋人４　Doc

あれは、確か父に「お前はあのお針子が好きなのかい？」と聞かれた日の晩の事。

『良く見ておけイルミ、女なんてどれも一皮剝いてしまえば皆同じなのだよ。私達男を悦ばす為の道具でしかない』

『見てはだめです、イルミ様、イヤ、イヤです……』

『美しい女も醜い女も、学がある女も学がない女も、どこかの国の王女も奴隷でもな。裸にして脚を開き、男を捻じ込んでしまえば皆同じだ。——我が息子よ、私の言っている言葉の意味は分かるかね？』

『見ないで、お願い、イルミ様、みないで……ッ！』

父に呼び出されたのは、使用人部屋の近くにある倉庫だった。壁の燭台《しょくだい》の炎に照らし出された少女の顔は思い出せない。

『物覚えの悪い雌犬は、こうやってペニスでキチンと躾直してやらなければならん』

私の知らなかった女の顔で涙を零し、腰をくねらせて、父の苦痛を飲み込みながら彼女はもう一度「みないで……」と言った。

しかしどんなに彼女が見ないでと言っても、父の腕が彼女の太股を腕にかけて片足を持ち上げているのだ。その状態で大陰唇を開き、彼女との結合部分を良く見えるようにしながら抽挿を繰り返している限りそれは不可能だろう。ならば私が見なければ良いだけの話ではあるのだが、私は何故か目の前で行われている蛮行から目を背ける事が出来なかった。

『いるみさ、ま、おねがいです、みないで、みない、で……ッ！』

昼間の質問に言葉をつまらせた私を見て、父は私が彼女を好いていると解釈したのだろう。

彼女が私にとってどんな存在だったのか。父に貫かれながらくぐもった声を上げる彼女の顔を見ながら、そんな事を考える。広義に解釈するのであれば、彼女は私にとって数百といる家の使用人のうちの一人であった。当時の自分が彼女に対してどのような感情を抱いていたのかといえば、まあ、それなりに好意的な感情はあったのだろうと思う。――彼女と接する私を見て、実の父がそう思う程度には。

しかし性的衝動も絡まぬ幼い時代の愛着をあの手の世俗的な名前で呼び、それにカテゴライズするのもナンセンスな話であろうと思う。

『さあ、お前もこちらへおいで、イルミナート』

父の手を取る私を見て、彼女が何を思ったのかは私には分からない。――ただ、何かが壊れていく音がした。

『ああ、これではコレが孕んでもどちらの子供か分からないなぁ』

朗らかに笑いながら言う父の言葉に、真っ青になった少女の顔が――今になって鮮明に浮かび上がる。

『まあ、もし孕んだら私の子として育てるか。イルミの子供にして育てるのはあまりにも体裁がよくないからねぇ』

翌朝。仮面のような顔の下半分を扇子で覆い隠した母が、淡々と「首を吊って死にました」と告げた少女の名は――

＊＊＊＊

「――――ッ！」

もしかしたら、誰かの名前を叫ぼうとしたのかもしれない。それとも何か、誰かを罵る言葉の類か。しかし喉が引き攣って、言葉らしいものは口から出て来なかった。

（……何故、今更こんな夢を）

ズキズキ痛む頭を押さえ、起き上がると外はまだ暗かった。眼鏡をかけて枕元の時計を確認するが、まだ日付も変わっていない。

「……スノー、ホワイト？」

隣で寝ていたはずの少女の姿がなかった。しかしまだ、シーツには彼女の体温が残っている。彼女がベッドを抜け出してそう時間は経っていないらしい。

「まったく、本当に手のかかるお姫様だ」

私は嘆息混じりに寝台から起き上がる。

最近、寝覚めが最悪だ。それもこれもスノーホワイト――あの少女に出会ってからだ。

薄暗い廊下をランプの灯りを頼りに歩きながら、夢の続きを思い出す。

（確か、あの後父は）

倉庫の床に伏せて、すすり泣く少女を冷たい目で見下ろしながら父は言った。

『これで分かったかね？　女になんて夢中になる方がおかしいのだよ。私の父の国では、女に人権なんて大それたものを与えはしなかった。女を産めばその家は負債を抱えてしまう事になる。成長すればいつどこぞの馬の骨に子種を仕込まれ、孕んで来るかも分からない。——基本的にこいつらは馬鹿なんだ。甘い言葉を囁いてちょっとばかり優しくしてやれば、愛だ恋だ運命だと浮かれてすぐに股を開く』

『…………』

『女なんて動物だよ、動物。犬猫と同じだ。上下関係を力ではっきり分からせて服従させてやった後は、しっかり躾けてやればいい。愛玩動物として私達男の心と体を癒す事が出来る、従順で可愛げのある奴だけ可愛がってやればいいのさ。なぁに、あいつらは子供をあやすようにあやしてやって、砂糖菓子や適当な装飾品、宝石《いしころ》を買い与えていれば満足する単純な生き物だ』

ローズヴェルド出身で、向こうの男尊女卑思想に染まりきっている祖父の教育を受けた父もまた、祖父の思想に近い。父のような人間がこの国で生きるのは、鬱憤も溜まって仕方がないのだろう。ここリゲルブルクでは自国を守護する水の精霊、ウンディーネ崇拝が根本にあるので、女神崇拝や精霊崇拝の色が濃い。リゲルブルクは男女同権社会ではあるが、どちらかといえば女性優位の社会だ。よって、家庭内でも妻や母を女神扱いして崇拝するのが一般的だ。

父もリゲルブルクの国風は十二分に理解しており、外では周囲に合わせて大人しくしているようだが、自分の王国である屋敷の中では別だ。

『そもそも女という奴等は——』

こうなると父の話は長くなる。酒臭いし、どうやらかなり飲んでいるようだ。

私は床に散らばっている服を拾い集めて、こっそり彼女に渡した。

私から服を受け取る時、彼女は父に聞こえないように小さな声で「イルミ様、違うんです」と言ったが、何が違うのか分からなかった。何故なら私達は恋人同士ではないし、将来を誓い合った仲でもない。

『こうやって何度か抱けばいずれ飽きがくる。食べ物と同じで、女は初物や旬の物を食べるのが一番いい。時にはワインやチーズのように成熟した女もいい。食事も同じ物ばかりは食べ続けるのは辛いだろう？　女もそうなのだよ、だから良い物を沢山つまみ喰いして食べ歩く。それが一流の男の、美食家のする事だ』

父は自分の襟元を直し、どこか遠くを見つめながら嘆息した。

『……ラインハルトも、もっと賢い男だと思っていたのだがな』

父の話が、あながち間違ってはいないと思うようになったのは、パブリックスクールに入学してからだ。

この国の貴族階級の子弟は長年、優秀な学者や家庭教師を屋敷に招いて指導を受けるという学習形態を主としていた。しかし近年、社会勉強の一環という事で一定の基礎学力を身に付けた後は全寮制の学校に通うのが主流となった。それが私やアミール王子が通っていたパブリックスクールなのだが、この手の学校は入学金や学費が高額で、入学審査も厳格な為、生徒の半分は爵位を持った貴族か裕福層に属する人間となる。残り半分はどんな生徒かというと、難関試験を突破し、奨学金を得て入学して来る非常に優秀な一般人である。そこに親の財力や身分などは関係ない。

運良くパブリックスクールに入学出来た一般生徒達——とりわけ女生徒は、何がなんでも学生時代に将来の伴侶を捕まえようと、死に物狂いで裕福層の学生に喰らい付いてくる。例に漏れず私の下にも、未来のヴィスカルディ伯爵夫人の座を射止めようという女達が嫌になるくらいやって来た。股を開いて誘惑してきた女は腐る程いたが、特定の女に夢中になる事はなかった。

どんなに良いと思った女でも一度抱けば興味が失せる。どんなに美しい女でも三度抱けば充分だ。自分好みに仕込んだ処女も、躾けに成功し、従順な性奴隷となってしまえば次第につまらなく感じてしまう。じゃじゃ馬慣らしも慣らすまでの過程が楽しいのであって、慣らした後の行為は酷く味気ない。父の教育により自然とそうなっていった自分は、この先も女で躓く事はないだろうと思っていた。——そんなある日、私はスノーホワイトに出会った。


私の想像を裏切らず、スノーホワイトはキッチンに立っていた。

恐らく明日の朝食の下準備をしているのだろう。鼻歌を歌いながらパイ生地らしき物を捏ねる彼女は、今夜も現実を超越した美しさだった。窓から射し込む青白い月明かりがメロウのベールとなって、夜着を身に纏った彼女の姿を覆い隠す。

月明りのベール越しに透けて見る彼女は、どこか妖精めいている。女を褒め殺す類の言葉はあまり私の得意とする所ではないが、ここにアミール王子が居ればきっと「常夜の月《キキーモラ》の精霊がうちに迷い込んでしまったのかと思えば、なぁんだ。私の麗しの姫君、吸血夢魔じゃないか。キキーモラは願い事を叶えてくれるというが、我が家の妖精《キキーモラ》はどうなのだろう？　今夜は妙に肌寒くて一人寝が辛いんだ。心優しい私の妖精《シュガー》、どうか今から私の部屋に来てはくれないかな？」とでも言って、ベッドに誘い込むのだろう。

彼女の美しさは人間の美を超越している。こればかりは認めるしかない。この女は私が生を受けてから今まで出会った女の中で、一番美しい。彼女を超える美を私は知らない。

「あらイルミ様、まだ起きていらしたのですか？」

（ひとときの美しさに、儚さでも感じているのかもしれんな）

人間の女の美など刹那的な価値しかない。例え今、彼女がどんなに美しくとも、私の家に飾られてある絵画やブロンズ像、地下のワイン貯蔵庫のワインのように年々資産価値が高騰していくものではない。経年劣化による減価償却は免れない。それなのに、彼女を前にすると何故こんなにも心が揺れ動くのだろうか。

――リンゲイン独立共和国が、教皇国カルヴァリオに蹂躙される事は最早決定事項である。

そう遠くない未来、彼女の愛する国は、民は、大地は血で染め上げられ、炎で燃やし尽くされる事が決定されている。既に心の臓に聖釘を刺され、聖墳墓となる事が約束された国の王女に、一体何の価値があるというのだろう。

（同情？　違う……もしや私は、彼女に罪悪感でも抱いているのだろうか？）

――リゲルブルクの宰相として、彼女の国をカルヴァリオの贄《にえ》として捧《ささ》げる事に。

「喉でも渇きましたか？　何かお茶でもお淹れいたしましょうか？」

「そうですね、では何か適当にお願いします」

「はい！」

特段喉など渇いていなかったが、何となくここに居座る理由のようなものが欲しかった。

キッチンテーブルにある椅子に腰を下ろすと、食器棚からガチャガチャとティーセットを取り出す彼女の後姿を見守る。

「こんな夜更けに、貴女は一体何を作っていたのですか？」

「私は明日の朝食の仕込みをしていたんです。今日のおやつに焼いたアップルパイのパイ生地が少し余ってしまったので、明日の朝はカボチャのキッシュでも焼こうかなって」

（なんともまあ、所帯染みたお姫様だ）

とてもではないが、一国の姫君のする事だとは思えない。しかし嫌悪感はなかった。

「どうかなさいましたか？」

「いえ」

私の視線に気付いたらしい彼女は、キョトンと目を瞬かせる。

（他の女と比べて、この女の何がそんなに優れているというのだ？　何かあるとすれば、リンゲインの正統なる王女と言う血統か……）

この少女には一国の王女という、他の女にはないブランド性がある。しかもただの王女ではない。リンゲイン独立共和国の建国者、ロードルト・リンゲインといえばこの近隣諸国では未だ英雄として持て囃《はや》されており、民達の間では今も尚愛され続けている伝説の人物だ。彼を主役とした伝承話《サーガ》や戯曲は多い。

この辺りの近隣諸国の子供達が、寝る前に読み聞かせされるお伽噺《とぎばなし》の代表的なものとして、金色の竜を従えたリンゲインの英雄神話が挙げられる。リンゲインの伝説に感銘を受けた子供達は、棒を振り回して教皇国の兵を追い返す英雄リンゲインのごっこ遊びをして育つ。

あの太陽王の末裔という、血統の正統性《ブランド》に惹かれているというのは、多少はあるのだろう。通常であれば、彼女を自身のコレクションに加える事は、ある程度の労力や財力を割いてもお釣りが来るだけの価値はある。

（あのアミール王子や、他の男達も惹かれているからだろうか？）

しかしあの手のトロフィーワイフ的なものの真骨頂とは、優秀で手強いライバル達を蹴落としていく過程に得られる興奮と、トロフィーを掴んで表彰台に上がり勝者となった瞬間に感じる痛快さである。トロフィーを掴む事が出来なかった男達の羨望の眼差しを一身に集め、悔しくて堪らないといった面々を見渡し、優越感に浸る事に意義がある。トロフィーそのものはどんなに輝いて見えても、実際手にしてしまえばつまらない置物でしかない。屋敷に飾る埃を被った置物がまた一つ増えるだけだ。

教皇国が力を取り戻しつつある現状、スノーホワイトを手に入れたとしても、彼女は私にとって負の遺産にしかならない。

カルカレッソの悲劇により、著しく国力が低下した教皇国カルヴァリオだが、かの国は世界の王者に返り咲き、世界統一するのが悲願だ。地理、歴史、世界情勢、全てを鑑みて、リンゲイン独立共和国は教皇国カルヴァリオにいの一番に落される。次に狙われるのが我が国だ。スノーホワイトの母国リンゲイン独立共和国は、我が国にとって教皇国との間にある緩衝材であり、自国の前面に配置している盾のような存在でもあった。毎年冬越えがやっとの極貧国《リンゲイン》を、見返りも求めず援助し続けるのはマイナス面も大きかったが、それでも勝手に潰れてしまわれるよりはずっと良かった。リンゲインに国の形を保って貰って居た方がこちらとしては旨味があったのだ。教皇国の矢面となる国は一つでも多い方が良い。リンゲインが教皇国に侵略されれば「友好国のリンゲイン独立共和国が、皇教国から攻撃された」という、表立って戦争をする正当な理由も生まれる。国際社会の目もあるので、その手の大義名分があった方がこちらからしても色々やりやすい。

私の計算ではそろそろその時は来るのだ。なので本来、私もアミール王子も――当然陛下も、ホナミなどという馬鹿女に構っている暇などない。しかしあの馬鹿は、このタイミングで「来年の夏のバカンスは海がいいわ。遊覧船に乗りたいのです。だから海沿いにあるリンゲインには、我が国のリゾート地になっていただきましょう」などと馬鹿気た事を言い出し、武具を買い集め、兵まで募りだした。

ホナミの愚行に眩暈《めまい》がしたのは、私だけではない。事実、大臣のウーヴェなど、何人かの重臣はストレスで倒れた。その手の事は、本来ならば時間をかけて少しずつやらなければいけない。敵国や微妙な関係の国家、そして周辺諸国に怪しまれぬよう、不信感や脅威を抱かせないように、慎重に。しかしあの馬鹿が一気に軍事増強に回す予算を増やしたせいで、我が国は教皇の不信を買い、血気盛んな皇帝ミカエラの戦意を著しく刺激してしまった。あの馬鹿女のせいで、戦いの火蓋が切られる時期が数年早まり、私の予定も狂わされた。あの阿呆さえいなければ、来たるべき教皇国戦ももっと万全な体勢で用意出来たはずなのだ。

多少の豪遊ならば、私も目を瞑る。しかしこうなってしまえば、ホナミも彼女の操り人形の国王陛下も我が国の癌《がん》でしかない。あの馬鹿女の散財癖のせいで、最早教皇国戦に捻出する資金すら危うくなってしまった。

——あの馬鹿女のせいで、どんなに遅く見積もっても年内には確実にリンゲイン独立共和国はミカエラに攻め込まれる。それよりも早くあの女が自らリンゲインに攻め込んで、全てを台無しにしてしまうかもしれない。ホナミが馬鹿をしてもしなくても、戦火の火蓋が切られれば、リンゲイン独立共和国は第一に生贄として捧げられる事が確定している。私達がホナミから国を取り戻す事に成功したとしても、ミカエラを触発してしまった以上、事態はもう変わらない。リンゲインは戦炎に晒される。そこに駆け付けた我が国が教皇国の軍を追い返す事が出来れば、リンゲインは我が国の領土に。敗北すればリンゲインはカルヴァリオの属国に戻る。――そういう運命なのだ。

一国の王女である彼女に特段敬意も払わず横柄な態度で接してきたのは、ずっと我が国の肥しとしか思っていなかった小国の姫だからかもしれない。私が生まれるずっと前から、最前線に配置している国の長の娘としか思っていないからだろう。

――なのに何故、今、こんなにも彼女に心が掻き乱されるのだろうか？

（自分の国が戦火に包まれたら……この女は泣くだろうな）

嘆き悲しむ彼女の姿が脳裏に浮かぶ。胸がチクリと痛むのは何故だろう。長年国政から遠ざけられていた彼女は、自国がそんな危機的状況に置かれている事も知らないはずだ。知らないからこそ、こんな所で暢気に鼻歌混じりにキッシュも焼ける。

――出来心だった。

「外に散歩に行きませんか？」

「この時間にですか？」

深めのタルト型に、パイ生地をつめていたスノーホワイトの手の動きが止まる。

「この時間だからです。今の時季、この森でこの時間にしか咲かないといわれている珍しい花が近くにあるのです。一緒に見に行きませんか？」

困惑気味な様子でスノーホワイトはこちらを振り返る。

即答しないのは、このままキッシュを焼いてしまいたいからだろう。

「貴女も私も、いつまでもここで暮らしているつもりはないはずだ」

誰もが避けている現実的な話を投げかけると、フォークでパイ生地の底面に穴を開けていた彼女の横顔が強張った。

「良い機会だとは思いませんか？　恐らくここを出たら、もう一生見る機会はないでしょうから」

「そんなに珍しいお花なら、折角ですもの。皆さんを起こして、皆で果実酒とお夜食を持って行きませんか？」

「男心の解らないお姫様ですね、私は貴女と二人きりで見たいと言っているのです」

そう言って手を差し伸べると、彼女ははにかんだ笑みを浮かべながら私の手を取った。

「こんな時間にデートのお誘いなんて、イルミ様はいけない方だわ」

その後、スノーホワイトはちゃっちゃとサンドウィッチなどの軽食を作り、紅茶を入れたポットと、カットされたフルーツと赤ワインらしき物が入っている瓶をバスケットにつめた。

「なんですか、その作りかけのジャムのような物が入った瓶は」

「これですか？　こないだエルと一緒に作ったサングリアです」

スノーホワイト曰く、赤ワインの中にカットしたフルーツを漬け込むその飲み物は、リンゲインの民達の間でとても愛されているアルコール飲料らしい。ワインを飲んだ後、それにブランデーや砂糖を多めに加えて行けば長期保存にも向くという。

（なるほど。早飲みタイプの安ワインが古くなり劣化したものと、傷んできた果物を同時に処理し、長期保存出来ると言いう合理的な飲み物だ。庶民の生活の知恵だな）

今回持ってきたサングリアは、林檎《りんご》と無花果《いちじく》と生姜《ジンジャー》をワインとブランデーに漬け込んだ物で、紅茶と一緒に飲むと体が温まって良いのだとか。

そんな事を話しながら、ランプの中に魔術の火を灯した物を持って、暗い森の中を歩く。

夜の森は冷える。話の流れで何となく肌寒さが気になった。

スノーホワイトはそんなに遠くまで行くとは思っていなかったのだろう。夜着の上にミモザ色のカーディガンを羽織ってはいるが、その薄手のカーディガンだけでは寒そうに見えた。上着を脱ぎ、彼女の肩にかけてやると、スノーホワイトは「ありがとうございます」と言って微笑んだ。その後も、クスクス笑い続ける彼女に、居心地の悪さを感じた。

「何ですか？」

「いいえ、何でも」

「気になりますね」

「言ったら怒られてしまいますもの」

「ほーお、怒られてしまうような事を考えていたのですか？」

「い、いえ！　ただ、イルミ様が優しくて嬉しいなと思っただけです！」

（……そうか？）

そういわれて一瞬考えてしまった。

「私はいつだって優しいでしょう？」

「いいえ、そんな事ありません。イルミ様が私にお優しいのは、私と二人きりの時だけだわ」

「そうですか？」

「そうですよ、イルミ様は皆と一緒の時はいつも意地悪です。エルがいるともっと意地悪になるの。いつもこうならいいのに」

前者はともかく後者は自覚があるだけに、黙る他ない。

「エルヴァミトーレはイルミ様の事を誤解しています。何故彼にあのような態度を取るのかお聞きしても良いですか？」

「そんな事を聞いて貴女はどうするつもりなのですか？」

「……私、アミー様に聞いて知っているんです。エルヴァミトーレの失墜に加担したのはイルミ様なんだって。エルヴァミトーレをここに連れて来たのは、彼を守る為のイルミ様なりの苦肉の策で、折衷案だったのでしょう？」

（本当にあの男は）

スノーホワイトに部下達の事情を聞かれ、鼻の下を伸ばしながらにやけ面でへらへらと答えているあの王子《ドーピー》の図が頭に浮かぶ。

「どこまで聞いた？」

「これが全てです。他にも何か事情がおありなのですか？」

明日あのふざけた男に嫌味の一つでも言ってやろうと思いながら、一つ溜息を吐く。

——事実だった。

ルジェルジェノサメール城では今、邪魔な人間が殺し放題というとても酷い状況になっている。ある程度の権力を持ち、頭が回る者限定の話ではあるのだが、今なら合法的に城内の人間を抹殺する事が可能だ。消したい相手がいれば、その者が寵妃ホナミに嫌われるように仕向ければいい。または彼女と陛下がいちゃついているのを邪魔させる役目を押し付ければいい。そうすればすぐにその者の首が飛ぶ。

あの坊やは、首が飛ぶ寸前だった。

「坊やには話したのか？」

「いいえ、そんなの話したらイルミ様に叱られてしまいますもの」

（まあ、悪くない判断だ）

もし話していたら、今まで私が彼女に試した閨事《ねやごと》の全てを戯れと感じる位、情け容赦ない非人道的なお仕置きメニューを用意していた所である。

「ただ知りたいな、と思ったのです」

彼女に自分の事を知りたいと言われ、邪気のない瞳でこうやってジッと見つめられると、何故か「お前には関係ないだろう」と冷たく突き放して一笑に付す事が出来ない。そんな自分に自分で驚きながら口を開く。

「伯爵家の存続の問題です。あの坊やはまだ経験は少ないが優秀だ。世襲貴族の議席などを利用せずとも、今回のような潰しに遇わなければ一人で私の所までのし上がって来るでしょう」

「あら、イルミ様も彼の事を認めていたんですね」

「死ぬつもりはありませんが、こんなご時勢です、私にもしもの事があった時の保険はあった方がいい」

私の答えに彼女はクスクス笑いながら、したり顔で「素直じゃないんだから」と嘯《うそぶ》いた。

他の者に同じ事を言われたら倍どころか十倍位の嫌味を返す所だが、皮肉を言う気も起きなかった。

「ところで、どちらまで行かれるのですか？」

「さて、どちらまで行きましょうか」

「あら。行き先を教えてはくださらないのね」

「どこに向かっているか知らない方がきっと着いた時の驚きも一入《ひとしお》ですよ」

「ええ、そうね、その通りだわ」

私の返答に誕生日プレゼントの包装紙を開ける子供のようにはしゃいで笑う彼女に、不思議な気分となる。

（それにしても無用心な娘だ）

このまま私がどこか遠くに連れ去ってしまうとは考えないのだろうか？　人質にされる可能性や、殺される可能性などは考えないのだろうか？　何度か体を重ねただけで、何故こうも私の事などを信用出来るのか。宰相として働いていた頃の私を知っている人間ならば、カルヴァリオとの交渉材料に彼女を手元に置いていると信じて疑わないだろう。

国政から遠ざけられていたとはいえ、彼女も馬鹿ではない。リゲルブルクで自国の事を疎ましく思っている勢力の事は知っているはずだ。

友好国と言えどもリゲルブルクくらいの大国となれば、国内には様々な勢力が存在する。貴族院や行政府の人間達は大抵リンゲインの事を疎ましく思っている。民達の間ではロードルト・リンゲインの伝説や影響力は健在だが、現実主義な官僚間では違う。税をリンゲインの援助に回す事などせず、さっさと教皇国の贄にしてしまえという勢力。むしろさっさと侵略して自国の領土にしてしまえという勢力まで存在する。自国の税をリンゲインに回す事を良しとしない役人は多い。

そして税の見返りのように、代々王子や姫を差し出して来て婚姻を結ぶ王室間の風習を面白く思わない者も多かった。

何を隠そう、私もその中の一人だった。宰相になった私が一番最初にしようと思っていた仕事は、リンゲインを見捨てる事だった。――そして次にリンゲインの侵略し、自国の領土とする事だった。

だが私は宰相になって初めて、それが今まで出来なかった事情を知る。

（ウンディーネ……）

我が国が奉る忌々しい女神の名を思い出し、渋面を浮かべたその時。

「あの、イルミ様」

スノーホワイトにおずおず話しかけられ、私は我に返った。

「今の時間、アミー様の結界を出るのは危ないのでは？」

「私がいても不安ですか？」

「いえ、そういう訳では」

「空を月を見てごらんなさい、月が青いでしょう？」

「え？　ええ」

「月が青い夜は、魔物の類は比較的大人しくなるのです」

「そうなのですか？」

驚き目を見張るスノーホワイトに私は無言で頷いた。

この世界には二つの月がある。一つは天上に浮かぶ、満ちては欠ける小さな月。一つは地平線の向こうに半分顔を覗かせる巨大な月。こちらは満ちる事も欠ける事もせず、朝も昼も夜も、ただそこに厳かに半円球の顔を覗かせている。天上にある小さな月は、満ち欠けと共に赤、黄、青と色を変える。赤い月は魔の物達がもっとも凶悪になる夜だが、魔の物達は黄色になると落ち着きを取り戻し、青い月になると鳴りを潜める。

青い月が満ちようとしている。恐らく明日か明後日には、青の満月の夜がくる。勿論月が青いからといって絶対に安全という訳ではないが、私の経験上、月が青く満月に近いこの時季は比較的安全だ。

「お父様が青いお月様の夜に森に行くと危険だとおっしゃっていたわ。子供は精霊に攫われてしまうって。そして精霊の子と取替え子にされてしまうのだと」

「貴女のお父上の言葉は別に間違ってはいない。青の月夜は精霊達の動きが活発になる。森には精霊が多い。それもあって青の月夜は、森の中では不思議な事が起こるといわれています」

「今夜も何か、不思議な事が起こるかしら？」

彼女がそう言うと、本当に何か起こりそうな気がするから不思議だ。

「そういえば、イルミ様のご両親はどのようなお方なのですか？」

（このタイミングでそれを聞くか）

思わず苦笑してしまった。

「イルミ様？」

「ああ、すみません。もうどちらも死んでます」

「す、すみません……、私」

「いいえ。父は血も涙もないといわれていた宰相で、戦時には軍師としても活躍し、何度も我が国を勝利に導いたそうです。ラインハルト国王陛下とはパブリックスクール時代からの親友でもありました。母は社交界で流行を作り出すのが得意で、自身のファッションブランド店も出している根っからの商売人でしたね。我が国の社交界に龍涎香《りゅうぜんこう》を流行らせた事から、灰色の琥珀の貴婦人《マダム・アンブルグリ》と呼ばれていたそうです」

「とても素晴らしいご両親だったのですね」

(素晴らしい、か)

確かにそうなのだろう。耳に胼胝《たこ》ができるほど良く聞いた賛辞だ。しかしその褒め言葉に会釈で返す度に、自分の中の何かが欠落していったような気がする。

――両親の死にも、何も感じなかった。

母の死は「思ったよりもったな」といった印象だったし、父の死は珍しく父が読みを誤ったなといった印象しかなかった。

いつも冷静であった父だが、彼は昔からラインハルト国王陛下の事になると少々おかしくなる。今回もそれであった。陛下が旧知の友である父の忠言よりも、ホナミを選ぶことは誰の目にも明らかだった。なのに父はそれに気付けなかった。

暗殺だった。私からすればあれは父の慢心だ。

ホナミは、陛下が首を切れない相手や城から追放し難い重臣は毒殺すると相場が決まっている。父も陛下にホナミの事を忠言した後は、自分もホナミの毒殺対象として選ばれていた事を当然知っていたはずで、以前にも増して身辺警護に気を配るべきだった。

だからこそ、父の葬儀で涙を見せたあの坊やの事が信じられなかった。

『何故、お前が泣く?』

『あなたは、父親が殺されて悲しくないんですか？　悔しくないんですか？』

『悔しい？　坊やは随分と不思議な事を言いますね』

『ホナミなんでしょう、仇を討とうとは思わないんですか？』

その言葉に思わず吹き出してしまった私を、彼は不可解な生き物を目にするような顔で見ている。

『父が愚かだったのです。誠心誠意訴えれば、陛下はホナミではなく旧知の友である自分を選ぶと信じて疑わなかった……あの人も老いたんですねぇ』

『もしかして、父の事が嫌いだったんですか？』

『は？』

（さっきからこの坊やは一体何を言っているのだ？）

むしろこちらからしてみれば、何故お前が泣けるのだと不思議でしかない。

調子が良く、外面だけは異様に良い父に絆《ほだ》されてしまったようだが、父はこの坊やの事も彼の母親の事も探してすらいない。彼の母親は――クロエは、本当に父が弄んだ数百といる女の中の一人でしかないのだ。その子供が思ったよりも優秀で魔力を持っていた。だから珍しく特別扱いしただけだ。婚外子を合わせても、魔力を持って生まれた父の子は私とこの坊やの二人だけだった。彼が魔力を持っていなかったら、優秀な家庭教師を付けずとも高級官僚の国試に一発で受かるような頭脳を持っていなかったら、父はいつも通りは した金を握らせて屋敷から追い返していただろう。女だった場合は小金を握らせ体を開かせて、しばらく楽しんで飽きたら捨てていただろう。父はそういう男だ。

財産分与だってこの坊やのタイミングが良かっただけだ。最近ますます険悪な関係になった母に、父は自分の死後に渡る金をより少なくしたいと思っていた最中だった。坊やに家名を与えたのだって、口うるさい母に対する嫌がらせであったのだ。

（母、か……）

昨今リゲルブルクの貴族社会でも、恋の歌を歌う吟遊詩人や叙情性の高い恋愛賛美の歌劇《オペラ》の影響で恋愛結婚の波が広がってきたが、まだまだそれは主流ではない。失う物の少ない下位貴族のご令嬢――つまり大した権威も財産もない家の、跡取りではない自由な身分のご令嬢様方のお戯れに過ぎない。

この国の高位貴族にとって、結婚とは未だに爵位や財産の継承を目的とした家同士の縁を結び付ける制度である。子供の結婚相手を決める権限は親が握っている事が多く、そこには子供の意思や好き嫌いの感情が介入する余地はない。

貴族の家に生まれた者が自由恋愛を楽しむのは、結婚後の話になる。その社交の場が王都の中心で毎週末開催されている仮面舞踏会であり、文化人や学者、流行の音楽家やら芸術家やらを招き、一見衒学《げんがく》な装いに見せかけた奥様方の秘密のサロンである。下々の者の家の事は知らないが、貴族間の夫婦というものは互いの恋人の存在を許容し、互いの恋愛を尊重する。それがこの国の上流階級を生きる人間の結婚生活においての作法とされている。

この国の貴族社会において愛人というのはとても一般的な存在なのだ。愛人に巨額の金を注ぎ込んで家を傾けたり、愛人に本気になって駆け落ちしたりして、家同士の結び付きを破綻させるような真似さえしなければ、とりたてて非難される事はない。

しかし母の母国は違う、アドビス神聖国は貴族間でも恋愛結婚が主流の国だ。

文化の違いにより、父と母の間に齟齬《そご》が生まれた。父からすれば、結婚したので親の支配下から逃れ、自由恋愛が楽しめるようになったはずなのに、妻が何故か邪魔をする。母も母で「君も外で自由に恋人を作って来るといい」と言う父に腹を立てる。

元々、母のように男に対して従順でない女は、父からしてみれば愛玩するに値しない。

このような事が起きるから、いつの時代も国際結婚は難しい。

母の人生の一番の不幸は、何だかんだで父を愛してしまった事だろう。

父はまさか母が死ぬとは思っていなかったようだが、私はそう遠くない未来、母は自害するだろうと思っていた。

自分を生んでくれた事や、世界でも類のない豪華な生活を送らせてくれている事は感謝していたので、何度か母に「父と別れて自国に帰るべきだ」と忠告をした事はあった。

しかし彼女は父と別れて自由になるよりも、父にしがみ付き、父の自由恋愛の邪魔をして嫌がらせを続ける人生を選ぶと言う。幸せにはなれないだろうが、母の人生は母のものだ。彼女がそうしたければそうすればいいと思った。

異国での馴染みない結婚観と風習、価値観の違う伴侶に追い詰められ、母は一歩一歩死刑台を昇って行った。私は子供の頃から、ただ黙ってその背中を見守っていた。

――私は本当に、昔からそういう冷たい男だった。

ら『仲が良くなかったんですか、それとも僕のせいですか？　レベッカ夫人の事があったからですか？』

夫婦仲は冷え切っていたし、最後の頃は憎しみあっていたが、私自身は別に父も母も嫌いではない。どちらも尊敬にたる部分はあったたし、愚かだと思う部分もあった。

『お前は何も関係ない。こちらからすればお前の方が不可解です。たった二週間しか一緒に暮らしていない、赤の他人同然の男の為に何故泣けるのですか？』

『僕の父親です。悲しくて何がおかしいんですか？』

『父親ね』

思わず鼻で嗤《わら》ってしまった。

（まあ、どこか欠落している部分はあるのかもしれませんね）

ザアアアアッ！

城郭都市の外にある、緑溢れる高台に聳《そび》え立つ庭園式の墓地に花吹雪が舞う。

眼鏡を外してレンズに張り付いた花弁を取り、目を細めながら丘の下の王都を見下ろした。春霞《はるがすみ》で白く染まった王都に、薄紅色の花吹雪が舞い落ちるその様子はまさに圧巻である。

母は雪の多い嫌な季節に逝ったが、父はとても良い季節に死んでくれたものだ。この花吹雪が見れるのならば、毎年父の墓参りに郊外まで足を伸ばすのもそんなに億劫ではないだろう。

『庶民の学校では、その手の情操教育の授業が必修科目か何かなのですか？』

『は？』

『残念ながら私はその手の授業を受けた事がないので、いまいちピンと来ないんですよ。なので正直、葬儀では涙を流すべきだと言う坊やの気持ちの悪い固定観念の押し付けには困惑してしまいますし、その黴が生えた古臭い宗教観や道徳心を養う事に意義を見出せない』

『な！』

『人心掌握術として使える事はあるのかもしれないが、私は別にそんな小手先の技術を必要としていない。そんなものを持ち合わせていなくても、大抵の事は私の力か金のどちらかで片が付く』

『…………』

『貴族社会でもビジネスの世界でも、男が外で感情を爆発させる事ほど見苦しい事はないのです。そんなもの無能の代名詞のようなものだ。そんな男に誰が付いて来る？　信用して仕事を任せられるか？　女性ならば涙を見せても許されるでしょうが、泣いている男の部下や上司を見たらあなたはどう思いますか？』

『そりゃそうかもしれませんけど！　で、でもここは城ではありませんし、自分の親の葬式くらい……！』

『やっぱり坊やはまだまだお子供様なんですね。大人の男にとって、感情とは必ずしも人に見せびらかして良いものではない。全てを抑制する必要もないが、今の坊やのように自分に対して友好的ではない人間の前でその手の感情を吐露する事は、愚挙としか言いようがありません』

『——っ！』

『私の前で自分の弱みを曝け出してどうするのだ。——それとも何ですか？　私がお前た肩を抱いて、慰めの言葉をかけるような優しい男だと思い違いでもしていましたか？』

『そ、そんなわけ！』

『行政府は坊やが今まで居た上級学校とは違う。テストで満点を取っても誰も褒めてはくれませんよ。品行方正な優等生でいれば上級学校の教師は褒めてくれたのでしょうが、いい子ちゃんのままではすぐに足元を掬《すく》われて出世コースから落ち零れてしまう。それが大人の世界です。——それが分かっていないからお前は行政府でもあんな下っ端どもにナメられているのだ、情けない』

『……クッ』

花吹雪が小さな竜巻になって巻き上がる様子を眺めながら、彼に背を向けるとなだらかな階段を下って行く。

父はもういない。私の背中に向かって反論するに値しない戯言をギャーギャー喚いている少年に、彼の母親の事や父が話さなかった真実について教えてやるべきかと思ったが、今の私が何を言っても言い訳になるだろうと口を噤んだ。

私がこの坊やに出来る事は弁明でも言い訳でも、下手な慰めでもない。

この坊やに我が家の帝王学を徹底的に叩き込んで、自分の後継者として育て上げる事だ。

これも馬鹿ではない。そのうち嫌でも真実に気付くだろう。

（その時は、一発くらいなら殴られてやっても良い）

＊＊＊＊

「スノーホワイト、あなたのご両親はどのような方だったのですか？」

「私のですか？」

「ええ、貴女のです」

彼女の幼き日の父親との思い出を聞きながら、夜の森を歩く。

ややあって。辿《たど》り着いたのは小さな湖だった。以前スノーホワイトが攫われた、盗賊のアジトである古城の湖畔とはまた違う湖である。本当にこの闇の森は広い。アミール王子の話によると、昔はあの古城の周りを囲むだけの小さな森だったそうなので驚きである。

湖の前には人の丈の三倍程はある、巨大な植物がうねうねと踊るように蠢いていた。その植物の上には数個、人の頭の二倍程度の大きさの毒々しい色をした花が狂い咲いている。

その植物は私達の姿を見付けると――正確にはヒト科の雌であるスノーホワイトの匂いに誘われて、こちらにザワザワと近付いて来た。

「い、イルミ様……あ、あの？」

スノーホワイトの足が止まる。

「珍しい花でしょう？　この時季、この森でしか咲かない、おしべ草という植物です。有性生殖タイプの雌雄異株であり、その名の通りおしべしかない花を咲かせる魔法生物です。この季節の青の月夜はおしべ草の繁殖期で、彼等はめしべ草を求め、夜な夜な森の奥を彷徨っている」

「え、えっと？」

勘の良い彼女の顔が引き攣っている。

「ちなみにおしべ草の出す花粉は、媚薬や男性の精力増強・ED治療薬の材料として高値で売買されています」

「猛烈に嫌な予感がするんですけど」

「相変らず勘はいいですが、今回は気が付くのが少々遅かったですね。あなたも知っての通り、今我が家は火の車なのです。まあ、頑張って来てください」

その背中をドン！　と押して前に突き出した瞬間、おしべ草の毒々しい色の花がスノーホワイトに襲い掛かる。

バフッ！

「あ、あふ……え？」

黄色い花粉を掛けられ目を回したスノーホワイトが地面に倒れこむよりも先に、おしべ草の蔓《つる》が彼女の四肢を縛り、空高く持ち上げた。

「いやぁ、助かりましたよ。男の私だけでは、おしべ草の花粉を入手するのは不可能なので」

「な、……何がデートのお誘いよ！　イルミ様の嘘吐きー！」

正気に戻ったらしいスノーホワイトが顔についた花粉を振り払いながら叫ぶが、その目は既にとろんとしてきている。

おしべ草の花粉を吸ってしまったせいだろう。

おしべ草の花粉には即効性の催淫効果がある。彼等はめしべ草に花粉をかけて発情させ、逃げられないようにしてから受粉させるという、非常にロジカルな子孫繁栄戦略をとって繁殖してきた。植物だからといって侮れない。

「何を言っているのですか、デートには違いありませんよ。おしべ草の花は、この時季この森でこの時間にしか見られないというのも嘘ではない。さあ、しっかりとおしべ草のおしべを受け入れて、受粉して下さいね」

「じゅ、受粉⁉」

スノーホワイトの顔が青ざめる。

「おしべ草はめしべ草に『受粉させた』と錯覚する事により、稀少な実を実らせるのです。本来ならばめしべ草でなければ不可能なのですが、発情期に限りヒト科のメスのめしべでもその実を採取する事が可能なのです。実は今、おしべ草のその実が入用でして」

「イルミ様の馬鹿あああああっ！」

おしべ草の蔓は彼女の夜着を捲り上げると、胸の丸い膨らみをきつく縛る。

すると花の中の黄色いおしべ達がにゅるにゅると伸びて、彼女の胸の頂きをちょこちょこと擽り始めた。

「きゃああああああ！　な、なに？」

「貴女のそれがめしべかどうか確認しているようですね」

おしべの先端から次々と溢れ出す花粉が、彼女の胸元に塗りこまれていく。他のおしべ達もスノーホワイトのめしべを探そうと、彼女の体の上を這いずり回り始めた。

「あっ！」

蔓がズリズリと下着の上から秘裂を這い、彼女が声を上げる。

彼女の下着が湿って来ると、めしべのありかに気付いたらしいおしべ草は発光し姿を変える。花の中から次々と伸びたおしべ達が、スノーホワイトの下着の中へと飛び込んでいった。

「待っ、いやぁ……！」

「ほう」

なんともまあ、いやらしい光景である。

おしべ達の手により、スノーホワイトが着用していた色鮮やかなネイビーブルーの下着は恥肉の溝までずらされてしまい、彼女の秘すべき場所はすぐに露わにされてしまった。

つつましやかに閉ざされた肉の割れ目をおしべ達は左右に開くと、彼女の一番弱い部分を覆い隠す細長い三角の苞を剝き上げて肉の芽まで露わにする。女が化粧をする時に使用するアイシャドウチップのようなおしべの先端が、彼女の剝き出しの肉芽にパフパフと花粉をかけて、受粉させようと必死に花粉をなすり付けている。

「う、ぅぁ、ぅ……だ、だめぇ……っ！」

催淫効果のある花粉を弱い部位にたっぷり擦り付けられて、彼女は身を捩りながら甲高い声で叫ぶ。おしべ草の蔓により四肢を縛られ宙に吊るされているスノーホワイトは、自身の陰核に花粉を擦り付けているおしべから逃れる事が出来ない。脚を大きく開かされて押さえつけられているので、私に見られている事に気付きながらも、秘所を隠す事すらままならず、羞恥に咽び泣く事しか出来ない。

「み、みない、で……！」

「そう言われたら、じっくり鑑賞するしかありませんねぇ」

「ぅあ、ぁ、っ！　や、やだ、いるみ、さま……ぁっ！」

「ほら、ちゃんと見ていてあげますから。下等な魔法生物のおしべに擦られて、はしたなく達する姿を私に見せてごらんなさい」

「そん、な！　いや、いやぁ……っ」

私も実際目にするのは初めてだが、繁殖期のおしべ草にヒト科の雌を与えると、おしべ草がヒトの陰核をめしべとみなすと言うのはどうやら本当らしい。

おしべ草のおしべ達は競うように彼女の陰核に花粉を塗りつけている。

「やっ、も、……るみさま、たすけ……て！」

「まあまあ、そうは言わずに頑張って下さいよ。ちゃんと実が採取出来たらご褒美をあげますから」

微笑を浮かべながら彼女の体に巻き付くおしべを1本手に取って、あらかじめ持って来た小瓶にその花粉を入れる。

「しかし、貴女は本当に良い声で啼く」

「いるみさま、こ、これ……？」

今までの淫蟲達と違い、いつまで経っても自分の秘めやかな場所に侵入して来ないおしべ草に気がついたらしい彼女は、今にも泣き出しそうな顔をして私を見た。

おしべ草の花粉を吸い込み、粘膜に直に花粉を塗りたくられながら刺激を与え続けられた彼女の剝き出しの亀裂は、既に腫れぼったくなっている。おしべ達にもてあそばれている肉のしこりの下にある裂け口からは、いやらしい女の蜜がしとどに溢れていた。

「ええ、そうです。おしべ草の目的はめしべなので、貴女の陰核に花粉を擦り付ける事以外興味はないのです」

「そ、そんな……」

「さて、どうされたいですか」

下衣の前を緩め既にそそり立っている己の物を取り出すと、彼女は条件反射で叫ぶ。

「いるみさ、ま、おねがい、入れて……っ！」

いつもなら限界まで焦《じ》らして焦らして隠語を語らせながら懇願させたり、私の目の前で卑猥な道具を使わせて自慰をさせ、それと私の物のどちらが良いか詳細に語らせたりして、彼女のみだらな様子を愉しんでから挿れるのだが、今は何故か早く彼女と一つになりたかった。おしべ草の蔓により宙吊りにされている彼女の腰を掴み、自分の前まで体を降ろさせる。彼女の内股のあわいに己の肉の先端をあてがい、グッと力を込めると、きつく閉ざされた肉壁をこじ開けていく。

「ひぁ、あ、あぁ、あああああ！」

この女は、膣内《ナカ》を解さないで一気に挿入した方が良い声で啼く。そして、その後の反応と乱れ方も格段に良くなる。

苦痛に歪んだ顔と悲鳴じみたよがり声の中に、戸惑いの色が混じっていき、付け火された愛欲の炎が次第に隠せなくなっていく。私に煽られ自身の中に生まれた炎に翻弄されて、困惑しながらも必死に耐え忍ぼうとしているあの顔がいい。与えられる快楽に、もうどうしようもなく感じてしまい「痛かったはずなのに」「嫌だったはずなのに」と混乱している瞳が、忘我の途に踏み込んでしまう瞬間のあの顔がいい。私に揺さぶられ快楽に酔い痴れながらも、恥じらいを忘れず、声を漏らさないように唇を嚙み締めているあの顔がいい。それでも押さえきれずに漏れてしまう甘い声がまた堪らない。それを力技で吐き出させる瞬間に見せる、彼女のあの顔が最高にいい。

（随分と私好みの女に育ってくれたものだ）

「男の味を覚え、膣内でイクコツを摑んでから乱れ具合が一段と激しくなりましたねぇ、コレはそんなに良いですか？」

既に降りてきている子宮口に、自身の先端をグリグリ押し付けながら言うと、彼女は涙を零しながら何度も何度も頷いた。

「は、い……！　すごい、いい、の！」

「もっと鳴きなさい、私の可愛いカナリア」

（カナリアか）

口に出した後、苦々しい思い出が私の胸に蘇った。

＊＊＊

カナリアという鳥は発情している時に活発に鳴く。発情しないとカナリアはあまり鳴かなくなる。なので飼い主はカナリアの餌に卵黄粉を混ぜ、一日の日照量を長くし、籠《かご》の中に小鳥専用の小さな鏡や巣箱を入れて、長い間発情させる工夫をしてそのさえずりを愉しむ。発色剤を餌に混ぜると色鮮やかに羽毛が染まる鳥なので、そうやって見た目の美しさを楽しむ事も出来る。しかしそんな事をさせれば、当然カナリアの体には負担がかかり寿命も短くなってしまう。その事実を初めて知った時、私は人間のエゴに酷く陰鬱な気分になったものだ。

それから私は、自分のカナリアに発情餌や換羽期前の色揚げ粉も与えるのを止めさせた。自分で人参をすりおろしてカロチン餌を作り、赤く色付けさせる事も出来るらしいが、それもどうなのだろうと思った。そもそも私のカナリアは人参をあまり好んで食そうとしない。なので無理に食べさせる事などせず、彼の好む青菜などを食べさせた。

本のページを捲る自分の指を嘴《くちばし》で甘噛みするカナリアを見て、思わず苦笑する。

『こら、邪魔をしてはいけません』

本ではなくこちらを見ろと言うように、本の上に立ってピィピィと抗議された。

歌を歌わなくなっても、淡紅色の羽が退色してまだら模様となっていたとしても、それでも卵から孵化《うか》させて手乗りになったカナリアは可愛い。

ここまで懐かれれば流石の私も悪い気分はしない。

突き詰めて考えれば、籠に閉じ込めて飼う事も人間のエゴなのだろうが、もう野生では生きていけない小鳥をそのまま空に放って殺す事もない。安全な籠の中でしか生きられないようにしてしまったのなら、短い命を終えるその時まで籠の中に入れて大切に飼うのが、エゴの塊である人間《わたし》に唯一出来る事だと思う。

ガジガジと本のページを齧り出したカナリアを見て、雄の癖に嫉妬深い鳥だと苦笑する。

『私のかわいいカナリア、そろそろ籠の中へお戻りなさい』

このまま本の上で排泄《はいせつ》をされたら困るので、籠の中にカナリアをしまおうとしたその時、母が私の部屋の前を通りかかった。

『あら。このカナリア、こんな色をしていたかしら?』

私が籠に入れたカナリアを見て、母が眉を寄せる。

『ええ、餌を変えたので』

『以前のように鳴かなくなったのね』

『発情餌や色あげ粉を与えてカナリアの体に負担をかけたくないのです』

鳴かなくなり羽色の悪くなった私のカナリアを見て、つまらなそうな顔で籠の中を覗き込む母に事情を話した。

私の話をどうでも良さそうに聞き流しながら、母は鳥籠に指を入れる。

『痛っ!』

いきなり籠の中に指を入れてきた母の指を、驚いたカナリアが嘴でつついた。

母は驚き悲鳴を上げた後、顔を顰めた。

『まあ、なんて嫌な鳥なの!』

『今のは母上が悪い。懐いていない人間の指がいきなり籠に入って来たらカナリアだって驚きます』

『私は昔からこの手の生き物が嫌いなの。鳴き声や羽色まで雄の方が美しいだなんて、鳥類って奴等は随分と女をコケにしているわ』

そんな鳥の性質が気に入っているからこそ、我が家は祖父の代からカナリアを飼っているのだが、カナリア達には罪はないのでフォローをしておく。

『一部の男が女性蔑視の材料にその手の話を好んで使う事があるだけで、別に鳥達がヒトの女性性を貶めている訳ではありません。鮮やかな羽を大きく広げて雌を誘う鳥も、美しい囀りで雌を誘うカナリアも、それは繁殖活動の一環でしかない。人間女性と違って鳥類の雌の生には、美しい羽も鳴き声も不要なだけです』

『それが嫌なのよ、私達人間女性の日々の涙ぐましい努力が否定されているようで』

『霊長類と鳥類の繁殖における求愛ディスプレイの違いを比較するのもどうかと思いますが。現に母上だって雄鳥に求愛給餌をされても困るだけでしょう？　私もこれに餌を持って来られていつも困っている』

『本当に嫌な子。年々父親みたいに理屈っぽくなってきて』

『それは仕方ない、私は父上の息子ですから』

『けれど、鳴かないカナリアに何の価値があって？　しかもこんな色の落ちた鳥のどこが良いの？』

『愛玩動物を愛玩する理由は人それぞれです』

『へぇ、可愛がっているのね』

『ええ。犬猫だって血統証でなくても、見目が悪く頭も悪く何の芸が出来なくとも、可愛がって飼っている飼い主は世の中に沢山いるでしょう』

私が籠の中に指を入れると、カナリアは嘴を寄せて擦り寄って来た。

『ほら、別に歌を歌わなくても、色が抜けていても可愛らしいとは思いませんか？』

私のその言葉には他意はなかった。何日かぶりに顔を合わせた母に、自分のカナリアを見せただけだ。私は彼女が父と結婚してこの屋敷に来るまでは、鳥が嫌いではなかった事を知っている。これが彼女がまた鳥を好きになるいいきっかけになればと思っただけだった。――しかし。

『……私が生んであげたのに、私から生まれて来た癖に、それなのにあなたまでそんな事を言うのね……』

低い呪うような声に後ろを振り返る。

『……女の腹から生まれてきた癖に、女がいなければ生まれてくる事も出来ない癖に、それでもあなたも女は男に劣る生き物だと言いたいの？』

『母上、いかがなされましたか』

『誰よりも由緒正しい血統を持つ私が！　あの雑種達に負けているというの⁉』

その血走った目に、扇子を持つ震える手に、思わず言葉を失った。

『この私が！　あんな教養も素養も何もない！　脚を開いて、男に媚《こ》びへつらう事しか出来ない最底辺の女達に！　自ら女性性を貶めている事にも気付いていない、知性もなければ品性もない、尊厳も品位も何もない、男を受け入れ悦ばせる事しか能のない、あの動物と変わりない雑種達に！』

バン！

母は手に持っていたセンスを乱暴に閉じると、そのまま床に叩き付ける。

『この私が、負けているわけがないでしょう！』

ガシャンッ！

次に母が床に倒したのは、カナリアの入った鳥籠をぶら下げている真鍮のバードケージスタンドだった。

『何を！』

そのまま鳥籠を蹴り上げる母を羽交い絞めにして押さえる。

『あら、その発情餌とやらを与えてやらなくてもこうしてやれば鳴けるじゃない！』

それはカナリアの鳴き声ではなく、悲鳴だった。

『やめてください！』

駆け付けて来たメイドに母を連れて行くように命令し、慌てて部屋の外まで転がって行った籠を追いかける。

籠を開けて中のカナリアを取り出すと、私のカナリアは痙攣《けいれん》していた。

カナリアという鳥はとても小さい鳥だ。体長は一〇センチ少々しかなく、足はとても細い。足の骨が折れたのだろう、カナリアの足はありえない方向に曲がっていた。

カナリアはいつものように私の親指を嘴で甘噛みした後、弱々しく一鳴きすると、そのまま動かなくなった。

（私のカナリアが……）

手の平のカナリアはまだ温かく、ただ眠っているようにも見えた。

微動だにしない私の背中に、メイド達に押さえられた母は静かに語りかける。

『イルミ。今日は特別に、誰も教えてくれない人生の秘密を教えてあげる。毎日楽しくても、幸せでも、良い事があっても、決してそれを顔や態度には出してはいけないの。口に出すのはただの馬鹿よ——それが人に嫌われず、憎まれず、僻《ひが》まれず、平穏に生きる人生のコツなのです』

呆然としたまま振り返ると母は笑っていた。私の手の平の中で動かなくなったカナリアを確認すると、彼女は満足そうに頷き、顔を歪めて笑った。

『世の中、恵まれていない人の方が圧倒的に多いのよ。皆が皆、貴方みたいに恵まれた環境に生まれて、何不自由のない生活を送っているわけじゃない。皆悲しいの、皆泣いているの、世界は絶望で満ちている』

したり顔で語りだすその女の顔は、恐らくこの世で最も醜い。

『戦争、飢え、寒さ、干ばつ、いわれなき差別や迫害。誰もが皆、救いのない世界を悲観し、失意にまみれながら生きている。誰もが毎日楽しく生きてるわけじゃない。むしろ逆の人間の方が多いのよ』

『奥様』

『だからね。貴方みたいな恵まれた環境で生きている人間が、さっきのように楽しそうな顔をして笑っているとね、そういう人達の不興を買うのよ。お分かりになって？　私は何もあなたが憎くてこんな事をしたわけじゃないの。これは人生勉強の一環として、親としてあなたに人生ってものを教えてあげているだけで――』

『奥様、もうお部屋に戻りましょう』

『うるさいわね、黙りなさいこの雑種風情が！　イルミ、だからと言って毎日辛気臭い顔をして、不幸自慢ばかりしていても駄目よ。鬱陶しいし、見ている人をイライラさせるだけだから。私、愚痴っぽくてジメジメしてる陰気な人間が本当に苦手なの。こっちの運気まで吸い取られてしまいそうで』

　母の言っている言葉の意味は分かった。つまり自分は不幸なので、あまり楽しそうにしてみせるなという事なのだろう。同時につまらなそうな顔もするなという事なのだろう。

――では、私は一体どんな顔をして生きていけば良いのか。

（女とはなんて身勝手な生き物なのだろう）

いや、女という生き物全てが身勝手な訳ではない。この女が身勝手なのだ。――そして、父も。

（ああ、そうか）

――私は両親の事が嫌いだったのだ。

　物心付いた時から、両親は私の敵でしかなかった。人間関係とはどんな関係においても上下があり、力学関係が存在する。それは家族という関係性においても同様だ。

　我が家の場合、父が一番強い権力を持っていて、その次は母で、一番低いのは子供である私だった。父が母に当たれば、母は私に当たる。川の流れのように下へ下へと負の連鎖反応が起こる。それは私の体格が両親を超えるまで続いた。

形あるものはいずれ壊れる。大切な物など作らない方がいい。あの家にいる限り、親の金で生かされている限り、自由などなかった。金だけなら公爵家や侯爵家よりもあったので誰もが私の生活ぶりを羨んだが、自分がそんなに良い生活を送っていると思った事はなかった。確かに物質的には満たされてはいたが、自分自身が満たされていると感じた事はただの一度もなかった。何か大切な物を作っても、どうせすぐに父か母に奪われて壊されてしまう運命なのだ。どうせ奪われるのならば、壊されるのならば、何もいらないと思っていた。

(そうだ。それで私は何かを大切にする事も、誰かを大切にする事も止めたのだ……)

――しかし今、あの家には私から何かを奪う者も壊す者もいない。

私はもう大人で、父と母の庇護もなく自分の力で生きている。大切な物を作っても、もうあの屋敷にはそれを奪う者も壊す者もいない。家の外だってそうだ。国内に私を脅かす者は皆無に近い。

(それなのに何故、今こんなに戸惑っているのだ)

ああ、そうか。父と母という敵がこの世にいなくても、命は有限だからだ。

自分の手の平の中で冷たくなっていったカナリアの事を思い出す。「鳥も死ぬと死後硬直するのか」と当たり前の事を思いながら、本当に歌を歌わなくなってしまったカナリアをそのまま何時間も見つめていた。目の前のこの少女にも、いつ何があるか分からない。

（私は、怖いのかもしれない）

彼女があのカナリアのように冷たくなって、動かなくなってしまうその日が。

大事に銀の鳥籠の中に閉じ込めて厳重に鍵をかけたとしても、このご時勢、彼女を守りきれる保証はない。人の命は永久ではない。人はいずれ死ぬ生き物だ。

（しかし、そんな事でどうする）

自身の肉を引き抜くと、一瞬遅れて彼女の中からボタボタと白い情熱が溢れ出た。

無言でおしべ草の花の上に生った毒々しい色の実を捥《も》ぐと、ランプの中に入れていた魔術の光を上空に投げる。

おしべ草は光に弱い。おしべ草は彼女の体を放すと、すぐさま闇の向こうへと逃げて行った。

「はい、お疲れ様でした」

蔓から解放された少女を宙で受け止めると、腕の中で彼女は蕩けた瞳のまま言う。

「ね、ねえ、イルミ様……」

「なんでしょう」

「きす、したい、……ご褒美に、キスしてくれませんか？」

不意をつかれて体の動きが止まった。

「キス、ですか？」

いわれてみてはじめて、自分が彼女に口付けをした事がないのに気付く。

この女は本当に良い声で鳴くので、口を塞ぎたくないと常々思っていた。

自分とする時は絶対に声を我慢させない。彼女が口を押さえ声を漏らすまいとすると、手を縛るか、そんな余裕がなくなる位、激しく攻めたてるのが常だった。複数でする時も、他の男が彼女の唇を唇で塞ぐ事を忌々しく思っていたものだ。

「私とじゃ、その……したくないのですか？」

呆然とする私の顔を、彼女は恐る恐る覗き込む。

「いえ、いいんです。その、出来心と言いますか、ずっとイルミ様にして頂きたいなって思っていただけで……すみません、厚かましかったですよね、えっと、」

もう何も言わせたくなかった。そのまま己の唇で彼女の口を塞ぐと、彼女は大きく目を開いたまましばらく固まった。一旦、唇を離し、口角を吊り上げて哂う。

「貴女も私も、案外お馬鹿さんなのかもしれませんねぇ」

角度を変え唇を重ねると、彼女はそっと瞳を伏せて私の背中に手を伸ばす。

湖の中心に小石を投げたように、今まで知らなかった温かい感情《なにか》が私の中でジワジワと拡散されていく。

スノーホワイトの唇は、ほのかに甘い林檎の味がした。血のように真っ赤な唇はどこか罪の果実めいていて、毒性の高い媚薬のような中毒性があった。一度味わってしまえば最後、離す事が難しい、甘やかな唇を味わいながら私は苦笑する。

（口付けくらい、もっと早くしてやれば良かったな）

私は飽きるまでスノーホワイトの唇を味わった後、大地の上に彼女の体を組み敷いた。

「私の可愛いカナリア、今夜も沢山鳴かせてあげましょう」

「スノーホワイト、先程の話の続きです」

「はい？」

事後。彼女の作ったサンドイッチを片手に、湖を見つめながら語りだす。

「私は両親が嫌いでした。自分の事しか考えていない未熟な大人だと軽蔑していた。死んでくれて良かったとむしろせいせいしている」

情事の余韻で蕩けていた瞳が「いきなり何を話しだすのか」ときょとんとなる。

そんな彼女の様子に構わず、私は自身の心の内を吐露し続けた。

「父にいたっては、政治的に利用出来る死に方をしてくれて感謝すらしています。死んでくれて本当に良かった」

「は、はい」

「私の父はとても身勝手で、他人の気持ちを思いやる事の出来ない男だった。彼の物事の判断基準は、自分が快か不快か、得をするかしないかだけだった。自分の思い通りにならないとすぐに癇癪《かんしゃく》を起こし、物や人に八つ当たりをする。他人が傷付く事や誰かの人生を台無しにする事よりも、自分の快楽と利益をいつも優先していた。いくつになっても子供のままで、堪え性がなく、自分が一番に優先され、大事にされ、愛されていなければ我慢の出来ない男だった。かと言って、自分から誰かに優しくしたり、大事にしたり、愛する事は決してしない男だった」

「はい」

「私の母は、自分が不幸だから周りも不幸でないと満足出来ない女だった。不幸であるのならば幸せになる努力をすれば良いだけなのに、その努力をしない怠惰な女でもあった。そんな女にも暗い穴の中から助け出そうと差し伸ばされた手は何本もあったのに、その手が気に食わなければ救いの手に気付かないフリをして、自分は不幸だ不幸だと嘆いてばかりいる傲慢な女だった。同時に変化を恐れて、自分の人生や生き方を変える事が出来ない、行動力と意気地のない弱い女でもあった。誰もが不幸になる事を望んでいる怨霊のような女だった」

「はい」

「本当にどちらも嫌いでした。あなたと話していて気付きましたよ、私はあの人達の事が心の底から嫌いだったのです」

「……私も、実はお父様が嫌いでした」

苦笑混じりに呟いた彼女の言葉に、今度は私が驚く番だった。

彼女と彼女の父親の微笑ましい思い出話を先程聞いたばかりだ。

「貴女は、ご自身のお父上の事を敬愛していたのではなかったのですか？」

「私もイルミ様のお話を聞いて思い出したのです。――ええ、確かに私、お父様の事は敬愛しておりました。大好きでした。大好きだけど、同時に大嫌いだったんです。……継母《あのひと》しか見ていないお父様の事が、大嫌いだった」

大きく目を見張る私に、彼女は苦笑を浮かべながら続ける。

「亡くなったお母様の事を思い出そうともしないあの人の事が嫌いでした。お母様の事を話してと言うと嫌がるあの人の事が嫌いでした。私の為と言って新しい妃を貰ったのに、お義母様が私の為になっていない事に気付いても見ないふりをし続けて、自分の都合を優先するお父様が嫌いでした」

それは人間離れした美貌を持つ彼女の中にある、とても人間くさい、人間らしい生身の感情だった。

「だって、とても寂しかったから。――もっと、私の事も見て欲しかった」

「スノーホワイト」

衝動的にそのまま彼女を押し倒しかけたが、彼女は既に泥酔状態に陥っていた。

(ああ、そうだ、この女は酒に弱いのだ)

酔い潰れた女を抱く趣味はない。それから彼女が作った果実酒で喉を潤しながら、酒の回ったお姫様の与太話に付き合った。真っ赤な顔で真剣に父親への苦言を述べる彼女が、何故だか妙におかしくて笑えて来た。

(私はもしかしたら、彼女のこういう所を好いているのかもしれない)

人間、誰しも汚い感情を持っている。しかし私の周りの女達は、それを出す事を良しとしなかった。どの女も良い女ぶって、聖女のような態度で私に接してきた。どの女と付き合ってもマネキンと付き合っているような感じがして、薄気味が悪かったものだ。

彼女は私の前で良い女ぶって自分をつくる事も、聖女のように振る舞ってみせる事もしない。今まで数え切れない程女を抱いてきたが、本当の女を抱いたのは彼女が初めてのような気すらするのだ。

どうせ明日になれば、今日ここで話した事は彼女の記憶には残っていないだろう。彼女に付き合い、私も今まで自身の胸に蓄積されていたヘドロのような物を一緒に吐き出した。

話し始めれば、果実酒が入った瓶はあっという間に空になった。

「今年はとても良い年でした、両親とも死んでくれたのだから」

全てを吐き出した後、何故だか妙に不安になった。

「私がこんな事を思っていると知って、貴女はどう思いましたか？」

「へ？　どう思うって……イルミ様だな、イルミ様らしいな、としか」

果実酒に浸していた林檎にフォークを差しながらこちらを振り返る彼女に、思わず吹き出してしまう。

「私らしい……そうですね、その通りだと思います」

そうだった。私はこの女の前では不思議と猫を被った事はなかった。出会ったその時から全てを曝け出してきた。

私は自分の価値を自分で知っている。それなのに今、何故、他者に――スノーホワイトにあえて自分の真価を問うような真似をしたのか。私は今までの人生、他者にどう思われるかなど気にした事はなかった。他者に好かれようが嫌われようが、正確に評価されようがされまいが、私という人間の絶対的な価値は変わらない。揺るがない。

（ああ、そうか。これが恋なのか）

気付いてしまえば後は早かった。

「スノーホワイト、私は案外あなたの事を気に入っているようだ」

いきなり何を言い出すのだという顔で首を傾げる少女の手を取って、その甲に口付ける。

――手の甲への口付け。それはこの国では敬愛と忠誠を意味する。

（偉大なる太陽王の末裔に、私の持てる能力《ちから》の全てを捧げましょう）

「どの位気に入っているかというと、先祖代々守り続けてきた伯爵家と、リゲルブルクの存亡を秤《はかり》にかけるくらいには気に入っています」

「ふへ？」

――このカナリアを閉じ込めている籠を、私がこの手で壊してやろう。

（仕方ない、アミール王子に協力してやるか）

あの男に乗せられてしまった感は拭えないが、今回だけは乗せられてやる。

「貴女は本当に不思議な人だ」

私は、もっと自分は合理的で賢い男だと思っていた。

その自分がこんなリスクの高い事を、無償でやろうとしている事が信じられない。

「こんな気持ち、私は知らない」

「いるみさま……？」

（人生は長いんだ。一生に一度位、私も馬鹿になってみるのも良いのかもしれない）

例えそれで損失が出ようとも、私ならばすぐに取り戻す事が出来る。――その程度には私は優秀だ。

「私が何故今まであなたに口付けしなかったのか、教えてさしあげましょうか？」

「はい？」

トンと優しく草の上に押し倒すと、彼女は私達の頭上で光る月のように清らかな瞳で私を見上げる。

「あなたの声が好きだからです」

「え？」

（しかしそんなに貴女が私の口付けを欲しているのなら、これからは毎回してあげても良いですね）

「さて、そろそろ帰りますか？」

それからしばらくスノーホワイトと湖面に映る月を楽しんだが、明日も早い。

重い腰をあげようとしたその時だった。

「イルミ様！　見て下さい、小鳥だわ」

彼女の肩に止まったそれは、随分と色落ちした赤カナリアだった。

淡紅色の羽が退色して、まだら模様となったそのカナリアの羽模様には見覚えがある。

そのカナリアの奏でる歌にも聞き覚えがあった。その特徴ある、転がるような連続音を私が忘れるはずがない。――それは祖父の代から教師鳥により受け継いできた、我が家のカナリア達の節回しだ。

「まあ、歌がお上手なのね」

スノーホワイトに指で目元を撫でられて目を伏せた、人に慣れたその鳥を信じられない思いで見守る。

「――私のカナリア」

「えっ？」

恐る恐る彼女の肩に止まった、アプリコットと白が入り混じったまだら模様の鳥に指を伸ばす。

私の指が触れた瞬間、そのカナリアは消えてしまった。呆然としていると、スノーホワイトも自分の肩から消えたカナリアに驚き、辺りをキョロキョロと見回す。

「えっ、あれ、どこに行っちゃったの？」

「私が触れた瞬間、消えました。恐らく探しても見つからないでしょう」

「今の何だったんでしょう？　精霊か何かでしょうか？」

「あれは、私が昔飼っていたカナリアです」

「ああ、なるほど、だからなんですね」

「何がですか？」

「あの子、たまにイルミ様の肩に留まっていた子なんです」

「え？」

「とても可愛がっていた子なのでしょう？　いつもイルミ様の周りをパタパタ飛んでいましたよ」

普段の私ならば、こんな非現実的な話をされれば冷たく一笑しただろう。しかし、何故か今夜はそんな気も起きなかった。

「あの子のお名前をお聞きしても？」

「……名前は、ありません」

「では何と呼んでいらしたの？」

「私のカナリアです。私のカナリアだったので」

私の言葉に彼女は「まあ」と言って頬を赤らめる。赤く染まった頬を両手で押さえる彼女に、私は慌てて訂正した。

「こ、こら。そういう意味ではない。勘違いをするな。我が家にはあれの他にも父のカナリアや祖父のカナリアがいて、あれはただ単純に私のカナリアだったのでそう呼んでいただけで、貴女が思うような意味では……」

「どちらにしろ、あの子がイルミ様に愛されていた事は変わりないわ。カナリアって雛の頃から愛情をかけて可愛がって育てないと、手乗りにするのが難しい小鳥ですもの」

「……まったく」

（……本当に、あのカナリアだったのか？）

呆然と空を仰ぐと、青い月が私を笑っていた。満月が近いせいか、今夜は天上の月がやけに大きく見える。

「イルミ様のおっしゃる通りです。スノーホワイトも私に釣られるようにして、夜空を見上げて微笑んだ。月が青い夜は本当に不思議な事が起こるのね」

「ええ、そのようですね」

――これは恐らく、青い月が見せた真夏の夜の夢。

to be continued...

「白雪姫と7人の恋人」という18禁乙女ゲーヒロインに転生してしまった俺が全力で王子達から逃げる話

下巻

2024年8月 発売予定！

本書は、電子書籍レーベル「ルキア」より発売された電子書籍『「白雪姫と７人の恋人」という 18 禁乙女ゲーヒロインに転生してしまった俺が全力で王子達から逃げる話』を元に、加筆・修正したものです。

★著者・イラストレーターへのファンレターやプレゼントにつきまして★
著者・イラストレーターへのファンレターやプレゼントは、下記の住所にお送りください。いただいたお手紙やプレゼントは、できるだけ早く著作者にお送りしておりますが、状況によって時間が掛かる場合があります。生ものや賞味期限の短い食べ物をご送付いただきますとお届けできない場合がございますので、何卒ご理解ください。
送り先
〒160-0022　東京都新宿区新宿 1-36-2　新宿第七葉山ビル
（株）パブリッシングリンク
ムーンドロップス 編集部
○○（著者・イラストレーターのお名前）様

「白雪姫と７人の恋人」という18禁乙女ゲーヒロインに転生してしまった俺が全力で王子達から逃げる話　中
２０２４年６月１７日　初版第一刷発行

著……………………………………………………… 踊る毒林檎
画……………………………………………………… 城井ユキ
編集………………………………… 株式会社パブリッシングリンク
ブックデザイン……………………………………… しおざわりな
（ムシカゴグラフィクス）
本文ＤＴＰ………………………………………………… ＩＤＲ

発行…………………………………………………… 株式会社竹書房
〒102-0075　東京都千代田区三番町８－１
三番町東急ビル６Ｆ
email：info@takeshobo.co.jp
https://www.takeshobo.co.jp
印刷・製本……………………………… 中央精版印刷株式会社